热血茗乡

吉怀康 著

中国民族文化出版社

北　京

图书在版编目（CIP）数据

热血苕乡 / 吉怀康著 . -- 北京：中国民族文化出
版社有限公司 , 2024.2
ISBN 978-7-5122-1791-1

Ⅰ . ①热… Ⅱ . ①吉… Ⅲ . ①散文集－中国－当代
Ⅳ . ① I267

中国国家版本馆 CIP 数据核字 (2024) 第 030240 号

热血苕乡
Rexue Shaoxiang

作　　者　吉怀康
责任编辑　张　宇
责任校对　杨　仙
出 版 者　中国民族文化出版社　地址：北京市东城区和平里北街 14 号
　　　　　　邮编：100013　联系电话：010-84250639　64211754（传真）
印　　装　四川科德彩色数码科技有限公司
开　　本　880mm×1230mm　32 开
印　　张　9
字　　数　225 千
版　　次　2024 年 6 月第 1 版
印　　次　2024 年 6 月第 1 次印刷
标准书号　ISBN 978-7-5122-1791-1
定　　价　89.00 元

献给

中国共产党成立 100 周年（1921—2021）

西充县建县 1400 周年（621—2021）

这方土地这方人（代序）

吉怀康

　　真应该感恩大自然赐予西充这方神奇的土地。嘉涪山脉、中横山脉、金华山脉、南岷山脉、仙华山脉等五条山脉和嘉陵江、涪江两大水系共同构成了它的骨架和血脉，烘托起它的挺拔和蜿蜒，雄奇和温婉。

　　仿佛上天特别垂青这方的子民，将要赋予他们某种使命和期待，所以特意要考验他们的才能，磨砺他们的意志，锤炼他们的筋骨一样，他对这方土地的恩赐竟是那样的吝啬、小气。

　　西充地貌呈斗笠之形，不但嘉涪两大水系均绕它而远去，而且境内所有的溪流也都向外流淌。旧志云："李冰凿离堆而使巴蜀成膏腴之地，天府之国"，而"吾充万山丛立，暴雨时发，则沟浍盈而可藉以灌田。雨或愆期，则不免枯旱之虑"；"西充故蜀僻壤，土地硗狭，民鲜闭藏。或终岁力作，不能无荒年忧"，而且"无多土地要完粮"。就连清光绪年间的西充县令高培毂目睹西充土地的贫瘠和人民生活的艰辛，也禁不住唏嘘："嗟夫！民之疾苦，固未有胜于西充者也！"这也就难怪旧志中连篇累牍都是关于洪涝灾害和饥馑饿殍的记载。

　　然而，艰难困苦，玉汝于成。正是这些常人难以忍受的挑战和磨难，铸造了西充人最值得骄傲和引以为自豪的坚忍不拔、吃苦耐劳、自强不息的精神品格，质直好义、敦厚淳朴的民风。正像"铁马秋风塞北，杏花春雨江南"，燕赵多慷慨悲歌之士，江南尽吴侬软语之声一样，残酷的自然环境迫使世世代代的西充人抱定"栽桑种桐，子孙不穷"的信念，固守"穷不离书，富不离猪""饿死不讨口"的传统，"女勤纺织而不肆志逸游，男力耕耘而恐身试刑法"。而且，西充人还以"人多尚气节，重廉隅""其君子文而质，兼汉代经术节义之良；其野人朴而诚，类上世葛天无怀之盛"赢得了响震遐迩的口碑。即便游宦他乡的西充人，也大都能保持西充人的本色。或处江湖之远，则勤政爱民，清正廉明，广获"廉能"的好名声和"考绩报最"的佳绩；或居庙堂之高，则尽忠竭智，安邦治国，成为朝廷之荩臣，国家之干城。更有甚者，竟有好几位膴仕多年，仍然两袖清风，到头来连返乡的路费都无力筹措，只能靠当地人的厚爱和敬重，自发地为他们募集川资。

这是多么难得的人品和操守！

古人云：自古英才，每钟秀于山川之灵。这方灵秀的水土确乎使吾充人物，类多俊伟奇特之士。直至明末，西充也仅有"原额人丁一万一百九十有六，逃绝外，实存丁九千七百七十"。然而就是这样一个"蜀东北一隙耳，地小而僻"的人口小县，历史上却是人才辈出，群星灿烂，宛若星河，正所谓"人文崧蔚，科甲蝉联"。自唐至清，仅旧志上有姓名可稽的进士就有一百一十余人，包括四位宰相、八大将军、三位太子之师，还有"兄弟三进士，二相一佐郎""兄弟二翰林，父子四进士，祖孙五举人，姐弟四诗人"等佳话，确实不愧"将相故里""忠义之乡"的美誉。但凡西充人，无论男女老幼、士农工商，都能如数家珍地说出几个诸如纪信、谯周、何炯、黄辉、张澜这样大名鼎鼎、如雷贯耳的乡贤来。难怪邑人赵心抃曾不无自豪地说："吾邑夙称簪缨胜区，历代之宣猷黄阁，草制鸾坡，珥貂拖紫，服豸佩鱼，坐尚书省，理天下事，以至作屏藩，拥朱幡、乘五马、分符花县者，指不胜屈。岂第博甲乙科名，鼓钟辟雍已耶？"

其实，晋人常璩早就指出："安汉好出人才，夷溯谯陈，实产其间。自后闳才硕德，遮育瑰伟，忠孝节义，骈植斯乡。匪廑须麋，爰及中壶；匪独劭右，亦在蓬枢。洵江汉之含灵，井络之翘楚也！"而清代同治年间任西充训导的眉州人刘鸿典的《西充竹枝词》则对西充人的地域文化、风土民情、性格特征作了最直接、深刻、典型的刻画。请看其第五首："纤纤女子不缝裳，割草山头镇日忙。莫笑蓬头兼跣足，其中也有秀才娘！"

这是多么吃苦耐劳的精神，坚韧顽强的性格，从容淡定的心态，不卑不亢、落落大方的举止！

这方热土究竟有着多么深厚宽广的文化底蕴啊！所以说，西充号称"文化县"，真的是实至名归，其来有自。这不由得使人感叹，在这样的一群人面前，有什么穷山恶水不能被他们改造成为最适宜人居的模山范水呢？有什么困难可以挡住他们前进的步伐呢？

从前，由于贫困，西充人常常被人瞧不起。当我们一开口说出"答踏墨黑"这样的字音时，人家就会笑话我们是"苔腔苔调"；我们穿的裤腿磨损、参差不齐的裤子，被人讥笑为"刷把裤"；我们瘦骨伶仃的双腿被羞辱为"麻杆脚杆"……然而，就是这群"火当衣裳，菜当半年粮"的有骨气的西充人，硬是经过一代代人坚持不懈的努力，用自己勤劳智慧的双手，把这片千古苦寒之地变成了富庶之区、鱼米之乡，创造了一个个令人难以置信的奇迹、出人意料的惊喜！而今的西充早已成了著名的柑橘之乡、丝绸之乡、烟花爆竹之乡，四川省生猪基地县，国家级麻竹、辣椒标准化生产示范区，全国商品粮基地县，有机农产品生产基地县，国家有机产品示范创建县，中国西部有机食品生产基地县，全国生态文明示范工程试点县等。我们不仅不再"可怜顿顿是红苕"，而且早已腻味了大鱼大肉的富足日子，反而更钟情于蔬菜杂粮，追求有机、绿色、环保。我们不仅不满足于品牌在身，而且更欲引领有品位、有自己地域文化元素的时尚潮流。我们古老的方言也不仅不再是被嘲笑的对象，而且成了语言学家关注和下苦功研究的香饽饽。我们祖祖辈辈赖以栖身的茅草屋、篱笆墙，早已在新农村建设的高歌猛进中华丽转身为小洋楼、别墅群。曾经的难于上青天的险途，也已被五条高速公路把我们和五大洲四大洋紧紧地连在一起。我们曾经被人嘲弄为"好个西充县，走拢才看见。大堂打板子，四门都听见"的县治所在地晋城镇更是发生了天翻地覆、脱胎换骨的巨变，令人耳目一新，惊讶不已。多年的长防林建设和小流域治理工程的实施，莲花湖、九龙潭水库的建成，使"凤岭雄峙于东，凤台拱卫于西，虹溪左绕，象溪右旋"之山城、水城的崭新美景展现在游人面前。放眼望去，好一座集古典与现代、融乡土与时尚，活力四射、魅力十足的园林式新城拔地而起。你大可以用俊朗的帅哥、靓丽的美女、带露的鲜花、立体的图画等来比喻它，形容它的大气、优雅、空灵、绮丽。它不仅是南充市的卫星城、后花园，更是省级卫生城市、四川省十大宜居城市之一、CCTV 中国年度品牌城市。如今，它正以非凡的气度、博大的胸襟接纳八方的投资，招徕四面的客商，汇聚天下的物资，夯实基础、充实内涵、提升品位，大力推进市政建设和民生工程，以满足人民群众日益增长的物质文化需求。它不仅是有志者建功立业的平台，也是充满生活情趣的温馨的家园。

而今，头上顶着如许众多的光环、手中握着如许众多响亮名片的西充人，哪一个走南闯北的时候，不是自信满满、器宇轩昂、神采飞扬的呢？当他们自豪地说出"我是西充人"的时候，赢得的只能是尊重和尊敬啊！

我们有理由相信，有这样的西充人，有这样的西充精神，明天的西充必将为世界奉献更多精彩和惊喜！

2017 年 7 月 1 日

目　录
CONTENTS

邑中龙凤

舍身存汉的汉将军纪信

汉将军纪信约出生于公元前252年农历十月十五日，出生地为秦末的巴郡阆中县高阳里瓜子沟，即今四川省西充县紫岩乡纪公庙村（扶龙村）。

少年纪信忧国忧民、忠君爱国，为此他苦读诗书，勤练武艺。青年时即文武双全，见义勇为，除暴安良，声名远播，被部族拥为首领。在秦末农民大起义中，他率人马投奔刘邦，参与了许多重大战役。因精通谋略，骁勇善战，很快由部曲长升为将军，成为刘邦的忠臣良将。他追随刘邦转战南北，出生入死，累建奇功。鸿门救驾忠心耿耿，平定三秦功勋卓著，荥阳救主舍身存汉，为汉王朝的建立立下不世之功。因其"功盖三杰（张良、萧何、陈平）"，被后世誉为"西汉一人"。刘邦登上皇帝宝座后的第二年（前201）十月，下诏把纪信故里从阆中县析出，赐置"安汉县"，辖今西充、南充、蓬安、岳池、武胜等地，治所在今南充市清泉坝，以彰其功，开历代置县以纪念名人之先河。

纪信因牺牲较早，汉初未封侯，《史记》无传，成为后世一大憾事。西充县内现有纪信故里、纪信将军故里碑、纪信之子襄平侯纪通墓——纪大坟、安汉楼、纪信广场等遗迹或纪念性建筑。最有名的将军神宇（旧时为西充八景之一）、纪公庙等毁于20世纪50年代初。

公元前 206 年，项羽设鸿门宴邀刘邦相聚。席间项庄舞剑，意在沛公。张良见形势危急，暗使樊哙带剑拥盾闯入军门，保护刘邦。刘邦则借如厕之机，由樊哙、夏侯婴、靳强护卫，纪信断后，安全逃离鸿门，回到霸上。

公元前 204 年，刘邦被项羽围困于荥阳。范增认为这是一举消灭刘邦的绝佳机会。连月兵围数重，铁桶一般，荥阳城内粮草殆尽，外无援兵，形势万分危急。纪信将军主动向刘邦建言，由他假扮汉王，诳楚请降。刘邦从其计，由陈平写降书送达项王。纪信乔装打扮成汉王模样，乘龙车，黄幄左纛，出东门直奔楚营。刘邦则率张良、陈平等大队人马安然出西门遁去，再集残兵，起死回生，最终取得楚汉相争的胜利。而知道上当的项羽则恼羞成怒，下令烧杀纪信。《资治通鉴》记载："五月，将军纪信言于汉王曰：'事急矣！臣请诳楚，王可以间出。'于是陈平夜出女子东门二千余人，楚因四面击之。纪信乃乘王车，黄屋，左纛，曰：'食尽，汉王降。'楚皆呼万岁，之城东观。以故汉王得与数十骑出西门遁去。"

自汉以后，历朝历代均对纪信有追封加冕。唐以少牢之礼祭祀纪信，追封骠骑大将军。宋代封纪信为忠佑安汉公；元封辅德显忠康济王；明封忠烈侯。

纪信故里纪公庙村有马鞍形山岭，名走马岭，传说纪信青年时在此岭纵马驰骋，练武习箭。走马岭上有神马洞，传说纪信在此洞中得神马一匹，此后这马一直跟随他转战南北。西南面有高阳山，高阳里由此得名。紧邻高阳山的放弓垭是纪信练习射箭时存放弓箭的地方。离纪信家东面不远处有一座小石拱桥，叫歇马桥，传说为纪信年轻时练武歇马的地方，后历代官员到纪公庙祭祀，经过此桥时均要文官下轿，武官下马。纪公庙有描金联语："杀身成仁，决意尽忠扶汉业；舍生取义，一心效命出荥阳。"

"骑白马以扶刘，见危致命，汉室功臣居第一；驾黄幄而诳楚，替王身死，果州义士勇无双"等。

2012年4月，经中国民间民俗协会和中国民间艺术协会的专家、学者多次考查后，将西充县命名为"中国（纪信）忠义文化之乡"，予以授牌，历史上的忠义之邦更是实至名归。

纪信将军史书无传，又无封无赏，但他舍身存汉，慷慨赴难的壮举感天动地，他视死如归的英雄气概气吞山河，他精忠报国的爱国精神光耀万代。正因为如此，纪信将军为历代人们所敬仰，为文人墨客所歌颂，相关作品琳琅满目，不胜枚举。诸如：

〔唐〕周昙《周苟纪信》："为主坚能不顾身，赴汤蹈火见忠臣。后来邦国论心义，谁是君王出热人。"

〔宋〕文彦博《题纪太尉庙》："死节古来虽有矣，大都死节少如公。惟图救主重围内，不惮焚身烈焰中。龙准有因方脱祸，猴冠无计复争雄。如何置酒咸阳会，只说萧何第一功？"

〔宋〕祖无择《题纪信庙》："汉祖临危日，将军独夺功。一身虽是诈，万古尽言忠。树老风声涩，天寒景色空。我来观庙貌，无语对村翁。"

〔元〕赵孟頫《纪将军》："酒酣斫剑气如云，屠狗吹箫尽策勋。汉室功臣谁第一？黄金合铸纪将军。"

〔明〕张海《过纪将军祠》："秦人失鹿世争强，楚汉相峙几战场。高祖百年成汉业，将军一死解荥阳。功同樊哙窥雄楚，计鄙荆轲刺始皇。不独于今名不泯，昭昭功烈海天长。"

〔明〕李棠《题纪信将军庙》："汉业艰难百战秋，焚身原不为封侯。敢于诳楚乘黄幄，纵使捐躯重泰丘。隆准单骑从此脱，重瞳双眼笑谁酬？于今荒草空祠宇，一片忠魂万古流。"

唐代尚书右丞相卢藏用作《吊纪信文》盛赞纪信："彼见危而授命兮，亦各有时。考振古以为观兮，罔恢帝基。感将军之情义兮，壮大义之在兹。"宋代郡守邵博作《纪信将军庙碑》歌颂纪信："古故有死，贵其成天下事也。若将军之死……"，"汉高有天下，其功远矣"。明代御史卢雍在岳池灵泉寺撰文《忠义之邦赞》称："顺庆名忠义之邦，重纪信之节也。""巴子旧封，安汉故地。屹为巨邦，号称忠义。维昔纪信，委质高祖。荥阳围困，乃请诳楚。脱王之危，甘焚其身。岂不爱身，义重君臣。"

宋代果州太守杨济在南充城西始建开汉楼，以纪念纪信开汉之功。在建楼同时，杨济还在西山驿道石壁上书刻"忠义之邦"四个大字，以昭示纪信将军大忠大义的精神。清同治四年（1865），顺庆知府恭鑫作《忠义之邦岩记》，称："汉将军纪信，果人也。论者谓汉四百年之天下，由于张良、萧何、韩信三杰之协谋勠力，而成于纪信之死。当荥阳之围迫邦，使非纪信代之以死，汉高其不免，炎刘又何以建四百年之天下哉？"元人许衡作《得民心》、元代贾廷佐作《上高宗论遣使书》、明人曹学佺作《纪信传略》、明人黄淳耀作《纪信不侯辨》、清代毛奇龄作《纪信之死》等，都从不同角度、不同视角歌颂了纪信舍身报国的精神，表达了无限崇敬之情。

斗转星移，时光流逝。南充人民为了纪念纪信，于 2004 年由西山风景区管理局斥巨资在西山重建开汉楼，树纪信汉白玉雕像，刻楼联曰："纪信鸿门救驾，大灭楚威，忠义英迹传万代；将军荥阳任患，实开汉业，报国英名著千秋。"在楼的塔基上刻楷书："汉王三年，楚军围困荥阳，纪信乘黄幄车诈降，为项羽烧杀。汉王出西门，南走宛叶，复入成皋，遂成帝业。信代君任患，忠烈闻天下。汉世高其勋，置信桑梓为安汉县。历史赞颂，皆以忠义誉。宋诰词云'信以忠殉国，实开汉业。'果州太守杨济于城南修开汉楼，今重建斯楼，雄峙大霄，襟带嘉陵，以志果城。"其后当地政府又在西山高崖石壁上刻纪信将军像。这些人文景观成了西山风景区纪念纪信，弘扬忠义精神的独特景致，成了中外游人凭吊英雄、怀古思幽的好去处。2002年，西充在县城之南建纪信广场，纪信舍身诳楚群雕塑像气势磅礴，巍然屹立，再现了2000多年前纪信将军大义凛然，为国捐躯的悲壮历史画卷。

另外，除纪信故里西充和纪信殉难地郑州古荥镇由汉高祖敕建纪公庙、纪信将军陵外，华夏大地许多地方都建有纪信将军庙、纪信祠以及类似的建筑物。如甘肃天水市北街建有规模宏大的纪信祠，它始建于金代，明代又扩建。里面供奉纪信将军塑像，每年二月中旬，当地都举行祭祀活动。在江苏镇江、湖北襄阳、安徽芜湖等地，都建有纪信祠或城隍庙，奉祀纪信为保一方平安的城隍神加以顶礼膜拜。在兰州市张掖路建有城隍庙，里面有忠烈侯坊。

甘肃的清水县、山西的洪洞县以及北京市的房山区等地，从县志到府志，都振振有词地认定纪信是当地人，如（山西）《赵城溯源》中说"赵城人纪信舍身救刘邦的壮烈故事也广为流传"。《山西通志》载："纪将军祠在赵城县东南二十里上纪落里，祀汉纪信，元正七年建。纪信墓在城东南二十里上纪落里，今存半冢，高一丈五尺，周围四十步。"这些地方不仅有关纪信的人文景观多，而且规模宏大，气势恢宏，年年祭祀活动频繁，隆重热烈，足见纪信将军的英雄事迹传播广泛，其精忠报国的忠义精神影响深远。台湾嘉义县东石乡先天宫，也奉祀纪信为"纪千岁"，当地及远近的人们都年年定期朝拜祭祀，场面壮观，香火鼎盛，成了当地的民俗。先天宫中书有"纪信诳楚，假作汉王，易服代死，救主荥阳"等内容，说明两岸人民同祖同宗，血脉相同，人文历史相交相融，海峡难隔阻台湾同胞崇敬爱国英雄的情感。

我们在审视和评价纪信焚身诳楚这一历史事件的时候，下述观点尤其值得重视。宋诰词云："信以忠殉国，实开汉业"；宋郡守邵博同样眼光犀利："汉高有天下，其功远矣"。

诚哉斯言！纪信的壮举保住了大汉的根基，让刘邦开创了延续四百余载的大汉王朝，而且因汉朝长治久安，历史悠久，繁衍出人口众多的汉民族，由此创造出灿烂辉煌、传承悠久的汉文化，辉煌于东方，影响着世界。中央电视台《我从汉朝来》的纪录片也对此作了很好的诠释。纪信将军虽然英年早逝，但他的忠义精神和由此演化出的忠义文化永远流传。从这个意义上说，纪信是西充人的忠义精神之源，是西充县忠义文化的发端，也是我们汉民族伟大精神的缩影。

2016 年 8 月 21 日

力主降魏的谯周

在四川省南充市玉屏公园揽胜楼的柱子上，以前曾有一副对联："头悬梁，锥刺股，燃尽心血，万卷青史哭陈寿；翻手云，覆手雨，往推天运，三张降表笑谯周。"联语将陈寿与谯周的立身行事做了鲜明的对比。

清代诗人袁枚有诗曰："将军被刺方豪日，丞相身寒未暮年。惟有谯周老难死，白头抽笔写降笺。"讽刺意味更加显而易见。

2013年，新中国成立后续修的第一部《西充县志》在为谯周作传时，曾称他为"蜀汉时期杰出的思想家、教育家和历史学家"。这引起了轩然大波，且旷日持久，难以平复。一批老同志认为谯周是"四写降书，一生以投降为职业"的十恶不赦的罪人，怎么可以大言不惭地称他为"思想家"呢？于是群情激愤，找县志办，找县委、县政府负责人讨要说法，要求将续修之《西充县志》毁版重印，纠正严重的政治错误。

而谯周的学生陈寿则在《三国志》中肯定："刘氏无虞，一邦蒙赖，周之谋也。"那么谯周究竟何许人也？他为什么要主张投降呢？

谯周（约201—270），字允南，三国时期巴西郡西充国槐树庄（今四川省西充县槐树镇境内）人。汉晋时期，谯氏乃巴西郡的名门望族；西充谯姓，本为巴西谯氏一脉。谯周的父亲谯岍是研究《尚书》的学者，同时兼通诸经及图谶之书。谯周虽出生在世代显荣的书香之家，但幼年丧父，家境贫寒。他不问产业，醉心于诵读经典，废寝忘食，每有意会，常欣然独笑，精通六经和天文，史书称他"性推诚不饰，无造次辩论之才，然潜识内敏"。

为了学得更多的知识，少年谯周离开故乡，远赴广汉郡绵竹县（今四川省绵竹市），师从蜀中大儒秦宓。秦宓知识渊博，多才善辩，口若悬河。刘焉据蜀，聘他为官，他称疾不往。刘璋继任益州牧，去信说："贫贱困居，亦何时可以终身？卞和炫玉以耀世，宜一来，与州尊相见。"秦宓回信道："昔尧优许由，非不弘也，洗其两耳；楚聘庄周，非不广也，执竿不顾。《易》曰：'确乎其不可拔。'夫何炫之有？且以国君之贤，子为良辅，不以是时建萧、张之策，未足为智也。仆得曝背乎陇亩之中，诵颜氏之箪瓢，咏原宪之蓬户。时翱翔于林泽，与沮、溺之等俦，听玄猿之悲吟，察鹤鸣于九皋。安身为乐，无忧为福，处空虚之名，居不灵之龟，知我则希，则我贵矣。斯乃仆得志之秋也，何困苦之戚焉！"

这样的老师，大开了谯周的心胸和眼界，也让他习得了人品和风范。

同时，谯周还广拜名师，向有名的学者杜琼请教天文方面的知识；向来自魏国、吴国的很多著名学者请教学问，最后赢得了一代硕儒、"蜀中孔子"的赞誉。

221年，刘备决意倾全国之兵东征孙权，为关羽报仇，秦宓拦马力谏。刘备大怒，欲杀秦宓。宓面不改色，仰天笑道："臣死无恨，可惜新创之业又将颠覆耳！"后果如其言，年纪轻轻的东吴大将军陆逊一把火烧红三峡，十余万蜀军连同三百里连营瞬间灰飞烟灭，蜀国元气大伤。而且孙刘联盟彻底破裂，友邦成了敌国，蜀国从此一蹶不振。

223年，谯周被诸葛亮任命为劝学从事。

227年，诸葛亮向后主进献《出师表》，意欲北伐魏国，恢复汉室。谯周再三苦劝无果，诸葛亮率大军30万北征，不意街亭失守，只得败退汉中。

谯周效法恩师，冒死进谏，表现了难能可贵的实事求是精神，爱国爱民的忠肝义胆。

234年诸葛亮去世后，蒋琬升任大将军，领益州牧，总理国事。蒋琬敬重谯周的才华，提拔他为典学从事，总管蜀国的教育。

238年，后主刘禅立刘璇为太子。谯周被调到太子府为仆，后转为太子家令。

254年，由于诸葛亮、蒋琬、费祎和董允四位蜀中贤相相继离世，后主失去良臣辅佐，忠臣谏净，开始广设音乐歌舞，沉溺于吃喝玩乐，朝政日趋腐败，谯周同尚书令陈祗商议后，写成《谏后主书》。他苦口婆心，以被绿林军拥立为帝的刘玄、据蜀称帝的公孙述作为反面教材，痛批他们快意恣欲，怠于为善，游猎饮食，不恤民物，丧失民心，由强转弱的可悲下场；而以光武帝刘秀作为明君典范，颂扬他务理冤狱，节俭饮食，动遵法度，天下归心，以弱为强而成帝业的事例，告诫后主堂构未成，应当敬贤任才，减乐官，省修造，"但奉修先帝所施，下为子孙节俭之教"。后主将他转任中散大夫。

247年，姜维迁卫将军，与大将军费祎共录尚书事。在蒋琬、费祎执政期间，他数度攻魏。费祎去世后，姜维加督中外军事，自249年起，"九伐中原"，皆难成正果。

257年，姜维率兵数万伐魏，无功而返。谯周深感连年征战，士卒劳顿，百姓生活艰难，不禁叹道："近来朝廷溺于酒色，信任中贵黄皓，不理国事，只图欢乐；伯约（姜维字伯约）累欲征伐，不恤军士：国将危矣！"于是写了《仇国论》寄与姜维。谯周写道："故周人养民，以少取多；句践恤众，以弱毙强。""故汤、武之师，不再战而克，诚重民劳而度时审也。如遂极武黩征，土崩势生。不幸遇难,虽有智者,将不能谋之矣!"

谯周的见解非常深刻,句句击中要害,指出了包括诸葛亮在世时的经验教训,同时也表现出他是一位有骨气、有胆量的知识分子。但很可惜,他的治国理念被姜维视为"腐儒之论",掷之于地;同样也没有引起后主的重视。这之后谯周被调任光禄大夫,这只是一个没有实权的荣誉头衔。

263 年,魏国征西将军钟会率领 15 万人马杀向蜀国,与蜀国大将军姜维对峙于剑门关。邓艾却在西路军中挑选 1 万精兵,走阴平小道,突然攻占江油(今四川省平武县);紧接着又在绵竹打败诸葛瞻,长驱直入,到了雒城(今广汉市),进逼蜀国都城成都。当时蜀国全国的总兵力不足 10 万,保卫成都的军队仅约 4 万残兵老将。而且由于宦官黄皓专权,大搞巫术迷信,没有做任何战争准备。本来,在魏蜀吴三国中,魏国实力最为强大,不仅领土广大,人口众多,而且军力强盛,蜀国却是最弱小的,所以魏国才会首先向蜀国下手。

魏军一下子如同天降,蜀汉朝野一派惊惶,都如惊弓之鸟。守城的士卒不听调度,百姓纷纷外逃。

后主刘禅急忙召集群臣,商量对策。有人主张坚守,认为尚可调姜维、罗宪、霍弋之兵以解成都之围。有人主张投降吴国,有人主张逃往南中(今四川省西南部和贵州省、云南省的大部分地区)。在这纷纷扰扰、争吵不休之际,唯有谯周能保持客观、清醒的头脑,不随声附和,他力排众议,公开提出了投降魏国的主张。

谯周明确指出,只有降魏,才有可能上保刘氏的宗庙不被摧毁,下保蜀国的黎民百姓免遭战争蹂躏,成都也不至于毁于战火,化为废墟——姜维正与钟会对垒于剑阁,罗宪扼守着白帝以防吴军偷袭,霍弋镇守夜郎,山高水远,他们如何能够回援成都?假如投奔吴国,吴国被魏国吞并只是迟早之事。待到吴国灭亡时又去投降魏国，岂不是两次遭受亡国的屈辱？假如要退往南中，也该早作安排部署。如今强敌当前才匆促前往，说不定出发之日，就是一些阴险小人发动内乱之时，又怎么可能安全到达南中？再说，南中的少数民族头领靠得住吗？先前诸葛丞相七擒孟获，恩威并用，孟获尚且反复无常，何况是现在国力衰败的时候前往南中！

虽然后主五子北地王刘谌仗着血气方刚，痛骂他："偷生腐儒，岂可妄议社稷大事！"但谯周仍然表现出了极大的道德勇气，坚定勇敢地肩负起了历史和时代赋予他的责任，在战与降中做出了清醒的选择。

作为历史学家，谯周明明知道可能为此背负"卖国求荣"的千秋骂名，但道义所在，"虽千万人吾往矣"，他义无反顾地走向地狱。其实，在舆论一边倒的情势之下，谯周独能洞察历史走向，坚持正确的路线，就已如狂风暴雨中的高山大树，惊涛骇浪中的艨艟巨舰，值得人们仰视了。

若再往前追溯，214年刘备进军西蜀时，益州牧刘璋深感他与父亲刘焉在蜀20余年，无恩德施加百姓，反而三年攻战，尸横草野，血流川原，不愿再战，意欲投降。在这样的背景下，谯周也曾支持过刘璋的主张。至于有人攻击他三写、四写降书，那是于史无据的。

事实证明，谯周的判断是非常正确的。

其一，谯周在蜀国朝堂上的一席话，有理有据，逻辑严密，事出无奈，别无选择，所以众人心服口服，再无它言。

其二，蜀之民心丧尽，军心已乱。如江油城守将马邈，大敌当前，竟称："天子听信黄皓，溺于酒色，吾料祸不远矣。魏军若到，降之为上！"后来他果然不战而降。魏军入城，"成都之人，皆具香花迎接"。也许，谯周在写《仇国论》时就已料到了如此结局。

其三，后主本无斗志，所忧者乃魏国是否愿意纳降。所以当刘谌骂谯周时，后主反训斥刘谌："今大臣皆议当降，汝独仗血气之勇，欲令满城流血耶？"谯周安慰后主：现在东吴尚未宾服于魏，事势使魏不得不接受蜀国投降；并且誓言："若陛下降魏，魏不裂土以封陛下者，周请身诣京都，以古义争之！"后主"遂从周策"。

其四，降魏后，魏军入城安民，秋毫无犯。264年，后主到达洛阳，晋王司马昭封其为安乐公，食邑万户，赐绢万匹，子孙与随从大臣皆封列侯。跟随他们而去的3万户蜀人被安置在河东及关东地区，朝廷免去他们20年的田租。265年司马炎代魏立晋，称晋武帝。266年晋武帝即提拔重用了一批梁、益人才，如柳隐、文立、常忌等。269年，又免去蜀国旧大臣、名士后人500家劳役，并按其先辈所任官职给予同等优待。

其五，280年，"王濬楼船下益州"，吴主孙皓在大兵压境的情况下，果不出谯周所料，"效安乐公刘禅"而降于晋。我们不妨再作一个比较：蜀亡时，全国仅户28万，男女94万，将士10.2万，吏4万，金银各2000斤！而吴降晋时尚有户52.3万，兵23万，男女老幼230万，米谷280万斛，舟船5000余艘。

总之，降魏对于积贫积弱的蜀国来说，既是迫不得已之事，也符合了民心，顺应了中国历史分久必合的大趋势、大潮流，为"三国归晋""太康之治"奠定了基础。

蜀亡后，司马昭以谯周有"全国之功"，封其为阳城亭侯，并下书召见他。谯周行至汉中，称疾不进。后西晋建立，司马炎下诏迫使当地官员送谯周上路，谯周只得入洛阳。268年拜谯周为骑都尉，谯周自陈无功，求还爵土。271年秋，再被授予散骑常侍，谯周病重不拜。同年秋，谯周病逝于洛阳而归葬于故土。

谯周是著名的学者、史学家、教育家。他的著作多达上百种，最重要的有《论语注》《五经然否论》《谯子法训》《古史考》《巴蜀异物志》《蜀本纪》《益州志》《三巴记》等。谯周弟子众多，当时就有"谯门四贤"之说。他们中的陈寿是著名的史学家，《三国志》的作者。文立是魏晋时期的学者、文学家。李密是西晋文学家，《陈情表》的作者。罗宪文武全才，忠勇有谋，是蜀汉后期的著名将领。谯周为巴蜀地区培养了很多优秀人才，对巴蜀文化的承先启后做出了重要贡献。

近些年来，正面评价谯周的呼声渐高，如西华师大教授佘正松、杨世明曾各为修建于 2006 年的南充谯公祠撰联曰："察兴亡之事，弭兵倡和，谯公当年不得已；明分合之理，全国保民，硕儒千载有善声。""三分难恃，亡蜀至今恨庸主；一邦蒙赖，保民当世倚硕儒。"

至于谯周算不算得上思想家，笔者岂敢置喙！不过，由四川社会科学院编著的《四川古代思想家传》一书，早已将谯周收入其中。

2009 年 6 月 8 日

南朝风云人物侯瑱

侯瑱（509—561），字伯玉，南朝梁、陈时巴西郡人（今西充县人）。梁陈大将、军事家、朝廷重臣。

梁武帝时，侯瑱历任轻车府中兵参军、晋康太守、超武将军、冯翊太守等。梁元帝授侯瑱武臣将军、南兖州刺史，封郫县侯，食邑一千户。梁敬帝封侯瑱开府仪同三司。陈武帝授侯瑱侍中、车骑将军，晋位司空。陈文帝任侯瑱为都督，统领湘州、巴州、郢州、江州和吴州五州诸军事，留镇盆城（今江西省九江市）。同年九月，文帝任命侯瑱为西讨都督。天嘉二年（561）二月，侯瑱任使持节，都督湘州、桂州、郢州、巴州、武州、沅州等六州诸军事，任车骑将军，湘州刺史，改封零陵郡公，食邑七千户。同年三月，侯瑱病故。文帝赐他为侍中、骠骑大将军、大司马，谥"壮肃"，配享武帝庙庭。侯瑱墓在他的出生地西充城南仙林山，明清多题咏。

侯瑱是西充历史上官阶最高、职位最为显赫的一个人物。但由于时间久远，或许还因为南朝梁、陈皆为小朝廷，所以西充人对侯瑱知之甚少，至今没有人对其做过较为详细的介绍，实在可惜。

侯家世代为西蜀豪强。梁益州刺史、鄱阳王萧范驻守益州时，命侯瑱父亲侯宏远率兵平定盘踞在白崖山的悍匪张文萼，不幸身亡。侯瑱请命，为父报仇，每战先锋，斩杀张文蓉，于是扬名。萧范任之为将，凡山中少数民族不归附者，都遣侯瑱征伐之，因功授轻车府中兵参军、晋康太守。数年后，萧范调任雍州刺史，侯瑱任超武将军、冯翊太守。萧范迁镇合肥，侯瑱同到合肥。

太清二年（548）八月，侯景叛乱，围攻梁都城建康（今南京）之台城（皇城）。萧范派侯瑱前往救援，侯瑱星夜赶往建康。而梁武帝却与侯景议和，侯瑱无功而返。萧范徙镇盆城，猝亡。侯瑱只得率众依附豫章太守庄铁，庄铁疑心侯瑱不忠。侯瑱为自保，杀死庄铁而据有豫章之地。侯景亲信于庆夺取豫章，侯瑱无奈只得暂降于庆，被于庆送给侯景。侯景深知其才，又是同姓，待之甚厚，扣留其弟与妻子为人质，让他跟随于庆平定蠡南诸郡。待到侯景叛军在巴陵（今湖南岳阳）被王僧辩打败时，侯瑱便杀了于庆，投奔王僧辩，侯景也因此杀了他的妻子和弟弟。天保三年（552），陈霸先、王僧辩、侯瑱在盆城筑坛歃血，拥戴梁武帝七子萧绎为梁元帝，共讨侯景。梁元帝任命侯瑱为武臣将军、南兖州刺史，封郫县侯，食邑一千户，跟随王僧辩讨伐侯景。侯瑱为先锋，收复台城后，乘胜追击，迫使叛军投降，侯景被杀。叛乱完全平息后，侯瑱授职南豫州刺史，镇守姑熟。

梁元帝统治时期，国家动荡，内有宗室叛乱，外有齐、魏入侵，全靠陈霸先、王僧辩、侯瑱三员大将征伐叛逆，抵御外侮。

梁元帝承圣二年（553），北齐大将郭元建入侵濡须，王僧辩派侯瑱带兵抵御，大败郭元建。同时，陈霸先攻取广陵城，侯瑱为其援军，使陈霸先大获全胜。侯瑱被任命为使持节、镇北将军，赐鼓吹一部，食邑增至二千户。

同年，西魏进攻荆州，侯瑱前往救援，还没等到他到达，荆州已经陷落。侯瑱便去九江，护卫晋安王回京，侯瑱被任为侍中、江州刺史，使持节，都督江州、晋州、吴州、齐州四州诸军事，改封康乐县公，食邑五千户，由镇北将军晋号车骑将军。这年冬十月，司徒陆法和占据郢州，引北齐兵进犯，侯瑱统兵讨伐，陆法和畏其神勇，率部逃入北齐。北齐增派慕容俨德镇夏首，侯瑱引兵西还，水陆并进，慕容俨德粮草殆尽而求和，侯瑱回镇豫章（今江西省南昌市）。

承圣三年（554），梁元帝萧绎被杀，王僧辩在朝为太尉。承圣四年（555），司空陈霸先不满王僧辩未立元帝之子为帝，统兵进京，杀死王僧辩，拥立萧方智为帝，是为梁敬帝。在这之前，广州刺史萧勃作乱，王僧辩曾遣侯瑱与其弟王僧愔共讨萧勃。此时王僧愔闻兄被杀，暗中图谋夺取侯瑱军。侯瑱知觉，拘捕王僧愔全部同党，王僧愔逃奔北齐。绍泰二年（556），梁敬帝封侯瑱开府仪同三司，仍留镇豫章。

永定元年（557），陈霸先称帝，是为陈武帝。陈武帝任命侯瑱为侍中、车骑将军。此时，侯瑱占据长江中游，兵力强盛，又因为原本侍奉王僧辩，虽然表面臣服陈霸先，但实际上不愿回到朝中。待侯瑱平定萧勃叛乱返回豫章时，原豫章太守余孝顷已伺机夺占豫章，掳掠了侯瑱军府的妓妾和金玉，归依陈霸先。侯瑱失去根据地，只得去盆城投奔部将焦僧度。焦僧度劝侯瑱投奔北齐，侯瑱认为陈霸先宽宏大量，一定能够容得下自己，遂只身前去给陈霸先请罪。陈霸先认为他深明大义，忠心为国，功勋卓著，恢复了他的爵位。永定二年（558），进位司空，任命他都督西讨诸军事。

559年，陈文帝继位，晋封侯瑱太尉，增加食邑一千户。而早在太平二年（557），湘州刺史王琳便拥立萧绎的孙子萧庄在郢州称帝。此时陈文帝便命侯瑱征讨萧庄，侯瑱生擒王琳，萧庄投奔北齐。文帝大悦，天嘉元年（560），诏令侯瑱为都督，统领湘州、巴州、郢州、江州和吴州五州诸军事，留镇盆城。同年九月，北周大将贺若敦、独孤盛率兵袭扰巴州和湘州。文帝任命侯瑱为西讨都督，侯瑱大败齐军。天嘉二年（561）二月，侯瑱因功授任使持节，都督湘州、桂州、郢州、巴州、武州、沅州等六州诸军事，车骑将军，湘州刺史，改封零陵郡公，食邑七千户。同年三月，侯瑱病重，表请还朝，途中而亡。文帝赐他为侍中、骠骑大将军、大司马，谥"壮肃"，配享武帝庙庭。其子侯净藏，娶陈文帝富阳公主。

姚思廉在《陈书》中评价侯瑱说："高祖拨乱创基，光启天历。侯瑱、欧阳頠并归身有道，位贵鼎司，美矣。"

据康熙朝《西充县志》记载，侯瑱墓最初在西充城北仙林山下。而李荣普先生编著的《纪信故里》却称："唐太宗贞观年间……居住在仙林山（今西充城南门外）一带的侯姓家族，便把先祖侯瑱的墓修葺一新，墓碑新刻'陈壮肃公之墓'数字。恰巧墓侧有一高阔数丈、平滑如玉的石岩，族人便在这岩壁上镌刻了唐朝姚思廉所著《陈书·侯瑱传》。笔力遒劲秀丽，宛如金钩银画。"

清光绪朝《西充县志》又说："梁（应是陈）司马侯瑱墓，城南仙林山下。按旧志，墓在仙林山，然无碑碣，久已不能辨所在。同治辛未春，大风拔木。土人觉有光，掘之，得明金事杨瞻诗二首。前志仅载其一，盖亦传闻失之也。知县沈恩培奇其事，乃与举人杜毓英等崇封，立碣识焉。"这段话的大意是说：陈司马侯瑱的墓按康熙朝《西充县志》的记载在仙林山下，由于没有立碑，年代久远，已无人知道该墓的所在地了。清同治辛未年的春天，狂风吹倒了大树。当地的原住民发觉树蔸底下有亮光。往下一挖，发现了明代佥事杨瞻写的《梁侯瑱墓》诗二首，始知这里就是侯瑱墓。当时的西充知县沈恩培与举人杜毓英等人，给侯瑱墓重新垒土加高，并立碑以便识别。杨瞻的诗曰："再镇盆城日，提兵属此公。力谋梁社稷，官拜汉司空。前后三持节，东南复总戎。至今江左地，书史记宏功。""岳降生申甫，钟彝列上公。江南龙运卷，冀北马群空。真节熟经国，雄谟倚驭戎。恳勤梁社稷，首记太常功。"

西充县县令沈培恩在率领众人加封坟茔，竖立碑碣的同时，还撰写了《题梁大司马侯公墓》诗，记述侯瑱墓重新被发现的灵异，歌颂侯瑱的功绩："灵爽千年在，侯公信可传。霞光今烛地，剑气昔冲天。鏖战雷霆锐，精忠日月悬。……报国期平虏，传家世笃忠。摩崖碑再建，亘古仰英风。"

教谕刘国瑜也作同题诗，记述了整件事的过程："荒草埋忠骨，英灵著上公。当年成伟绩，此地葬元戎。浩气河山壮，殊勋父子同。遥遥千载下，遗范仰西充。""揽胜怀前哲，登临倍惘然。大风吹古木，残碣卧荒烟。世云沧桑变，勋名史册传。而今碑再建，端赖使君贤。"

邑人杜毓英等也有同题诗传世。

至清末，为修筑城垣，又将仙林山下的侯瑱墓迁移到了南岷山。这就是南岷山跨鳌峰东边石头山嘴上原有的那座高大的坟茔。迁建的侯瑱墓前树立着一对石楛杆，中间有座虎头大石碑，人们称它为"将军碑"。

清代邑人、副榜庞泽新的《梁将军侯瑱》诗，就曾写到了侯瑱迁葬于南岷山之事："克靖边烽息斗刁，台城秋尽雨潇潇。岷山有幸埋忠骨，搔首寒云忆六朝。"

另外，庞泽新还为新坟撰写了碑文。

按李淇章主编的清宣统朝《西充乡土志》"乡土地理·山脉"的记载，仙林山在清末明初西充旧县城的东南边，与青莲山、亚府山、文笔山等小山头相近相连。而且，古时的西充城墙还从仙林山上穿过。

2019 年 4 月 3 日

著名道教人物程太虚

　　程太虚（617—809），西充观音乡程真宫村人。程太虚在中国道教史上有很大影响，是西充南岷山道教的创始人。他道行博大精深，有"掌管天下三分雨"之传说，且博览群书，文采斐然，据说成语"非同凡响"就出自其描写南岷山"漱玉泉"的诗句"泠然一曲非凡响，万颗明珠落玉盘"。

　　根据旧志和民间传说，程太虚生于隋炀帝大业十三年（617）二月九日，于唐宪宗元和四年（809）五月四日羽化升仙，活了193岁。程太虚在道教圣地南岷山修道成仙后，被唐宣宗封为道济真人。宋仁宗封他为"道济太师"，清光绪帝封他"南岷昭佑灵应帝君"。元代著名道教史学家赵道一著有《程太虚传》。宋代的《方舆胜览》称果州（今南充境内）"古今人物不绝……谢真人飞升，程仙师尸解"。程仙师即程太虚，谢真人即谢自然，是他的女弟子。程太虚在民间影响很大，多地建有太虚祠来奉祀他，有的地方至今年年举办庙会，香火不绝，并且流传着很多关于他的故事、传说。

　　程太虚出生在观音乡程真宫村的隐居山下。隐居山现名香炉山，或因语音之讹，又称双图山。西充康熙朝县志有载："隐居山，治东十里，上有清泉宫，传为程太虚生处。"而据明代邑人、曾任湖广郴州同知的斯美的《修程真祠记》，清泉宫"背山临流，宫后笔立千仞，巍然高峻者，炉山也。山下出泉，水声潺潺出于宫前者，清泉也。世传仙师程太虚修炼于此，隋唐时遗迹尚存。故乡人立宫祀之，宫名'清泉'有以也"。由此可知，隐居山在明代叫炉山；清泉宫得名于宫前的清泉，地址就在程太虚昔日的修炼处。当时的清泉宫已因"岁月久而丹青脱色，风雨剥而瓦桷鸳飞"。乡人侯伦拿出家产，并募集资金修葺，重使"宫殿嵯峨，金碧辉煌"。

清泉宫是前后两殿，一个天井、四水道堂的庙宇。大门的匾额上书"程太虚祠"，门联云："双图挽秀生灵气，隐士垂恩泽万民。"清乾隆年间，曾对程真宫进行过扩建，还新修了一座戏楼。有石砌大道直达大门。门上的对联云："倚青山，临绿水，真人宅第；生瑞气，起霞光，隐士祠堂。"新中国成立后，这里还做过学校，最后毁于20世纪50年代。宫前原有一株古柏，高插云霄，树身粗壮，枝干苍劲，叶茂枝繁。程太虚常以柏叶为食，养身益年。该遐寿已逾千年的巨柏，毁于20世纪50年代末。原来还有一个石池，相传是程太虚沐浴的地方。20世纪60年代，农村大搞"农业学大寨"，水池被毁，泉水也从此枯涸。

西充城北观凤乡境内的草堂寺，最先叫"处士草堂"，为旧时西充八景之一。该草堂为程太虚所建，也是他的隐居修炼地之一。后来的唐代佛学大师何炯曾拜访过草堂寺，有诗《草堂寺雪梅》传世。康熙朝《西充县志》的作者、曾任江南仪征县知县的邑人李昭治，拜谒草堂寺后有《处士草堂》诗二首。邑人张星耀也有同题诗传世。

程太虚也曾修炼于西充同德乡境内的凤头山之降真观。程太虚仙逝后，还于北宋景祐年间显灵于凤头山，为当地百姓遣雨除旱。宋代乡人、进士何群的七律《降真观》对此有所咏及。

这之后，程太虚"寻幽于阆州之云台，得真人张剔篆法，遂浩然归来，逍遥于南岷"。

据《蜀中名胜记·西充县》记载："南岷山则有九井十三峰，

汉何岷之所隐也。隋程太虚尝修炼于此。《志》云：'太虚自幼好道，精修勤苦，隐居南岷山，绝粒，有二虎侍左右。九井十三峰，皆其修炼处。一夕大风雨，砌下得碧玉印，居人每乞符祈年，印以授之，辄获丰稔。'唐元和中解体，后迁神于玄宫，容貌不变。宣宗命人求之，使者过商山（在陕西商县东南），宿逆旅蹑险。有居第如公馆，青童引见，一道士自称程太虚，祖居西充。且嘱曰：'明岁，君自蜀入南岷山，勿忘我。'及至蜀，熟视画像，与前见者无异。唐敕号道济真人，宋敕号道济太师。《碑目》云：'《唐程仙师蝉蜕偈》《皂荚碑》《唐仙林观碑》，中书侍郎赵彦昭撰，俱在本山之降真观。"

这段文章所记载的故事，也就是所谓的"商山示现"。

何岷，汉成帝时人，举孝廉，官谏议大夫。因王莽篡权，何岷避害而最先隐居于西充往南十余里地的群山之中，后修炼成仙。后人为纪念何岷，遂将此群山命名为南岷山。山在西充永清乡南岷山村境内。

南岷山层峦叠嶂，奇险幽峻，连绵数十里，古树参天，藤灌阴森，烟飘雾绕，时雨时晴，风光秀丽，四季宜人，向为西充八景之一，有"南岷仙境"之美誉，确是修行的好去处。其九井十三峰，各因地形地貌而命名。奇峰怪石，或似人形，或肖禽兽，故有跨鳌、宿鹤、揽翠、伏虎等十三峰之名。有幽泉数处，分别流入九井之中。甘甜的井水既可人畜饮用，又能用于灌溉防旱。山中农家，鸡犬相闻，竹木古柏，郁郁葱葱。

传说程太虚在南岷山修道时，或居于何岷曾居之山洞，或居于一株千年古柏的空洞中，以日月为伴，烟树为邻，饥餐野果，渴饮山泉，修道养寿，采药炼丹，年逾百龄，仍鹤发童颜，人称绝粒道士或程真人。他常施药济人，画符驱邪。

程太虚年轻时博览群书，满腹经纶，不慕仕途。他约于唐贞观年间隐居南岷山，精研老子的《道德经》和庄子的《南华经》，并将葛洪的《抱朴子》反复诵读，朝夕琢磨，探求炼丹与成仙之术。后得异人传授，炼成绝粒与胎息之术，不食五谷杂粮。他广收门徒，传播道教，被称为仙师。他讲经说法时，常有二虎静卧听经，驯如家犬。九井十三峰由程太虚一一命名，并题诗作赞。其诗作被西充旧志所收录，流传至今。现有《程太虚诗集》存世，其中就有"商山示现""凤头山显灵"等典故。程太虚死后成神，显灵佑民，百姓感其恩德，修庙以祀。唐建仙林观，宋名降真观，后又名太虚祠，香火鼎盛，历代不衰。

南充有一著名女道士谢自然在金泉山朝阳洞修炼，她曾拜程太虚为师；程太虚也多次到朝阳洞传授谢自然辟谷绝粒和胎息仙术。后来谢自然也修炼成仙，白日飞升天界，被唐德宗李适封为东极真人。他们师徒二人的事迹在《太平广记》《蜀中名胜记》中也都有记载。

程太虚能预知百年以下事。他料知五代后蜀主孟知祥将亡国，夜里托梦给孟知祥，告诉他天下事要原委。他知道郭使君第二年将入蜀为廉访使，便渺然至京，与郭使君当面交谈，告诉他明年将入蜀之事。后郭使君果入蜀，时刻不爽。郭使君到南岷山祭拜他，回朝后将此事上闻，上敕封程太虚为"道济法惠真人"。

程太虚长年绝粒，身体逐渐枯瘦如柴。他修的是尸解（道教认为道士得道后可遗弃肉体而仙去，或不留遗体，只假托一物遗世而升天，谓之尸解）仙，尸解成仙后，西充人民举哀三日，并将他的尸体洗净，内装防腐药物，外用丝绸包扎，身穿道袍，头戴方巾，俨如生时。出殡之日，笙箫鼓乐，队伍长达数里。程太虚被安葬于大南岷新建之庙宇中。庙中的西厢房原有《韩湘子列传》大小壁画百余幅，为宗教艺术珍品。

自程太虚升仙后，南岷山寺庙依然香火鼎盛，历代不衰。乡人水旱疾疫，祷之辄应；御灾捍患，功德不可胜计。他在南充的凌云山居住过，岳池、广安、大足等地也都有他的庙宇。世传他掌管天下三分雨，老百姓把他看作是雷公、电母、雨师一般的人物，当成菩萨崇拜。如遇天旱，禾苗枯死，西充县令及士绅必前往南岷山迎驾来城，驾未返回，天油然作云，沛然下雨。有歌谣曰："只要抬程真，天雨大倾盆。"就连邻县的百姓每逢会期也会来朝拜真人。

始建于隋朝的北福寺，位于岁堂山西麓，相传程太虚也曾到该寺内修炼。北福寺山门上所嵌的"自天降康"木匾，即为唐玄宗开元元年（713），老寿星程太虚96岁时所书。另还有"太虚醉笔"的题字，也为程太虚遗墨。

在西充民间，关于程太虚的传说、故事还真不少。

一曰"老鼠偷蛋"。程太虚曾高中进士，做了西充县令。任职期间，他勤于政务，体察民情，合境之内，安乐太平。因此，程太虚受到朝廷嘉奖，朝廷还颁了一块写着"清慎勤"的大匾给他。然而，他家里做早饭的鸡蛋却常常不翼而飞，夫人总疑心是侍婢偷食，以此常常打骂侍婢。侍婢蒙冤受屈，多次想自寻短见，了此一生。虽经太虚劝阻，不曾轻生，但鸡蛋失窃之事，仍旧发生。一日，太虚在内衙小睡，迷糊之间，又听见房中有轻微响动，不觉生疑，遂连忙起身，一探究竟。原来有两只老鼠，一只仰在地上，怀里死死抱着一枚鸡蛋；另一只在前面用尖嘴咬着抱蛋老鼠的尾巴，一步步向壁角的洞中拖去！此事揭开了失蛋的真相，还了侍婢的清白，而太虚也悟到了做一名清官良吏的不容易：若不明察秋毫，明辨是非，势必造成冤假错案，作罪造业，为害一方。于是，他毅然悬印于中堂，弃官退隐。

二曰"知县祈雨"。清光绪十三年（1887），川北大旱，西充尤为严重。知县陈明伦关心民瘼，亲往南岷山求雨。行前他便要求轿夫们准备好下山穿的脚码子——拴在脚板心上防滑的稻草绳。因为他相信程真人很灵验，这一去祈雨必然成功，下山时得走溜路，穿水爬子草鞋也不管用。跟班们将信将疑，头顶烈日，向南岷山进发。程真祠内，红烛高烧，香烟缭绕。陈知县虔诚地跪倒在程真人坐像前，宣读祈雨文告，默默祈祷。由道士卜卦，得一卦解云："三竿红日不风，更无风吹云散，下山得用钉靴，雨水连成线线。"王知县走出祠外，仰首望天，仍是烈日当头，晴空万里，不觉皱起眉，竟自发起呆来。他不停地拍着脑门，忽有所悟：这不是一首藏头顺口溜吗？若将每句的头一个字合在一起，不就是"三更下雨"吗？于是陈知县一行都在山头席地而坐，等待雨来。三更刚过，一朵乌云遮住明月，转瞬一片漆黑，狂风夹着大雨，倾盆而下，旱情顿得解除。陈知县将此事上报朝廷，光绪帝阅后，呈报垂帘听政的慈禧太后。慈禧也大为惊赞，遂赐二龙捧圣金匾一道，匾文曰"南岷昭佑"，并刻有金灿灿的"光绪御印"字样。清廷同时还封程真人为"南岷昭佑灵应帝君"，赐青纱大轿一乘。

三曰"常纪赠匾"。常纪，奉天承德人，进士出身，清乾隆年间出任西充知县，廉明仁恕，政简刑轻，修举废坠，劝农课士，种种善政，口碑极佳。传说在常纪幼年苦读期间，程真人魂游到承德，夜夜教诲常纪不倦。师徒二人，感情融洽，不觉五年过去，忽一晚程真人对常纪说道："汝学业已满，定将功成名就，以后为官再见。为师去矣！"晃眼而不见踪影。按惯例每任西充县令都要到南岷山朝拜程真人，常纪到西充上任后，自然也会去南岷山礼拜。磕完头，抬头一望，只见程真人正对着他笑。常纪猛然醒悟，于是手书"万家生福"匾额一道。此匾一直挂在南岷山庙宇中。后大、小金川少数藏族头人发动叛乱，常纪被调到前线负责办理军饷等事务。由于统帅轻敌失计，常纪坚持"责官守义"，不肯逃走；被捉后，不肯下跪投降，最后英勇牺牲。西充百姓在武庙之旁为其立祠祭祀。邑人、进士李莊特为他写了《常公祠记》，赞美他："操刀初试，亲历戎行，乃血喋蛮烟，碧埋边徼，则是颈可断也，而首不可俯，心可刺也，而膝不可屈！"

2018 年 10 月 13 日

马廷用及其家族

过去，西充紫岩场的马氏老祠堂有一副对联："父进士，子进士，父子四进士；兄翰林，弟翰林，兄弟两翰林。"这个马氏指的就是马廷用家族。

西充的这一支马氏为著名的书香门第，名门望族，其最早的记载是马容。马容，唐代进士，官至侍郎。至明代，马氏以父子四进士名扬天下。马家不仅出了父子四进士，明清两朝还出了祖孙五举人。更重要的是，他们在其做官的任上都很清廉，均有作为，并因良好的家风而享誉世间。

马廷用（1446—1519），字良佐，号紫崖。马廷用于明成化四年（1468）戊子科举于乡，高中第一而名震北京；又于明成化十四年（1478）戊戌科中进士，改庶吉士，初授翰林院编修，进侍读学士。他曾任职南京户部，官至南京礼部右侍郎，为官廉洁，参与编修《大明会典》。

在学术方面，马廷用特别擅长经学，为时人所推崇。他德性和平，文学优赡，列官清慎，轨范乡邦。致仕归家后，常以清白训诫子孙，在他的教育熏陶下，他的三个儿子也都高中进士。而且三个儿子为官期间，也都深受百姓拥戴，成为国家栋梁。马廷用既是一位学者，也是一位诗人，著有《紫崖文集》30卷传世。马廷用死后，朝廷追封其礼部尚书，明正德皇帝明武宗朱厚照亲赐祭文，赠官"宗伯"。

马廷用最为后世称道的政绩，莫过于明代南京状元焦竑在《玉堂丛语》卷二"政事"所记之救灾事迹了。有人把他的这个救灾故事提炼为一个成语，叫作"先赈后奏"。郭培贵在其主编的《官德》一书中则以"敢冒风险矫旨发仓"作为题目。

明成化年间，马廷用曾代管南京户部事务。那时，正赶上灾荒，整个南京城周边粮食大幅度减产，广大农民饥肠辘辘，流离失所。雪上加霜的是，这年又恰遇淮河泛滥，洪水漫天，饿殍遍野。长江以北的大批流民纷纷涌入南京来讨饭，形势非常严峻。留守南京的官员们马上召开会议，共商解决危机的办法。会上，马廷用抢先发言，建议先打开粮仓发放粮食，以救百姓于水火。但有些官员不同意，警告他说："官仓属于国家管理，是保证国家用粮之需的，怎么能够私自打开放粮呢？依我看，最好还是先请示朝廷，再做打算为好。否则，出了问题，谁来承担这个责任？"马廷用义正词严地反驳道："若是先打报告，再等朝廷批准，走完层层审批的程序，恐怕数以万计的灾民早就饿死了！"他又补充说："紧急时刻，以往就有假借皇帝的命令，先发仓赈灾再报告的例子，我们为什么不能向前贤学习呢？再说了，如果皇帝真的怪罪下来，我愿独自承担罪责！"他说完拍案而起，拂袖而去。最后的结局是，南京户部随即下令，打开粮仓，发放粮食，几万灾民因此而活了下来。

明代宰相费宏曾诗赞马廷用："天下草木也知名，不独文人求识面。""先生颇似东坡老，峨眉县近西充县。"明代另一位宰相邵宝在《后乐堂记》中评论马氏家学云："蜀称家学，马氏为最。"清代邑人、进士李庄在《鹿岩书院记》中赞美西充："氤氲之气，蒸为人杰。拔而起之者则为纪将军忠义，为任少海词翰，为马紫岩经学，为李雨然气节。"马廷用的经学研究主要在易学，在明代十分有名。《马廷用传》云："廷用，以易学闻名天下。"明邑人、太史黄辉在《儒学建坊记》中称："大矣！西充者，自紫岩马先生父子以经学、行谊重天下，比岁人文蔚然，掇巍科相望。"

明正德十四年（1519），马廷用去世后，正德皇帝的《赐祭马廷用文》曰："尔德性和平，文学优赡。驰声胄间，擢秀贤科。列职词林，载笔史馆。进侍经幄，屡典文衡。殿读有年，荣迁学士。往司留务，以握院章。寻二春卿，益修职分。列官清慎，委任方殷。恳疏引年，进退有礼。正期遐寿，轨范乡邦。讣音忽闻，良用悼惜。特申恤典，祭奠如仪。仍采舆言，赠官宗伯。尔灵如在，尚克歆承。"

马廷用长子马金，字汝砺，明成化十九年（1483）癸卯科中举，成化二十年（1484）甲辰科中进士，初授庐州通判，后历任南京礼部郎中、德安知府，累官浙江布政使，所至多有惠政。在任地方官期间，他特别重视教育。在庐州（今合肥市）知府任上，创建景贤书院，培养才子。他还在州学建尊经阁，购买大量书籍，存放阁中，还刻印过宋戴复古《石屏诗集》10卷，附宋戴敏《东皋子诗》1卷（与宋鉴合刻），受到士民的拥戴。《中国人名大辞典》载文说：马金时称"天下清廉第一""所至有惠政"，老百姓立庙祭祀他。马金继承父亲之志，回乡后以廉洁家范训诫子孙，年80仍手不释卷。

马廷用四子马龠，字汝载。明弘治十二年（1499）中进士后，历官参政。因受家庭的影响，马龠同样廉洁自守，乐善好施，慷慨捐资赈灾，在禁除贪官酷吏的斗争中不避权势，以耿介不苟而著称。

五子马全，于弘治八年（1495）乙卯科中举，又于弘治十二年（1499）己未科中进士，曾任河南开封府知府。

他们去世后，均祀乡贤祠。

"祖孙五举人"指的是：马晋明，字徙华。马廷用长房孙。于明万历十年（1582）壬午科中举，由训导历官司理。他办案治狱崇尚宽仁，全活甚多，巡按御史察其清廉，委派他监关税，同样以廉明自律著称，后官至广西思恩府知府。

马云锦，马晋明子，于明天启七年（1627）丁卯科中举，任江西南城知县。马云锦为人刚毅正直，昭雪了许多冤案。其时明宗室益藩纵横，多骄横枉法，唯独马云锦敢与益藩相抗并揭发其非法行为。因而马云锦遭到惩罚，被夺俸一年，贬职苏州府经历。他不愿到任，隐居金陵（今南京市）。

马士琼，马云锦长子，清顺治十七年（1660）庚子科举人，清康熙十七年（1678）出任山东滕县知县。马士玙，马云锦次子，他是清康熙二十六年（1687）丁卯科举人，著有《雪海诗集》传于世。马士玠，马云锦第三子，清康熙二十年（1681）辛酉科举人，康熙三十九年（1700）任广东海康知县。他们兄弟三人被誉为"西充三凤"，并且"均为官廉能有声"。

另外还有一位值得一书的马氏后裔马士琪。马士琪（？—1719），字韫雪，马廷用之玄孙女。马士琪自幼跟随父亲马云锦就读，后随父亲宦游江南大地。她喜诗好文，尤精于诗，推崇杜甫、陆游，14岁便蜚声诗坛，名震巴蜀。马士琪一生嗜学，终日手不释卷，加之幼时随其父历览齐、楚、燕、赵、吴、越之名山大川，阅尽世道人心，成败得失，耳濡目染，经长时间酝酿蕴蓄，发而为诗，其豪放不羁，被时人推崇为"笼盖诸家，鸿词踔厉""其豪放飘逸，俨有须眉气"。所遗《片石斋烬余草》诗5卷，大梁人阎式矿为其勘校并作序。马士琪长子张新，辑有马士琪的《烬余诗草》110首。另著有《漱泉集》2卷，700余篇行于世，寄物抒怀，言鸿鹄之志，见者疑非闺阁之手笔。

马士琪的侄女马氏也著有《筠窗诗集》《清闺秀艺文略》。她们又被誉为"两位女诗人"。

据马氏后裔马正平考证，明代西充马氏名人还有：马金黄，明正德年间任浙江左参政；马合，明嘉靖年间任贵州石阡府知府；马蔚，明甘肃临洮府知府；马让，明贡生，都察院都事；马英，明贡生，攸县知县；马全，明贡生，开封府知府；马裕，明贡生，荆门州知州。

西充紫岩因马廷用而得名，因此有人认为，是纪信与马廷用为紫岩人奠定了精神底色，是他们铸就了紫岩精神。明代的紫岩文化，也是古代西充文化的一个典型代表和精彩缩影。

2018 年 10 月 12 日

大盗遇廉吏
——鄱阳湖马金感盗

在西充、南充，说到马廷用，也许知道的人不少，但提到马金，知道的人或许就不一定了。

马金乃马廷用长子，1484年中进士。据《江南通志》和《四川通志》记载，"（马金）初授庐州通判，再迁知府。历任久，尽去宿蠹（喻指长期以来的弊政、恶习）。""累官至浙江布政使，所至有惠政，民为祠祀。"清康熙朝《西充县志》称马金："有惠政，民立祠祀之。时称天下清廉第一。"据说原西充老县城的"布政坊"就是为了纪念马金任浙江布政使而建的。另外，浙江衢州的马金镇，杭州附近的马金庙也是为纪念马金而得名的。可惜旧时史志，记事简略，有关马金具体的清廉事迹，少之又少。其最为人称道的，当属"鄱阳湖感盗"了。

明代的布政使是一省的行政长官，别称藩司，俗称藩台，尊称方伯。据康熙六十一年（1722）的《西充县志》记载：马金从浙江省布政使大员任上告老还乡，舟行至江西鄱阳湖时，遇到了一个名叫李金钩的水贼。马金毕竟是朝廷大吏，想来地方上迎来送往，动静定然不小，所以李金钩事先得到信息，意欲从他身上发一笔横财。谁知当李金钩潜入船上，摸清底细，方才搞明白：他所要抢劫的对象正是时称天下清廉第一的马金。于是李金钩"惊愕谢去"，反"转持五百金赠公（指马金）"。

这个急转直下的情节也大大出乎人们的预料。按理，历来的拦路打劫者，原本就是阎王不嫌鬼瘦，雁过拔毛的狠角色。李金钩之所以没有对马金下手，反而大感"惊愕"，连忙认错，道歉不说，还慷慨解囊，很大气地拿出五百金送给马金。我们可以大胆推测，李金钩并非一听到马金的大名就估计到"没有油水"。凭他多年行窃的经验，他一定会先认真地查看实情，在验证了马金的清廉名声确非虚传后，才深为折服，没有为难马金。

马金决不会收受这笔不清不楚的馈赠，这是我们都能猜想到的。而故事的进一步发展是，马金归家后，其父马廷用"见箱箧甚多，疑为有赀，遂怒斥之"。在急命家人打开箱箧，见全为文卷后，"父乃大喜"。马家的清廉家风，马氏父子的清慎品格，于此愈益彰显。

而更具戏剧性的发展还在后头。

马金既没有告发李金钩，也没有简单粗暴地训斥李金钩，而是以法律、道德等大义启发教育李金钩。李金钩居然当场被感化，幡然悔悟，从此金盆洗手，远离江湖，不复为盗！正由于马金鄱阳湖遇李金沟的故事有着很强的戏剧性和教化作用，所以后来才有了川剧《鄱阳湖感盗》的上演。

廉洁是对国家大业的忠诚，是官员的职业道德操守。在我们反腐倡廉，建立和谐社会的进程中，马廷用、马金父子的清廉家风、政风具有重要的现实意义，值得肯定。

2020 年 11 月 15 日

黄辉"诗书双绝"

　　黄辉（1555—1612），明后期学者、名士，字平倩、昭素，号慎轩。遁世后，又叫"云水道人""幻如居士""无知居士""莲花中人""怡春居士""铁庵居士"等；今西充县人。黄辉进士及第后，选为庶吉士，入翰林院。因文学、书法俱佳，被时人誉为"诗书双绝"。不久授翰林院编修，升右中允，担任山西主考。万历帝（明神宗朱翊钧）因其精明练达，擢升他任礼部右侍郎，让其主事詹事府，并兼翰林院侍读学士，担任东宫日讲官。因而后世又尊称他为"黄太史""黄宫詹""黄宫伯""黄少宫伯"等。《明史》有传。

　　1555年，黄辉生于西充县原扶君乡黄家沟黄氏老宅（1953年由南充划入西充）。由于黄辉的父亲黄子元是万历皇帝的谕德老师，黄辉是泰昌皇帝明光宗朱常洛的老师，因此黄家沟黄家祖祠至今藏有明朝皇室敕赐的"父子承恩"匾。

　　1562年，黄辉在顺庆金泉书院师承任瀚，学习四书五经。1570年黄辉入太学深造，1573年参加乡试，居第一，18岁就成了解元。万历十七年（1589）参加会试，中二甲进士，被万历皇帝钦点翰林，选为庶吉士，历任翰林院编修、右中允、东宫谕德、东宫日讲官、詹事府詹事、少詹事兼侍读学士等。

　　万历十年（1582），王恭妃生下朱常洛，却不为万历皇帝所爱。四年后受宠的郑妃生下朱常洵，万历却要把朱常洵立为太子。

这遭到了包括黄辉在内的一些大臣的反对，于是掀起了一场长达 20 余年的"国本之争"。黄辉给万历帝上《正人心以定国是疏》，恳请万历坚守中国历代帝王"嫡长子继承制"，以免祸乱。1601 年万历皇帝让步，册封朱常洛为太子。但实际上他初衷不改，变本加厉地宠爱郑贵妃，疏远皇后和皇太子朱常洛，甚至迫害朱常洛的生母王恭妃，不出宫门，不理朝政。黄辉心急如焚，就跟广安人给事中王德完商量说："此国家大事，旦夕不测，书之史册，谓朝廷无人，吾辈为万世僇矣。"王德完听了激奋异常，遂拜托黄辉帮他起草奏章呈进。结果王德完受到万历皇帝的重惩：廷杖一百，打入天牢。黄辉不顾非议和自身安危，为王德完送牢饭，谋划援救。落井下石的人上书万历皇帝，攻击黄辉爱好佛学，吃长斋，修来世，心怀不轨。万历帝遂下旨，含沙射影地说："仙佛原是异术，宜在山林独修。有好尚者，任解官自便去。勿以儒术并进，以惑人心。"1602 年，看破世事的黄辉，引疾坚辞皇庶子掌司经局之职，告假回到顺庆。后再被朝廷起用，复官少詹事兼侍读学士，死于任所。

在文学方面，黄辉在翰林院时，就与湖北公安县的袁宗道发起文学改良运动，倡导"独抒性灵，不拘格套"，成为公安派的主将之一。翰林院的馆课文字，多沿袭旧有的"翰林体"，被世人讥为"翰林院无人"。黄辉则以韩愈、欧阳修的文章为范本，反对"文主秦汉，诗规盛唐"，主张文学要随时代的变化而变化，使翰林院的文风大变。当时翰林院诗文首推陶望龄，书法首推董其昌，而黄辉诗文及书法均与他们齐名。其诗文"清新轻俊，自舒性灵，状景抒情，真切动人"。其书法师承二王和钟繇，行楷俱佳，尤以行书称绝。其特点是"布局疏朗，行气脱落，韵致潇洒，墨法圆润"，还曾被万历帝金口赞为"仙笔"。黄辉因此被时人誉为"诗书双绝"。清代学者李清霞称："黄詹事文章动朝廷，书法妙天下。"当代著名学者吴丈蜀先生诗赞黄辉："三百余年劫后存，世传孤本更堪珍。从今诗苑书坛史，记下东坡第二人。"

黄辉的遗著有《怡春堂集》《慎轩文集》《铁庵集》80卷、《平倩逸稿》36卷等。南充方志收录有他的疏、策、记、序、诗、赋及杂著50余篇（首）。

黄辉也曾应西充县令、进士、云南楚雄府镇南州人黄嘉祚之邀，为西充撰写了《儒学建坊碑》，赞扬西充县多位县令笃意学政，修建学宫的善举；盛赞"大矣！西充者，自紫岩马先生父子以经学、行谊重天下，比岁人文蔚然，掇巍科相望"。他还为将军神宇题写"智存赤帝"匾，引文盛赞西充民风："其君子文而质，兼汉代经术节义之良；其野人朴而诚，类上世葛天无怀之盛。"

黄辉的书法作品，大都收藏于北京故宫博物院、上海图书馆、广东省博物馆、四川博物馆、重庆博物馆及河南少林寺。

另外值得一提的是，生长于现今西充扶君的黄辉家族，以"一门三翰林，父子两帝师"而享誉乡邻。黄辉的父亲黄子元1540年在四川省的"乡试"中考中举人。黄辉与弟黄熺先后考中进士，兄弟二人都被万历皇帝钦点为翰林。黄子元也因子而贵，被万历帝赐翰林院学士，后又成为万历皇帝的喻德老师。黄子元、黄熺父子都在山东任过按察使司。黄家保存至今的"父子承恩"匾，是由明朝皇家御制颁赐的鎏金大匾，历劫明清兵燹和"文革"磨难，实在是一件难得的晚明文物。

2019年9月21日

清廉正直的"铁面御史"王廷

王廷，字子正，号南岷，明嘉靖十一年（1532）进士。他曾历官淮扬总督，赠少保，谥"恭节"。他敢于弹劾权奸，正派、刚直的名气很大，名声很响。

王廷久经历练，资历完整。

王廷考取进士后，先授职户部主事，后改任御史。上任刚数月，他就因上书弹劾权奸、吏部尚书汪鋐，反被贬谪为亳州判官，后又担任苏州知府。

在苏州，他推行惠民政策，政绩突出，在老百姓中口碑很好，因此累官至右副都御史，担任总负责人，治理河道。

嘉靖三十九年（1560），转任南京户部右侍郎，总督粮储。而南京总督粮储的事务，自成化（明宪宗朱见深年号，1465—1488）后都是由都御史负责，直到嘉靖二十六年（1547）才开始指令户部侍郎兼理。就在王廷转任南京户部右侍郎、总督粮储的当年，南京振武营军发生叛乱，总督粮储的侍郎黄懋官被杀害。

主流史学家一致认为嘉靖朝为明代衰落的渊薮，其时纷纭多故，武将疲于边防，奸佞内讧于朝，百余年富庶治平之业因此而逐渐走向衰败。就在振武兵变发生的前后，蒙古土默特部首领俺答汗侵袭宣府，倭寇进攻潮州，俺答汗之弟兀慎在大同与明军激战。舆论要求恢复旧制，于是让副都御史章焕专门去负责粮储，而改派王廷去南京刑部。王廷还没上任，又被改任户部右侍郎兼任左佥都御史，总督漕运，巡抚凤阳诸府。

王廷的职务不断变换，有时还没来得及上任又改派它任，而治理河道、负责漕运，都是很复杂繁难的事务，而在贪官们眼里，这些都是最好的肥差，过手三分肥，是对下敲诈勒索，对上巧立名目，弄虚作假，收敛钱财的最佳渠道。而王廷不仅没有趁机捞油水，工作还任劳任怨，干得相当有成绩，江苏的老百姓把他当神一样供奉。王廷不仅治理河道立了大功，漕运的周转运输，先后顺序，轻重缓急的筹划营谋，也都计划周密，安排得当，为支援当时明军的平倭战争立下了汗马功劳。

当时倭寇的骚扰还远没有肃清。王廷建议派遣江南属镇守总兵官，专门驻防吴淞，江北属分守副总兵，专门驻防狼山。由于王廷的此项建议符合实际，责任分明，落实到人，各自有权有责，又能互相救援，有利于边防，遂为朝廷所采纳，而且从那以后便成为定制。

淮安发生大饥荒的时候，王廷与巡按御史朱纲根据实情，奏请留下商税做军队的粮饷，却被皇帝下诏严厉申斥。给事中李邦义察言观色，揣摩上意，投其所好，弹劾王廷拘泥呆板，不知道变通。好在吏部尚书严讷竭力替王廷辩护，一场灾难才得以解脱。不过王廷由户部右侍郎转任了左侍郎，仍然负责户部事务。不久他又调任南京礼部尚书，左都御史。

一上任，王廷就上奏皇帝推行"慎重选官授职、重视分区巡察、认真办理刑狱、端正表率、严格检查与约束官员、公开举荐与弹劾"等六件大事。从中不难看出他对官员清正廉明的重视，对选官用人的严格要求。

明穆宗朱载垕隆庆元年（1567）六月，京城大雨成灾，毁坏房舍，皇帝指令王廷督促御史分别进行赈灾、抚恤。此时正赶上明穆宗要接受天下百官的朝拜，王廷又抓住时机，奏请穆宗严禁官员们互相馈赠钱礼，并且酌情规定路上来往的费用，以防备官员们结党营私、贪赃枉法等弊害发生。更难能可贵的是，他认识到这样做同时也有助于恢复民力，减轻老百姓的负担。

明穆宗拜谒各处祖陵期间，下诏让王廷同英国公张溶居守京城。宦官许义持刀胁迫别人拿出钱财，被巡城御史李学道鞭笞。宦官们哪里咽得下这口气？他们侦察到李学道去上早朝，就在左掖门外拦截、殴打李学道。王廷不畏阉党势力，仗义执言，上奏了这一情况，皇上也庇护不得，只得将这些宦官分别判罪流放。

御史齐康因高拱而弹劾徐阶，王廷又挺身而出，义正词严地指出："齐康心怀邪恶，勾结行为不端之徒，不重惩则无法商定国家大计！"隆庆帝因此贬了齐康的官，而让徐阶留任。高拱只得借口患病而辞官。

徐阶（1503—1583），字子升，号少湖。他在明朝所有相当于宰相职务的首辅中间，不算是最出名的，也不是最出色的，但他却是扳倒严嵩(中国历史上最出名的奸臣之一)的主要人物。如果不是他，严氏父子还将继续作恶下去。所以《明史》曾以少有的口气，高度推崇他："立朝有相度，保全善类。嘉、隆之政多所匡救。间有委蛇，亦不失大节""论者翕然推阶为名相"。大意是说，徐阶在朝中有宰相的度量，保全了许多善良忠厚的官员。对嘉靖、隆庆时期的朝政有很多匡正补救。偶尔对人随顺，处事有所变通，但也不失大的原则立场。所以评论者一致推举徐阶为名相。王挺与徐阶志同道合，惺惺相惜，刚正不阿，敢于直谏，难怪西充旧志称其"直声籍籍"。

给事中张齐，曾经巡视边关，接受商人贿赂的钱财。事情刚刚败露，张齐就暗中求助徐阶的大儿子徐璠从中斡旋调停。徐璠虽为人重义轻财，能急人之急，但是，张齐之事实属犯罪行为，所以徐璠推辞不见他。张齐因此怀恨在心，过了不久，张齐又旧事重提，摘取先前齐康弹劾徐阶的话再来制造事端，必欲扳倒徐阶而后快。徐阶只好称病自请辞去相位。

按说，王廷曾因直斥权奸几次遭贬，虽然后来都边贬边升，但这都是他谨慎从政、黾勉公务的结果，现在已是洁身自好、以求自保的时候了，可是王廷没有这样，他又勇敢地站了出来，大胆揭发张齐的奸诈好利的劣迹。他向皇帝检举揭发："张齐先前奉命赐赏宣府、大同的军队，却接受盐商杨四和的几千两银子，于是就替杨四和宣扬要体恤边地商人、要求革除以后的盐课等，被大学士徐阶阻止。所以张齐恼羞成怒，才挟恨报复，弹劾徐阶。而杨四和一边矢口否认张齐收受贿赂，一边私下偷偷跑到张齐那儿想要收回贿赂的钱物，于是劣迹才得以败露。张齐惧怕被治罪，所以妄图借攻击徐阶以谋求掩饰自己。"

明朝的宣府、大同，都属于九边重镇，大同镇更是明朝九边重镇之首。如此重要的案情，远不止于单纯贪腐那么简单，于是皇帝便将张齐打入诏狱，刑部尚书毛恺判处张齐流放，皇帝下诏贬为庶民。高拱被起用，再度为相，王廷害怕他报复，毛恺也是徐阶所提拔，他们都只好请求辞职以回避。给事中周芸、御使李纯朴见缝插针，复诉张齐旧案，认为王廷、毛恺是迎合徐阶的意思，罗织罪名，陷害无辜。刑部尚书刘自强也投井下石，称对张齐所判的罪没有事实依据，王廷是徇私枉法。诏令剥夺毛恺的官职，将王廷革职为老百姓。

直到万历初年，张齐终因失职而被罢免，浙江巡按御史谢廷杰趁机申诉毛恺清正廉洁，有古人之风，却因审查张齐的案件而被褫夺官职，现在张齐已被罢黜，足以证明毛恺操守端正，诏令恢复毛恺的官职。

巡抚四川的都御史曾省吾也随之进谏："王廷任苏州太守的时候，人们将他与赵清献相提并论。耿直有气节，始终没有更改。现在应该像毛恺一样恢复他的官职。"昏庸的皇帝却诏令他以原官职退休，一直到万历十六年（1588），仍按定制供给他役夫廪食，并以其高寿特赐慰问之情。

第二年，王廷就去世了，谥号"恭节"。在明代，西充南街曾为王廷修建有绣衣坊以为纪念。赵清献本名赵抃（1008—1084），北宋名臣，谥号"清献"。赵清献在朝弹劾不避权势，时称"铁面御史"。人们将王廷与赵清献相提并论，可见对他的推崇敬佩。

可惜王廷没有被贪腐击败，却栽在了同贪官不共戴天、坚决斗争到底的路上。这也是封建时代清官、廉官、正直官员普遍的悲剧。惜乎哉！

附带说一句，因西充当时隶属于南充，考场设在南充，《明史·王廷传》遂将王廷记为了南充人。

2021 年 6 月 29 日

四任县令却贫不能归的周炜

关于周炜的事迹，在西充仅存的三部旧志中，都是蜻蜓点水，惜墨如金。清光绪朝县志在卷八《人物志》中留下了寥寥数语："周炜，号霁亭，乾隆丁酉举人。任江苏华亭令，有政声。以忤上官罢，贫不能归，侨居江浙间。华亭市民岁以钱粟供其费，年七十余卒于浙。"

华亭为松江的古称，先后为县为府，它一直是上海地区的政治、经济、文化中心。由于历史悠久，文脉渊远，松江被称为"上海之根"。东汉建安二十四年（219），陆逊因功被吴王孙权封为华亭侯，从此华亭开始闻名。此后近500年间，出了三国时东吴的陆逊及其家族后人陆瑁、陆抗、陆机、陆云等名气很大的人物。明清时期，松江棉纺织业发达，文学艺术誉满江南，名士辈出为官至相。新中国成立后，1958年，松江划归上海市。1998年2月，松江撤县设区。

周炜于乾隆四十二年（1777）丁酉科中举，在出任华亭县令期间，干得很不错，政绩民声都很好，却因得罪顶头上司而丢了官。由于是清官，没有积蓄，以致没有路费回川，只好流落在江苏、浙江一带。华亭县的老百姓都同情他，爱戴他，年年岁岁，情愿自掏腰包，拿出钱粮来养活他。周炜活了70多岁，最后病死在浙江。

你说这周炜的一生到底是值得同情和惋惜呢，还是值得敬佩和歌颂呢?

　　实际上,周炜曾经三次出任华亭县知县。第一次是嘉庆八年(1803),上任不久即下野,被河南温县举人陈毓邃取而代之。周炜很快"复职",于第二年再次走马上任。而此次复出,似乎周炜并没有记取第一次下台的教训,没干满一年,又出局了。直到嘉庆十六年(1811),周炜才再次出山,接山东栖霞举人李绍洛的班,第三次主政华亭。这一次稍好,一直干到了嘉庆二十二年(1817)。果真是三起三落啊!

　　清嘉庆《松江府志·风俗》卷中曾这样描述华亭县的民俗风物:"地东、南负海,北通江,有鱼、盐、稻、蟹之饶。多富商大贾,俗以浮侈相高,不能力本业。然衣冠之盛亦为江浙诸县之最……秀民才士往往起家为达官,由是竞劝于学,弦歌之声相闻。"可以看出,古时华亭县物产丰饶,百姓生计无忧,境内多富商大贾,多高官显宦;读书成为风气。官员以礼服人,人们讲求礼仪道德。在这样一个文明昌盛之地为官为宦,其要求肯定是很高的。意志不坚定者,一失脚就会堕落为庸官、昏官、贪官;学问根底不深厚者,必然为士林所不耻。也就是在这样一个鱼米之乡,号称江南最为富庶之地的华亭,周炜前后当了三届县太爷,最后却连回家的路费都没有捞到,实在会使许多人难以理解。

　　想尽千方百计,现在能查找到的周炜的资料也非常有限。松江旧时水名还有吴淞江等称呼。松江水源属黄浦江水系,上受淀山湖、太湖、浙北天目山等处来水,经黄浦江下泄入江海。黄浦江水系未形成前,则由吴淞江水系导流泄洪。这一地区河网密布,水涝灾害频发。楚时,松江为楚相春申君黄歇的封地。相传,黄歇曾经治理松水,故后来人们为纪念黄歇,浦江就姓了"黄",一名"春申江"。由此可见,早在春秋战国时期刚刚开发这一地区,如何治理水患就是摆在当政者面前的第一要务。嘉庆九年（1804），周炜第一次走马上任，就干了一桩有利于泄洪排涝，发展交通运输，一举两得的大好事：他巡视检查了唐步瀛，亲自挂帅督办，疏浚了壅塞的三里港、运港、新泾塘等水利设施。嘉庆十六年（1811），周炜第三度出任华亭令，紧接着第二年，他又不忘为老百姓干实事、好事，又疏浚了祝家港。第三年，他还在县署大堂西厅面凿砌了"小濂溪池"。

众所周知，北宋文学家、哲学家，宋朝儒家理学思想的开山鼻祖周敦颐（1017—1073）定居庐山时，为纪念家乡而将住所旁的一条溪水命名为"濂溪"，自己的书屋也命名为濂溪书堂，并终老于庐山濂溪，所以世称濂溪先生。由此我们不难得出这样的结论：周炜一生非常崇敬濂溪先生，也是有志于追求高标人格的政治人物。清宣统朝《西充乡土志》称赞他："清白自矢，赋小濂溪四章以见志，政声卓越。寻以忤大府意罢。""矢"犹"誓"。就是说，周炜发誓清白为官，还写了四首借歌颂小濂溪以表明志向的诗篇。正由于他为官清慎廉洁，不久又因得罪上官而被罢职。

大搞拆建，本来从古到今都是贪官们捞钱的最好渠道，像周炜这样绝顶聪明的人肯定早已心知肚明，但他没有去走这条贪赃枉法的老套路，能够不为利诱所动，始终风清气正，廉洁为官，出污泥而不染，廉洁一生，清贫一生，起根本性作用的，还是有所追求、有坚定的人生信仰，才有了"富贵不能淫，贫贱不能移，威武不能屈"的定力。

其实，早在嘉庆二年（1797）前后，周炜最先曾出任过江苏溧阳县令。清嘉庆朝《溧阳县志》明确记载："嘉庆二年，知县周炜捐额外孤贫食粮十名。"这是因为当时溧阳县养济院救助的孤寡贫穷人员定额只有男女共90名，远远不能满足需要，所以周炜在这90名定额之外，自己又用薪俸另捐了10名救助人员的食粮。这个数量究竟是多少呢？夏历有30天的月份每人给米2斗3升8合5勺，银1钱7厘7毫。只有29天的月份扣减，闰月照加。周炜不做贪官，而且还要将一部分薪俸拿出来救助孤贫，这也就难怪他四任县令而贫不能归了。

至于周炜是如何得罪上司的，现已无从查考。不过，道光十五年（1835），在江苏巡抚林则徐所上的《追补三次清查案内亏垫并将限满未完之员查办折》中，有"参革知县周炜一员"的说明。因为周炜在华亭、溧阳等县任内，县财政欠了银两，而在追赔的最后限期内也始终无法完成。当时周炜已被关押在元和县监狱，而且得了重病。林则徐特批赶紧把他医好，然后继续严催各主管部门照章办理；以前县里为治理河道分摊给民工而民工们未缴清的款项，也同样要求周炜加紧催缴。

这种"亏垫"又是怎样产生的呢？有一本叫《林公案》的章回小说，讲得很清楚：当时江苏各地的钱谷，额赋繁重，弊端百出，不只各州县浮收，漕运兵丁刁难，下级官员侵吞，乡间劣绅包办，还有一种负责漕运的船户，号称粮帮，人数众多，经常械斗闹事，凡漕船经过之地，往往干涉漕政，以致昔日被视为朝廷财利来源的江苏，现在变成了一只漏斗。漕运数额愈大的州县，仓库愈不完善，老百姓欠粮浩繁，催缴无着。林则徐办事向来认真，漕粮关系国家的正常供应，于是严限各州县，每届粮船装运的当儿，照定额不能短少颗粒。州县催提无着，又恐怕被参奏遭撤职，不得不买米垫兑。还有那些粮船装运时，自南而北，空船回转，由北而南，一切工食，也须由州县官开发，以致漕船开出以后，州县官弄得负债累累，只有拿出未曾征收的粮串（官府所发缴纳钱粮的收据），事后陆续催缴。一般粮户，以为漕粮早已装运北去，便尽可能拖延不交，藉词抗欠。一转瞬间，上届漕尾未曾缴清，下届上缴期限又到，县里只好先其所急，旧欠暂放一边，先催缴新欠。如此年复一年，漕运数额越大的州县，亏垫越多。每遇县令调任、撤任，往往不能清算交代，弄得一般州县官叫苦连天，无法弥补。如此说来，周炜在离开官场那么多年后，一大把年纪了，还遭此牢狱之灾，实在令人唏嘘。

像许多从西充这块贫寒土地上走出去的读书人一样，周炜也很注重学问。他著有《周易易知录》《三江水利》，现仍有清代由会心堂木刻、线装出版的周炜等所辑的《会心堂纲鉴钞略》四卷存世。

离任后的周炜曾受华亭士绅的聘请，执掌书院，还为华亭培养了许多后起之秀。周炜最后也死在江苏，由于无钱归葬，还是华亭父老乡亲感于他的恩德，纷纷出资捐助，才得以叶落归根的。也正由于周炜死后才魂归故里，旧时西充到上海，何止千里迢迢，所以西充人对这个有所作为的乡前贤知之甚少，令人叹惋。

2021 年 6 月 29 日

满怀悲悯的清代进士李莊

　　以李莊为代表的西充金泉场李氏家族，是西充清代著名的"二李"之一。其族人收入旧时《西充县志·人物志》的就有十多人。

　　李莊，字墨君，号一坡，清嘉庆进士。李莊少时家贫，事祖父母、父母以孝称。他为文敏捷，援笔立就，既是诗人，也是散文家。尚书史望之，学使、翰林钱次轩都很赏识他，视之为"大器"。相国卢南石更称："内阁闻汝名久矣，蜀文士推汝首也！"

　　卢南石何许人也？他本名卢荫溥，号南石，一生经历乾隆、嘉庆、道光三朝，从政50多年，历任军机大臣，吏、户、礼、兵、刑、工各部尚书，被授予体仁阁大学士、大学士加太子太保太子太傅之衔。为官"专心值守""殚精竭力""老成练达"，为清朝中期"肱股""耳目"之臣。能得到这样一些大腕级人物的加持，李莊由是"名震京师"。

　　李莊散馆后出任广东花县知县。所谓散馆，是指明、清两代于进士中录用人才的一种方式。就是在新科进士中选取优秀人才，入翰林院教养、甄别，以为任用，称为庶吉士。庶吉士三年学成后再考试甄选，留在翰林院为编修、检讨者，称为留馆；而派为给事中、御史主事，或出为州县官者，则称为散馆。花县发生灾情，灾民四处流窜。李莊一面组织救灾，一面卖掉家中30亩田地拿去赈灾；不够花销，他又卖了60亩。为纪念这件事，他给大儿子取名李臣畹，"畹"指30亩；二儿子取名李臣甲，这个"甲"指60亩。

他满怀悲悯之情，救灾民于水火之中，老百姓皆呼他为"青天大老爷"。然而他募集捐款却损害了一些地方豪强、贪官污吏的利益，他们反诬李莊实施苛捐杂税，刮削民脂民膏。天听不聪，李莊被贬为庶民，回到老家。要知道，癸酉年西充大旱，李莊就曾积极组织募捐筹款，赈济灾民，救活了很多人的性命。归乡后，李莊主讲西充著名的鹿岩书院，成就生徒以数百计，邻县人士也慕名而来，集川北一时之翘楚。

李莊特别重视发展教育，对清代中后期西充文化建设事业贡献杰出。西充的黉宫桥、考棚、金泉场书院等，皆其倡助而建。他深刻认识到，由于明末清初连年不断的战乱，生灵涂炭，卷轴尽焚。天降才俊虽然不择地域，但天地不能自己培植、化育人才。培养一个人并使之成才，只有通过学校教育。然而西充地瘠民贫，士多寒俊，只能半耕半读，既没有能力到外地求学，又无钱财修建学馆，延请名师，所以他特别热心倡导士绅出钱出力。他大声疾呼："一篑之土可为山，一勺之水可至海"，集众资民力以修建书院等教育设施。企望借助名师硕儒，教给学生以孝悌忠信，诗书礼乐。春华秋实，使他们终成龙凤，可以飞腾升迁，改变命运。其用心非常良苦，单是修文庙前的黉宫桥就费银2700余两。

李莊的三子名畇，"畇"指平整而较好的田地。是指他在花县任上卖掉90亩后，所剩不多的好田好地，为了家乡的教育事业，他连剩下的那点好地也卖掉了。李莊的四子名畬，"畬"者，新开垦的土地也。这是表示，他家只能靠新开垦的土地以维持生计了。

而与此同时，花县老百姓不断上书，为李莊申冤；朝中的正直之士也深知其冤，联名上书道光帝。道光帝下令复查，案情查清，李莊官复原职，道光还赐予他"赐进士第"匾一道。

然而正当他时来运转、春风得意之时，堂弟李蕙却蒙受不白之冤，犯了"全家当斩，九族当诛"的重罪，李莊痛心疾首，三天不吃不喝而亡。

李莊著述颇丰，有《望云楼制艺》《翠柏堂诗草》《墨君文集》《镜俗录》《识近录》《史论》等。在西充旧志中，还收集了李莊所写的《新修黉宫桥碑记》《龙潭书院记》《鹿岩书院记》《常公祠记》等非常漂亮的文章。

还需赘述几句，李氏家族可谓世代书香，满门俊彦，为一时之盛。

李仙，李莊祖父。性孝友，文章高手，善楷书，好阐发圣训，教化乡里。

李辅阳，李莊叔父，庠生。

李光阳，李莊叔父，嘉庆举人，以"大挑一等"任职甘肃岷州、成县等多地州县，以严明享誉遐迩，百姓颂之云"吾辈见青天也"。同时李光阳还自筹经费，在当地修葺学宫、书院，兴办各种公益事业，终因劳累卒于官。著有《西充县志稿》《云山漫录》等。

李蕙，李莊堂弟，字芳洲，拔贡，工诗古文词，更是有名的书法家。官武英殿校录，以书法名京师，达官贵人求者甚众。著有《寸心斋诗文稿》《邮程杂记》等。

李蓮，李莊堂弟，庠生。李蓮倜傥好义，受李莊之命，督修黉宫桥、书院，早出晚归，风雨无阻，不辞劳苦。后因积劳成疾，英年早逝，乡人无不深感恻惜。

李蕖，李莊堂弟，增生。

李蕙子李臣恺，拔贡。为尽孝而放弃科举，决意还乡，继承叔父李莊之志，主讲鹿岩书院，安贫嗜学，不讨好官府。廉使杨某赠其匾额云："非公不至。"

李蕙子李端凝，副榜。端凝从小聪慧，因父早亡，谨遵母教，刻苦求学，博通诸经，旁及子史，工诗古文词。后授职隆昌教谕。著有《腹剩稿》刊刻行世。

李莊兄弟的孙辈还有庠生李蟠根、举人李培根等。

李家还以李斯氏、李冯氏、二李何氏"一门四节妇"光耀一时。道光癸巳朝廷予以旌表，在金泉场建立牌坊。另外，李藻之妻在家族中被称为何氏祖婆。何氏早年丧夫，寡居50多年，为李家培养了一子六孙。孙子李培根，举人，官知县。她孝敬公婆，守节行孝，抚育儿孙。为表彰她的品德，地方特上书朝廷，一是在金泉场的场口，二是在大磉礅，三是在较场坝（老县城东门外，老凤沟山脚下）为其修建了"节孝牌坊"。

2023 年 3 月 12 日

四川保路运动中的大功臣罗纶

群德场位于西充县城西边不远处的西射路旁。据场上老人讲，最早的群德场为当地罗姓与范姓两大家族共同修建，两旁街道各修一边。罗姓就指的是罗纶、罗一农兄弟们为首的这一大家族。

过去群德曾是西充到盐亭、射洪的要道之一，所以过去的群德场非常热闹。群德在历史上曾涌现出不少进步人士，罗村沟的罗纶、罗一农兄弟等，就是他们中的代表，为后人口口相传。

罗纶（1876—1930），原名晋才，字梓青，西充原群德乡罗村沟（今桂花村四合院）人，清末举人、政治活动家。罗纶是保路运动的主要组织者，实际领导人。他与蒲殿俊、张澜共同发动的四川保路运动，直接点燃了辛亥革命的燎原烈火。

罗纶原名晋才，戊戌变法失败后，清廷下令在各地逮捕维新派人士，为避祸，遂改名罗纶。罗纶自幼熟读四书五经，人称神童。14岁入成都尊经书院，师从清末最后一名状元骆成骧，后中举。他善辞章，性敏善辩，受到清朝大学士瞿鸿机的赏识，延至成都学使署任职。他与蒲殿俊组织强学会、蜀学会，出版《蜀学报》宣传变法维新。1905年以后，他先后出任顺庆府中学教习兼斋务长、西充县视学、成都绅班法政学堂斋务长、成都游学预备学堂教习，热心探索教育救国之路。罗纶在求学中接触到西学，认为开议会、设议院，实行君主立宪是最适合中国的道路。在成都期间,他与刘行道、熊涛、张澜、许炯、王铭新共谋革新图强,被誉为"六君子"。当时成都优等师范学堂监督王章佑、铁道学堂监督刘紫骥压制学生参与立宪运动,甚至斥退学生。罗纶挺身而出,为学生辩护,被解除教职。为推动宪政的实施,1908 年秋,罗纶以光绪《钦定宪法大纲》为据,率成都学生及绅、商、工、农各界 2000 余人赴督府请愿,慷慨陈词,面请赵尔巽代奏皇上,速开国会。清宣统元年(1909),摄政王载沣同意建立四川咨议局。罗纶被选为四川咨议局副议长。他真以为民权能在这里发挥作用,因而热心负责,喜作前驱。咨议局开议的第一件大事,就是整顿川汉铁路建设款项。该铁路是清末提出兴建的一条重要铁道线路,线路规划东起湖北广水(后改汉口埠,即今武汉),经宜昌府、夔州府(今奉节)、重庆府,西至四川成都府。

早在 1903 年,四川留日学生就呼吁川省人民自办川汉路,抵制列强夺我路权。四川百姓群起响应,愿意"抽租""认购"股份,成为川汉路的股东。清廷被迫同意地方主张,中国第一条拒绝外资的铁路就此发端。但由于实权控制在官僚、商人手中,路款贪污浪费严重。1910 年,四川咨议局开始清理川汉路的账目,整顿财务。1911 年,清朝政府竟不理四川咨议局呈报的《整理川汉铁路公司案》,而且直接颁布"铁路国有"的上谕,没收四川筹集的七千多万两股银,停收铁路租股,改由邮传部大臣盛宣怀向列强借款兴建。消息传到四川,引发舆论哗然。罗纶对"议会政治"不再心存幻想,即与蒲殿俊密议建立组织,"破约保路"。

1911 年 6 月 17 日,成都川汉铁路公司 2000 多股东代表在罗纶的鼓动和提议下,一致通过四川保路同志会成立,罗纶任副会长兼交涉部长,成为保路运动的实际领导人。6 月 19 日,清廷发布四国借款合同,罗纶异常愤慨,号召全川人民一起反对签订合同，保路救亡，并由罗纶领衔联合四川绅民 2400 余人，将罗纶撰写的《签注川汉、粤汉铁路借款合同》呈报护督王人文代奏；王人文遭撤职。保路运动愈演愈烈，在邮传部尚书盛宣怀和督办粤汉、川汉铁路大臣端方的一再催促下，1911 年 8 月，四川新任总督赵尔丰赶赴成都。他立即起用早已被股东大会罢免了的宜昌铁路段总理，这就激起更大反抗。8 月 24 日，罗纶主持川路股东全体大会，公布清廷要镇压四川保路绅民的电文。他慷慨激昂地说："这简直逼得我们无路可走，只有罢市、罢课、罢工、罢耕一条路了！"一石激起千层浪，群情激奋。当天，蓉城百业停息，学校停课，工厂关门。9 月 1 日，川汉铁路公司股东再次召开大会，议决通告，宣布全省"不纳正粮、不纳捐输""不担任外债分厘"。清政府严令赵尔丰缉拿首要。9 月 7 日上午，赵尔丰将罗纶等诱至督署拘捕，赵尔丰指责罗纶"借争路造乱"。罗纶从容反驳："我遵照光绪帝圣旨，川路准归商办；我尽议员天职，咨议局有议决本省权利存废之权力；保路保川，即是保国，何为'造乱'？"批得赵尔丰哑口无言。罗纶等人被捕的消息迅速传开。人们纷纷手捧光绪帝的牌位，到总督衙门请愿，要求释放罗纶等人。赵尔丰令卫队开枪，当场打死 30 余人，伤数百人，造成了震惊中外的"成都血案"。

　　成都血案的消息传出后，同盟会会员龙鸣剑等及时把四川的保路运动引向反清的武装斗争，保路同志会改名保路同志军。同罗纶早有联系的哥老会领袖吴庆熙、侯宝斋同时在温江和新津起义；同盟会员龙鸣剑、吴玉章、王天杰发动荣县起义。保路同志军起义全面爆发，9 月 17 日，各路同志军包围成都。赵尔丰四面楚歌，不得不释放罗纶等人，并与之谈判，愿意交出政权。1911 年 11 月 27 日，成都宣告独立，大汉四川军政府成立，罗纶任军政府招抚局长。成都兵变后，罗纶号召一万余同志军协同新都督尹昌衡平乱。在平乱后的军民大会上，罗纶被选为副都督兼安保局长。军政府发出通告，坚决镇压破坏分子，使成都问题得以和平解决。1912 年初，成渝两地军政府合并，罗纶出任军事参议院院长。

罗纶同时非常关心文化教育，创办戏剧改良社，培养川剧人才，办《进化白话报》，以"启迪民智"。1913 年，罗纶被选为国会议员。因不耻与袁世凯等共事，罗纶愤然挂冠返乡，在顺庆中学任教。袁世凯复辟帝制，罗纶又与张澜、钟体道等在顺庆发动起义，组织川北护国军讨伐袁世凯。1921 年，罗纶担任县地方自治筹备处主任。1922 年，罗纶应国会请召再赴北京，因不满曹锟贿选，辞议员归家。1925 罗纶当选四川善后会议代表，继选为审察长。罗纶晚年赋闲归家，1930 年，贫病交加的罗纶，壮志未酬，郁郁而终，年仅 54 岁。

清末政论家马君武先生曾激动地写道："蜀中有罗、蒲（罗纶、蒲殿俊），国中有孙、黄（孙中山、黄兴），满清休也！" 1912 年中华民国成立后，临时大总统孙中山为罗纶颁发"功臣不居"匾，肯定他在辛亥革命中的功勋。

罗纶去世后，乡人王揩有挽罗纶联曰："从来盖世英雄，几能长寿；自此登高兄弟，又少一人。"

蒲殿俊也撰写了挽罗纶的联语："反专制，倡民主，一腔正气为人民，精神永在；育桃李，造英才，满腹经纶呕心血，业绩永存。"

2022 年 1 月 18 日

占山王氏家族简介

　　西充占山乡之王氏家族，是西充近现代史上的名门望族，瓜瓞绵延，俊彦满门。由于西充旧志止于清宣统元年（1909）李淇章的《西充乡土志》，而该志仅记载了王五垣，其余人物无载；新中国续修之《西充县志》，起于1949年，对王氏家族的大多数人也无记载，所以造成占山乡王氏知者不多。笔者对西充知名教师、王氏后人王瑞豪先生的遗作加以考订，改写成此文，以飨读者。

　　占山乡王氏之远祖王怀，明末任川东巫江守备。王怀的儿子王一魁因避乱由盐亭的金孔场南迁至长明山（也称长坪山）。王一魁的一个孙子王昌胤迁居西充占山茅舍沟。王五垣乃长明山王氏鼻祖王一魁的八世孙。由王氏远祖王怀至王五垣，已递传九世。

　　王五垣，原名王家瑜，字一臣，号龙硚叟，清末著名教育家。旧志称他"积学深邃，教人本末交修，士争师事之，成就最多"。清光绪二十一年（1895）乙未科状元，资中人骆成骧就曾拜在他门下。

　　王五垣日出耕锄，夜读经史，后入国子监。终身布衣，立德，以教化人为己任，闻名遐迩。他奔走各地，行教50余年，创立"义学基金会"，时称"王公会"。他的孙子王荃善中乙未（1895）

进士，王五垣被赐予"中宪大夫"。他去世后，当时的政府和老百姓为他竖立"德教碑"，建立"王公祠"，祠内设"王五垣夫子神位"，受人供奉祭祀。骆成骧为其撰写挽联。

王仲良，王五垣次子，字次山，高寿 82 岁。王仲良从小随其父学习，书理通达，尤善诗词，终生以教学为业。壮年时，从茅舍沟老家移居李白沟。后因其四子王荃善中乙未科二甲进士，官工部侍郎中，得受诰封中宪大夫，夫人冯太君受诰封四品恭人。

王仲良一生视名利若浮云，看钱财如粪土，待人宽厚，清闲自乐，晚年以诗词茶酒终日，曾作《醉酒歌》自述性情：

红日三篙，绿竹潇潇，引就壶觞把酒浇。人也飘飘，情也飘飘。有人来问道，你就说那不管闲事的先生，醉倒，睡了！

他 70 寿辰之际，骆成骧撰联祝寿：

杖履乐闲游，颂杞水荥山，四百甲老齐年，筹添海屋；

壶觞兴共醉，合琼浆玉酒，八千岁荣长寿，人驻童年。

王季良，王五垣三子，字省山，号友甫，别号云岩居士。王季良幼多疾苦，然为学天资颖异，后在成都设帐授徒，同时教自己的两个孩子，1907 年去世于成都锦官书院。

王葆善，王仲良之长子，字真因，号仓稊，别号龙峤山人，诗人、教育家。王葆善自幼接受家庭教育，学于其祖父王五垣门下。同治十二年（1873）癸酉秋闱中举，旋即主持西充县书院事。第二年春天，县知事设宴于城南库楼，为"王举人"道贺。王葆善即兴作联以状库楼之景况，其联文曰：

南山南，北山北，虹象精华齐入库；

三月三，九月九，春秋佳节两登楼。

"虹象"指虹溪与象溪。联脚点出"库楼"主题，一时无不称为妙对。

他还同时主持占山龙池书院事，参与《西充县志》的编修工作。

光绪十二年（1886），王葆善出任叙永厅教谕。1890年任教于南充龙门，1895年任蓬安学官，主讲于玉环书院。1898年到北京应"大挑"考试，取大挑一等，授湖北蒲圻县知事。1901年返回蓬安书院任教，再任教于南充学府，住南充名士奚子和家。1907年死于奚宅，时年六十。

王艾善，王仲良之二子，号彬台。清末文生（秀才），官从九品，一生以教书为业。

王蓍善，王仲良之三子，字昌言，号吟溪，清末廪生，执教于乡学。其外甥罗纶12岁去南充府应童子试。省学台瞿子久见他人小，由他父亲背入试场，遂先出对，口试其才。瞿子久出对曰："子将父作马。"罗纶略加思索，即对曰："父望子成龙！"瞿子久大奇，夸他："真神童也！"瞿子久问罗纶："谁是你的老师？"罗纶答道："我自幼跟着三舅吟溪学习。"因此，瞿子久马上聘请王蓍善作家庭教师；王蓍善后以教学终。

王荃善，王仲良四子，号石荪或石僧。幼时与大侄儿王维揖一同启蒙于王五垣席前。1885年与三哥王蓍善、大侄子王维揖同应府试，均举文生（秀才）。他们叔侄三人同科登榜，一时传为佳话。

1895年春闱，王荃善中二甲进士，任工部侍郎中。清亡后返回果城南充，住莲池庵，一方面从事佛学研究，一方面主持南充学府。1916年主编《南充县志》，1933年去世于南充。

王荃善有传世对联三副。

关帝庙联曰：

有汉无论魏晋；知我其为春秋。

乐楼联曰：

人既是假，我亦非真，看霎时锣鼓歇场，皆成幻影；

聚日无多，唯欢苦少，想一旦猢狲上树，尽悟空观。

果城弥勒寺联曰：

常开口，试问笑谁？笑古笑今，凡事付诸一笑；

果袒腹，能容几许？容天容地，于人无所不容。

王芹善，王季良之二子，字芳州，清末文生（秀才）。一生在乡里从事教育工作，被尊为良师。

王蒴善，字雅言，王季良之四子，清末秀才，教育家。1924年王蒴善出任西充县教育局局长，并先后执教于西充女校、西充、广安、岳池等县立中学，南充嘉陵高中，合川、涪陵师范，以及仁寿、三台、中江、遂宁、盐亭、蓬溪等县县立中学，精益、仁爱、育英等私立中学，遂宁女中和遂宁专区师训班。

新中国成立后，王蒴善被尊为西充县"五老七贤"之一。1956当选为西充县人大代表，后工作于西充县文化馆，并被函聘为四川省政府文史馆研究员。

王维摺（1870—1941），字王摺，号净生，王葆善长子，著名教育家。清光绪十一年（1885）与其三叔王蕃善，四叔王荃善一起，叔侄三人同榜登科，中秀才，之后被保送入成都尊经书院深造。清光绪二十三年（1897）和蒲殿俊同榜登丁酉科拔贡，并同时进京在国子监读书。1898年由四川省选送入京，参加会试，取知州"候缺任用"资格；同年在京参加康有为的第二次"保国会"。

辛亥革命前，王维摺创建西充团练，主持全县赈灾事宜。1911年率西充团练以武力协助营救被赵尔丰关押的保路同志会蒲殿俊、罗纶、张澜等人。民国初年（1912）任巴中知事，届满离任时，巴中商贾街民，置清水一盆，明镜一面于户外，赞其"清白如水"。通街放鞭炮，为其送行。

1913年任阆中县知事。1914年王维揖回西充县城创办"甲寅师范"。1918年赴南充联合中学任教，不久返乡，在仁和乡创办金华书院。1922年春，在西充县东岱乡之长明山下创办"经心书院"。县知事吴枝棠特送长联一副，彰其办学树人之懿德。学生来自南部、仪陇、盐亭、射洪、蓬溪、南充、武胜、蓬安、广安、岳池、邻水、遂宁、乐至、新都等10余县。他自撰《论语正义》《毛诗注疏》《孝经注疏》，刻版印刷，免费供其他老师和学生使用。

王维揖还曾于1928年协修《南充县志》，1935年主修《邻水县志》，1939年修《盐亭县志》。

在抗日战争初期，王维揖曾撰联以示抗日之壮志。其联文曰：

收拾破碎山河，直捣扶桑三岛；

叱咤风云日月，重整宇宙乾坤！

其书法出类拔萃，1985年入选《天府书法名人集》，其书法之代表作也收录集中。

1941年王维揖殁于长明山家中，吊唁者日逾百人，经月余。其堂叔王雅言撰挽联云：

寄世上，为儒，为佛，为官，哀哉今去矣，泪陨华堂，充栋诗书遗后辈；

居县中，办团，办赈，办学，呜呼今而后，魂归天竺，满城风雨哭先生。

门生罗茂柏敬献挽联："拜师前，三代称弟子；跪堂前，满门哭先生。"

王维抉，王葆善三子，字以门。1896年府试，中秀才。1898年应京试，取"大挑"一等，曾出任湖北蒲圻知事。

王氏家族后代名人还有：

王本霖，字白与，曾入北京陆军测绘大学学习，喜文词，善书法。抗战期间曾任《华西日报》总编、社长，《新蜀报》总经理。民主人士，1949 年被枪杀于重庆白公馆监狱。

王本霖，字叔云，毕业于中央大学经济系，获南开大学经研所硕士学位。曾任重庆大学经济系主任，四川财经学院院长，西南财经大学教授、博士生导师、顾问等职。

王本覃，字学君，巴蜀著名书法家。

王元，国家级围棋大师，曾任《围棋世界》主编。

2023 年 5 月 14 日

张澜先生回西充

　　西充作为张澜先生的故乡，介绍先生的文字不可谓不多矣。本文仅根据罗东波先生在《表老归乡》中所写到的张澜先生最后一次回西充的情形做一点补充，以飨热爱先生的广大读者。罗先生说，《表老归乡》是应有关方面之请托，准备在《中国政协报》之类的刊物发表的，后因故未能刊发。

　　先生的故里张观沟又名张罐沟，因沟形似罐而沟中住户都是张姓族人而得名。张观沟位于西充和南充两县交界处，原属南充县中和乡（今为南充市嘉陵区太和乡）管辖。但由于地近西充，当地居民的语言、风俗更接近于西充。同时村民们赶场买卖也多在西充的保关场（即今莲池场），而他们的亲戚往来和社会活动也大多在西充境内。张澜先生的第一位夫人也是西充车龙人。

　　1940年2月，张澜先生为给父母亲修坟立碑，祭奠父亲去世40周年和母亲去世20周年并看望家乡亲人，回到了张观沟。当时张澜已年近70，这也是他最后一次回到故乡。由于年岁已高，无力长途跋涉，张先生是由族中后辈到南充用滑竿抬回西充的。张澜先生虽然在外面事做得大，官当得大，但在族人面前特别谦恭有礼，生怕给父老乡亲留下炫耀显摆的坏印象。一走到张观沟沟口，他就坚持下轿步行。路上遇到长辈或平辈，就高声招呼，拱手行礼；遇到晚辈的年轻人还特别亲热地说："娃娃，老子回来了！"张先生的《先考秀才公先妣王太夫人碑文》，正是在这次回乡期间撰写的。在碑文中，先生满怀深情地回顾了父母勤勉正直的生平。

此次回乡，张澜先生以他的实际行动，让人们近距离地目睹了"川北圣人"的风采。他虽然一生为官清廉，十分俭朴，一身布衫，对自己的要求近乎苛刻，但对家乡亲人却表现得非常慷慨大方。他挨家挨户赠送钱物和猪肉，对特别困难的族人尤其关心关照，还专门询问和救助。据当年为先生抬过滑竿的老人回忆，张澜先生特别注重传统礼仪，讲究尊老爱幼，关心爱护家乡亲人。他不时教育和鼓励后辈，要发扬耕读传家的优良品质，勤奋上进。而且，给他抬滑竿的只能是子辈或孙辈等晚辈，与他同辈的人都不让抬，更不用说长辈了。

第二十九集团军司令王瓒绪是西充观音乡大磄磴村人，王瓒绪也是张澜先生的学生。有一次，王瓒绪请张澜先生到大磄磴家中吃饭。张澜先生被主人安排在堂屋坐了上席，而给他抬滑竿的晚辈则被安排在了厨房坐席。开饭时，张澜先生若有所思，忽然问："跟我来的抬滑竿的人呢？"王瓒绪回答说："都安排好了，在厨房坐席！"张澜先生提醒说："他们都是我的侄儿晚辈，要他们都挨着我坐，给我上啥菜也就要给他们上啥菜！"王瓒绪赶紧道歉，马上在主席旁边另外安排同样一桌，请给张澜先生抬滑竿的张家晚辈入席。

匆忙完成在西充的活动，晚辈们把张澜先生送到南充，先生又马不停蹄地开始为国事奔忙，从此再也没有回过张观沟。分别时，张澜先生再一次告诫晚辈们："回家后要好好种庄稼！好好孝敬父母！好好生活！"

还有一个重要插曲值得一书。

在张澜先生回乡之前，在离张观沟不到两千米的地方新兴起了一个安澜场。场上的房子和商铺主要由张氏族人修建，一

张澜先生回西充

时人来人往，四乡八里的人都来这里赶场。安澜场的兴起，确实方便了张观沟人开店做买卖，赚取生活费用；然而另一方面，张氏族人也有乘机在场上开赌场者。许多张观沟的男人开始变得不务正业，天天到场上赌博，家里的妻子儿女非常反感，但又无可奈何。因此张澜先生此次还乡后，马上就有人向张澜先生告状。张澜先生平生最恨赌博，他一听就非常生气，马上把赌博的几个侄儿叫来，跪在一边，一人打一耳光。平素温文尔雅、和蔼可亲的先生真地动怒了！他骂道："你个不肖子孙！"同时要求张氏族人限十日之内拆掉安澜场的房子，于是刚问世不久的安澜场也就早早夭折了。

新中国成立初期，张观沟仍属南充县中和乡管辖。张观沟的村民开会、办事、交公粮都要到 10 千米以外的中和乡，路途遥远，十分不便。当时各种政治运动频繁，遇到乡里开会，常常要天不亮就打着灯笼火把出发。有人就埋怨当初不该拆安澜场，不然的话，就有可能在此设乡政府，村民们就不会如此辛苦奔波。而西充县的莲池乡政府距离张观沟仅有 4 千米，于是有心人就给时任中央人民政府副主席的张澜先生写信，希望将张观沟划归西充县莲池乡管辖。张澜先生体恤家乡父老的辛苦，就向有关方面转达了这一要求。于是，1952 年底，张观沟由南充县中和乡划归了西充县莲池乡。从此西充成了张澜先生的故里，真是莫大的骄傲和荣幸啊！

老子曰："圣人无常心，以百姓心为心。"

张澜先生一生爱国利民，心怀天下。在他眼中，只要是对故乡人民有利的事，只要能让天下苍生受益，故里归属，在他心目中原无所谓西充、南充。

进入 21 世纪，中国各地兴起借名人开发旅游资源的热潮，许多地方都发生过名人、伟人故里的争夺战。此时的南充县中和乡已变成了南充市嘉陵区太和乡，嘉陵区有关方面也曾争取过张观沟重回嘉陵区，但张观沟的村民集体签名，决定还是留在西充县。所以，张澜故里之争，还没有发生真正意义上的争夺战就已经画上了句号。

诚如罗东波先生所言："今天，名满天下的'表老'从历史的殿堂里走出来，魂归故里。在他的故乡四川省西充县，人们奉他之名，纪念他，学习他，弘扬他'清廉爱民，造福乡梓'的精神，以建设伟人故里为契机，打造'伟人故里、最美乡村'的旅游品牌，带动一方百姓致富，促进县域经济发展，为中国农村丘陵地区探索出了一条绿色生态发展之路。"

2021 年 4 月 6 日改定

"草鞋县长"康冻

康冻，字素寒，1906年出生于西充县青狮乡石堡宫村。1926年，他毕业于西充师范学堂，后只身前往广州，成为黄埔军校第五期学员。1969年，康冻先生因带病参加集体生产，出工途中突发脑溢血，不治身亡，生命定格于63岁。

康冻走到哪儿，都是一位气场很大，充满故事的人物。康冻先生在任新繁（现成都市新都区）县长期间，曾试图经由道德重建，改变官场风气，而在旧中国，这就注定了他必然失败的命运。但把道德重建作为毕生的使命，希图在官场树立一个廉洁爱民勤政的形象，确实是康先生从未忘怀之事。

新繁人叶松石，清末最后一科秀才，国民党左派。叶松石因反对新旧军阀和国民党南京政府，1930年被四川地方军阀、土豪劣绅收买杀手枪杀于新繁南郊遇仙桥。康冻任新繁县长后，力主将县城南门改为"松石门"，并在遇仙桥叶松石殉难处刻碑立传，以悼念并警醒后人。

民国二十九年（1940），康冻再被起用为汶川县县长。汶川政协的罗先生曾动情地回忆康冻在汶川的一些事迹。

当时的汶川县城在绵池，县衙内古木参天，凉风习习，清洁的走廊四周阒无一人，厅前植小苦竹数丛，非常恬静。厅内壁上悬挂竹画数幅，其中一幅用柳体书写着郑板桥的诗："衙斋卧听萧萧竹，疑是民间疾苦声。些小吾曹州县吏，一枝一叶总关情。"其性情抱负略见一斑。正当抗战烽烟陡炽，康先生的衣着外貌却是另一番形象：一身草绿色军装，腰系武装带，打着绑腿，脚穿布鞋；脸庞黝黑，嘴唇微厚；谈话爽直、粗犷，颇有农民风味。

漩口属于原来的灌县管辖，名清正乡。从汶川的白岩到漩口，要么往北绕道映秀湾，要么得坐小木船，在汹涌湍急的岷江里颠簸，才能到达对岸。乘船要给钱，而且很不安全，严重影响到当地人民的生产和生活。康冻遂发动公务人员和当地群众，因地制宜，就地取材，在江上架设竹索桥。桥两头全用巨石、石块垒砌。康冻带头背上尖尖的背篼，往返运送石块。在填充桥头空隙时，不慎将一支派克金笔丢失。这笔不仅价值昂贵，而且是爱好书法的康先生的至宝，但他却爽朗地笑道："权且作为镇桥之宝吧！"桥成，康冻将之取名"清白桥"，一语双关：表面指的是清正乡和白岩，实际上却是在表明他清白为人为官的胸怀。这是这段江上唯一的桥梁，从此老弱妇孺，背包扛物过江，如履平地，再也不用惊恐于洪涛骇浪之上了。康先生的德政一直在民间流传，老百姓感念说："先不说经费来源有多困难，仅就征得受益不多的灌县方面的同意，康先生所花费的心力就很不小了！"

隔了不久，康冻又来此巡视，当地舵把子李茂修和保甲长们连忙办了几桌酒席，恭请康县长首席上座，竹筒斟酒。谁知康先生纹丝不动，不举杯动筷，反而正色说道："我喜欢吃泡菜饭，赶快去弄点来！今天我吃了这桌酒席，明天你们就会摊派10桌，乃至百桌！"真的是"明镜高悬"啊！当场弄得众人十分尴尬，下不来台。

康冻出巡时，常着草绿色军装，膝部还打了补丁，头戴斗笠，脚蹬多耳麻鞋，肩上斜挎驳壳手枪，只带警员2名，赶路健步如飞。这天他们来到罗圈湾附近，看见几位挑子客仓皇奔来，说是前面有棒老二抢人。这时土匪的暗探正躲在远处的乱石窑里窥测动静，康冻在新繁任上毫不手软打击土匪的壮举早已令远近的匪类闻风丧胆，于是暗探急急忙忙窜出去报信。康冻迅疾拔出驳壳枪，朝天连放数响，然后大步向罗圈湾奔去。土匪慑于康冻的威严，早已遁迹山林。康冻打趣说："本县长所辖之地，哪会有棒客抢人！"事实上，在康冻任职汶川县长之时，汶川的土匪确实收敛不少。

康冻先生可圈可点之处不少，不妨再举二三例吧。

一、为办学而修菩萨坟

"草鞋县长"康冻字素寒，你就可以大致想到，康先生一定出身贫寒。先生幼时因家贫不能遂意学业，因而一生钟情教育。1940 年，康冻任新繁县县长，他用朴素而真诚的语言，好不容易才打动万安镇放生院附近四个保的保民，同意将放生院改建成学校。他亲自带领官员、乡民，自备绳索、杠子，搬运菩萨。但不管怎样小心，总难免坏了一些神佛的金身，引得一帮善男信女黯然神伤，向隅而泣。康冻马上提出，造一座"菩萨坟"来安置那些缺胳膊少腿的菩萨。坟造好后，他还特意在前面立了一个牌位，赢得众人称道。康冻又亲自为新校门撰写联语："父兄勤苦，供子弟读书，若不用心，是无血性；生徒贤愚，看师长教法，倘或贻误，安有天良？"横额："自强不息"。

在那个年代，废庙兴学，为菩萨造坟，也算的上是康先生的一个创举吧。其用心良苦，可见一斑。

二、米先"糠"后

康冻在汶川当县长时，适逢全民抗战时期，威州师范第一期师范班遂开设了一门课程叫军事训练，结业时要举行实弹射击。校长冯克书邀请康冻和理番县（今之理县）县长米珍亲临指导，康冻欣然应允。是日，康冻一身朴素军装，与冯校长伫立于校门口，恭候米县长的到来。从理县到汶川，必须经过一座架在汹涌湍急的岷江之上的索桥。良久，始见杂谷脑河湾里拥出一彪人马，打头是一面杏黄黑边火焰三角旗，上书斗大一个"米"字，然后是一队着黑色军装的警察，中间簇拥着一乘天蓝色布蓬滑竿，踢踢踏踏，转瞬之间，冲过索桥，直至校门口米珍才走下滑竿。米珍浑身淡绿色高级马裤呢军装，大盘帽中镶嘉禾青天白日帽徽，手戴白手套，腰束武装带，身佩短剑，革履锃亮。康冻神色自若，寒暄后，校长尊米珍前行，米珍假意谦让。康冻风趣地说："是米贵还是糠贵？"米珍遂大笑前行。康冻先生的机智、幽默风趣、谦逊大度，都令人称道。

射击表演开始后，康冻沉稳地大步向前，手起枪响，连发连中。围观师生，兴奋雀跃，赞康不愧为黄埔五期的毕业生。

三、亲抬滑竿训民贼

一次，康冻从汶川步行到成都开会，返程时，路遇国民党某连开赴松潘。该连连长偕夫人皆坐滑竿，于是沿途拉夫，见康冻行装简陋，也就拉去抬轿。抬至县衙后，连长始知抬轿人竟是堂堂县太爷，忙致歉不迭，康先生曰："不知者不为怪！"并以礼相待。

翌日，部队出发，康冻令该连长顺路抬他去某地视察。连长颇有难色，涨紫了脸，康先生曰："昨天我抬你，今天你抬我，天公地道！"连长无奈，只得勉力为之，直抬得龇牙咧嘴，汗如雨下，哀声连连。康冻正色曰："汝辈沿途拉夫，不恤民疾。为官不解民之疾苦，是为民之贼也！"骂得连长诺诺连声，早没了骄横气焰。

四、省吃俭用，慷慨解囊

20 世纪 80 年代，康冻之女康红萸还曾回忆说，她的父亲在西充老家时，凡烧火煮饭，从不让火焰逸出灶门，且饭熟即行闭火，而让余热使饭熟透。新中国成立后，康冻在西充中学任教时，见有同学扔掉的红苔皮，都要捡来洗净食用。为此，还有人攻击他。康冻生性节俭，有人编下顺口溜予以嘲讽："中学老师康素寒，又省吃来又省钱。头发长了剪刀剪，一月只吃二两盐！"

如今看来，这应该是对康先生的赞美之词了。其实，康冻并非吝啬之辈，他所秉持的是一种生活态度。1948 年，他就将他一生的积蓄全部捐给了家乡的贫苦征属。

2014 年 3 月 3 日

"大冲壳子"李一清

"小说作家，仅仅只是一个职业，他是'说谎者'，不要把他看得太崇高。政治家、军事家、外交家不能说谎话，小说家却是职业的说谎者——用谎言把真相从生活的壁垒中挖掘出来，还原出来，成为形而上的东西。我的伯父就叫我'大冲壳子'！"

这是著名的乡土文学作家李一清先生讲过的一段话。因为他是我的老乡，西充人，在感情上有一种很自然的联系，所以我很留意他的这一段话。2021年6月26日，噩耗传来，我大吃一惊。李一清，你个骗子，你个大冲壳子，你个职业的说谎者！你骗得我们好惨好惨，好痛好痛！

你不是也曾很清醒、很理智地告诫过我们吗？"能当个二流作家、三流作家也不错。不要给自己下很重的任务，写作是很轻松愉快的事。"可你自己是怎样实践的呢？！这回你是真的撒谎了！我听说，直到你离世的前些日子，你都还在埋头创作，笔耕不辍，不顾死活！你啊，即便如你自己所谦称的那样，只是个二三流的作家，在这个浮躁喧嚣的世界里，你也许要不了多久就会被很多人遗忘，但我却记住你了，永远永远，在心里——"大冲壳子"！

在小说的世界里，李先生是一位不露声色的说谎者，超级的说谎者，而在现实生活中，他却是一位非常诚实的普通人，黑黑瘦瘦，眼睛特别有神。20世纪七八十年代，西充的群众文化创作曾辉煌一时，与什邡一起被誉为四川群众文化创作的"双璧"。李先生就是在那时崭露头角，走上文学之路的。

　　老实说，我与李先生接触不多，算不上深交，但却相互心仪已久。这起因于20世纪八九十年代，我正担任西充师范学校的教导主任兼团委书记。李先生要在学生中培育文学新人，县文化馆要搞讲演比赛、征文大赛之类的活动，热情而厚道的李先生成为我的座上宾。那时，他薪资微薄；太太没有正式工作，只能在我们学校下边开个小商店，生活很清苦。所以他很感激《重庆晚报·副刊》的"名家"栏目，他一月一篇千字文，可"得银两百元，正可以聊补家用"。

　　2017年，李先生出了他的散文集《一条大河》，他特意来西充，很郑重地送了我一本。事前他已在扉页上工工整整地签好字："吉怀康老师雅正　李一清　2017.12.12。"2019年，我也出了散文集《潇洒绽放》。刚好赶上市作协召开年会，会议结束时，我追上去把拙作回赠与他。我已欣赏过李先生给我的签名，羞于书法太差劲，不敢在上面涂鸦。李先生不干了，说你老先生怎么能不签名题字呢？本来已经走出了会场，他又返回身去，找来一支笔。我是一个情商很低的人，从小自卑内向，这时候又犯傻了。

　　"怎么称呼呢？"我问。

　　"就写'乡人李一清'哟！"

　　他好像早已成竹在胸，大大方方提示我，谦和而真诚。会餐的时候，他又特意赶到我们那一桌，挨着我们坐，有说有笑，交谈甚欢。

　　我知道，他对家乡、对老乡有着深深的爱恋与眷恋。他有一篇情深意重的散文《我的忠义之乡》，我在主编或参与编纂有关西充地域文化的资料时，总不忘把他的这篇佳作推荐给广大读者。李先生在文中一往情深地写道：

西充之小，在中国地图上，不过豆粒大个点。出了四川，知道西充这个地名的人，大约不会有很多了。

然而，西充在四川却颇有名气，尤其是在广袤的川北，有一种说法流布甚广："最苦寒，西、南、盐。"谓西充、南部、盐亭皆苦寒之地，西充居三县之首。但也另有一种广为流传的说法："西充的房子，射洪的田。"

受环境所迫，西充人特别能吃苦，勤于稼穑，饲养牲畜，栽种桑麻，或与人佣工，未尝有稍许懈怠。常见有人家"起五更睡半夜""晴天一身汗，雨天一身泥"，滚打摸爬，成为常态，非如此无以全生计，非如此无以适温饱，更遑论谋兴旺、图发达了。

西充人生活得有些悲壮，然则绝无怨尤，从来自甘忍受，在逆境中奋发。西充人最崇尚读书。外地人谈到西充，很少有人不赞叹西充文脉深厚。读书意识之强烈，由来深入骨髓。西充人无论贫穷富有，贵贱尊卑，皆视送子女读书为第一要义；重读书，胜于稼穑。西充人最发狠的一条信念，莫过于"哪怕穷到上房揭瓦卖，也要送娃儿把书读出来"！意指书要读到一定的成色，最好能实现家长心中既定的目标。

西充人最讲忠义，史称"忠义之邦"。西充人从小就受到父辈们有关"忠""义"的教育，长大成人，或居庙堂之高，或伏身草莽，莫不精忠诚义，慈仁守信，大都能达到某种精神向上的高度。西充的忠义文化，凝聚了西充人的精神气脉，塑造了西充人坚毅执着、宁折不弯，宁可他人负我，我不负他人的高贵品质。

西充不愧为一方厚重的土地。

西充人不愧为值得敬重的人。

大哉斯言！诚哉斯言！受时代和环境的限制，读书不多而能"混"到李一清先生那个级别的人，确实不愧为西充精神的代表，是最值得敬重的西充人！

走好，我的"大冲壳子"老乡！到了天堂，也别荒疏了你"说谎者"的职业，多多带给他人精神的享受，也为自己获得精神的愉悦和满足！

2021 年 6 月 29 日

淳厚民风

从世代书香人家看西充文化之传承

从古至今，无论在面积上、人口上、资源上，西充都是小县。但从古至今，在文化上、文物上，西充都堪称大县。这不是自吹自擂，浪得虚名，而是实至名归，远近服膺。三国的谯周、唐朝的何炯、明代的黄辉等，都是西充这个小地方走出去的具有影响力的大学者、大哲学家、大文豪。具有深厚根基和浓郁地域特色的西充文化是嘉陵江文化的重要组成部分，很值得我们骄傲。

笔者仅将西充历史上几个著名的世代书香之家的繁荣兴旺作为一个视角，来考察、剖析西充"人文荟萃，科甲蝉联"的内在原因。

一、书香世家举隅

1. 明代的马廷用家族。马廷用与三个儿子马金、马仝、马龠"父子四进士"。马金的儿子马晋明、马晋明的儿子马云锦、马云锦的儿子马士琼、马士玠、马士玙，"祖孙五举人"。马士琼、马士玠、马士玙和他们的姐姐马士琪又被赞誉为"姐弟四诗人"。他们的下一代又出了三个举人，"四代八举人"。其中知府二人，县令四人。

2. 明代的刘文琦家族。刘文琦，进士；父亲刘启周，解元；

祖父是名师。刘文琦的三个儿子皆廪生、贡生。刘氏的先祖为西汉长沙王后裔，号"墨庄刘氏"，在宋代出了刘颁、刘敞，刘奉，两兄弟一父子，名满天下号称"三刘"。他们都是进士，著名的史学家、文学家。再往后，淳祐进士刘锡卣的后人于明朝入居西充。西充古楼民谚"金子（指金子山，刘文琦读书处）点灯照鼓楼（古楼场），鼓楼下面出诸侯"，说的就是刘文琦。

3.清代"西充二李"之一的李莊家族。李莊，进士；弟李蕙，拔贡，著名书法家；李蓮，庠生；李蕖，增生。李莊的父亲李辅阳，庠生；叔父李光阳，举人。祖父李仙，名儒，工楷书。李莊兄弟的子孙臣恺、端凝、蟠根、培根也都为举人或拔贡。这一家还出了旌表建坊的"一门四节妇"。

4.清代"西充二李"之一的李阜南，也即李完、李兆家族。这也是桢干满门，瓜瓞绵延十几代不绝的显赫家族。李完、李兆兄弟皆进士。其父李友柏，贡生，安县教谕。祖父以孝行、经学名于时。其先世为湖北麻城人，本姓蒲，入赘给西充李氏，遂改姓李。再到李阜南这一辈，这家又出了进士、太学生、举人、贡生、庠生达二三十人。其中较有名的如进士李昶；孝廉，文林郎、仪征令、光绪朝《西充县志》作者李昭治；孝廉，夔州府教授李昭济；主讲南江书院、授华阳学博的举人李育；贡生，连城令李灿瑾，等等。

宋代的何金家族，也是"一门四进士"。何金、何贱、何涉三兄弟与何金的儿子何安常都曾先后高中进士。还有世居晋城的贡生陈我愚家族；先世湖北黄陂，乾隆初年入蜀的举人，巨野令杨之亭家族等，都是很有名望的书香之家。

二、从这些书香世家的传承发展，可以总结出西充文化一些带规律性的东西

1. 穷则思变

西充民风尚学，尊师重教，有"穷不离书，富不离猪"，耕读传家的优良传统。这与他们艰苦恶劣的生活环境有着很大的关系。同治年间西充训导、眉山人刘鸿典在《西充竹枝词》中说："喜逢嘉客火锅烧，也识鸡豚味最饶。借问平时糊口计，可怜顿顿是红苕。"又说西充的女人："纤纤素手不缝裳，刈草山头镇日忙。莫笑蓬头兼跣足，其中也有秀才娘。"

光绪年间的西充县令高培谷，少时曾随父亲到过许多地方，后来他自己做了官，更是行走四方，眼界大开。他来西充后大发感叹：要说老百姓的疾苦，没有比西充更严重的了。其他地方，虽然也有穷有富，但富的都累资数千至十数万，吃不起饭的人不过十分之一二，而西充土地贫瘠，无盐铁竹木之利。民间仅靠红苕、蔬菜为生。男男女女一年忙到头，手脚长老茧，也仅能填饱肚子。偶见有两三年积蓄的，大家就认为是巨室富户了。

另一方面，西充又有很多移民。他们来到一个新的地方开枝散叶，其生存状态肯定更加艰难。所以即使像刘文琦家族这样的帝子王孙、金枝玉叶，也不得不发愤读书，以求改变现状。

沧海桑田，时光流转，物质上没有什么可以一直传承。但是，人品的传承，知识的积累和教育的影响却可以一辈辈传承和延续下去。所以留给子孙的最好的财富是教育，祖祖辈辈的西充人都明白这个道理。时至今日，西充仍为闻名遐迩的"高考大县"。

2. 深厚的家学渊源和良好的家风熏陶，潜移默化

这些家族都既是世代书香，又是簪缨世家，但是在他们心目之中，都只以"文章德望相继承，不以世宦为甲族"。古代有"君子之泽，五世而斩"，现代有"富不过三代"的说法。

但西充历史上的这些家族都能够数代、十数代甚至数十代生生不息，兴旺发达，就在于他们明白一个道理，当官发财是靠不住的，只有知识，才是可以传承，可以增值的财富，所以他们特别重视对后辈子孙的培养教育。墨庄刘氏的传家宝就是书籍，甚至连女孩子的陪嫁都是书。

杨之亭的父亲本已是贡生，后来因承继家业，不得不放弃学业。但在他已成为巨富之后，却仍然丝毫不放松严格督训诸子。所以杨之亭三兄弟，一入国子监、一为廪贡、一为举人。

刘文琦的学问多来自他的父亲，他父亲的学问又得自于他爷爷。书法家李蘅的书法是跟他爷爷学的，举人李育从小就跟着他任南江训导的父亲学习。后来他也以大挑二等授教职，授华阳学博，又升为雅州府教授。李昭志的道德文章则受到他哥哥、夔州府教授李昭济的影响。

就是这样，前辈把接力棒一棒一棒往下传，晚辈长江后浪推前浪，一浪一浪往前赶，才使西充的文化教育事业一直保持着繁荣兴旺的局面。

3. 为学有著述，有成就；为官有才能，有担当，号为"廉吏""能吏"

上面所提到的这些家族都出了许多达官显宦，他们大都少怀奇气，志行方正，"慨然慕古忠义之风"。他们既是高官，又是学者，为官治学两不误。很了不起的是他们都有著作问世，而他们的学问又是为了经世致用，兼济天下，所以他们多不迂腐，敢担当，政绩优，官声好。

他们从西充这方贫瘠的土地走出去，深知民间疾苦。何金以政绩著称，官至观文殿大学士，享祀乡贤祠。他的弟弟何贱，为晋江令，有廉明声，官至东京左仆射。马金官浙江布政使，时称"天下清廉第一"。马蔚官陕西临洮知府，死时无钱收殓，当地吏民争相祭拜，捐钱捐物。还有一位在外面做官的西充人，辞官时连回乡的路费都没有。周炜任江苏华亭令，廉贫不能归，只能老死他乡。近现代的民主革命家、"川北圣人"张澜，"草鞋县长"康冻，都是西充人这种清廉文化的一脉传承者。

这些人，又多为诤臣、忠臣，嫉恶如仇，不畏权贵，甚至敢于犯颜直谏。李完办案，被誉为"神君"。后升为江西道御史，巡按两淮盐政。他恤商惠灶，不避权奸，因此而得罪了大宦官杨显名，被降为驿传道。李兆在吏部任职时，当朝宰相的叔父，甚至宰相亲自出面，来为亲戚求当县令，李兆都坚决予以拒绝。家人亲友，更休想从他那儿谋得一官半职。而一旦得罪了利益既得者，为权贵所不容，他们也不恋栈。李完、李兆兄弟当那么大的官，都是主动请辞的。

他们还特别有骨气，不会奴颜婢膝、夤缘而上。拔贡李臣恺，是李莊的侄儿，主讲西充鹿岩书院。他从不拜访官府，上司来拜访他，他还要看与他的教学有没有冲突，以至连廉访使都送他一块匾，叫作"非公不至"——不谈公事就少来！西充知识分子这种"尚气节、重廉隅"的优良传统一直在西充传承至今而不衰。

4. 西充地域文化的交融性、兼容性

大量的移民带来了异域文化，对西充本土文化起着输血的作用。两种文化又有着相互影响、拉抬、促进的效应，使西充文化展现异彩纷呈的局面。杨之亭的爷爷到西充做生意，到他父亲这一辈就成了巨室，可见西充人不排外、不仇富。

西充文化的海纳百川，还表现在对外来人才的重视，最有名的例子就是为慈禧代笔的书画家缪嘉惠的父亲缪书勋。缪书勋本是云南昆明的举人，官鹤庆州学正，因云南战乱而避难来到西充。西充人不仅请他主讲鹿岩书院多年，为西充培养了很多人才，还请他筹划城防，整治军备。

来西充任职的外地官员，如清初的县令戴君恩、王嘉猷、

黄嘉祚、高培谷、戴民凯等，他们自身都是知识分子，或进士出身，或起于明经，所以他们也都非常重视西充的文化教育事业。明末清初，西充受到重创，民气大伤，他们都是主动拿出俸钱或养廉银来修葺文庙，建鹿岩书院，恢复或重建了一批文化设施，对清初西充文化复兴起了积极作用。

5. 贤内助的重要作用

由于生存条件的磨砺，西充女子也特别优秀，吃得苦、干得蛮、明事理、助夫贤。不要说小户人家，就是这些大家世族的女性，在创业之初也都是卖掉出嫁时的首饰簪环，粗衣粝食，总揽家务，助夫攻读。丈夫死得早的，便亲自课读子女；儿子死得早的，便教导孙辈。

杨之亭的姑妈金节母，丈夫不会理财，又死得早，所以家里很穷，而她的娘家和亲戚都很有钱。她为了激励志气，不被人瞧不起，便主动断绝了与亲戚间的往来，靠纺织借贷也要坚持送几个儿子读书。孩子们"偶有玩旷，则鞭挞胜于严师"，即使儿子已成廪生，老人家照样责课不稍宽，所以她的儿子们也都学有所成。

家庭发达了，为官为宦了，她们同样时刻提醒自己的丈夫，严格要求子孙辈敦本睦族，和厚无欺，忠恕存心，孝友传家。刘文琦任麻城令，"清名冠于楚省"。他的母亲去看他，见他废寝忘食，颜色憔悴，不仅没说一句心疼的话，反而激励他说："古人评论说，当官的虽然自己瘦了，但他治下的老百姓却肥了。凡对老百姓有利益、有好处的事情，自己吃亏受损，又有什么关系呢？"

6. 热爱乡梓，热心公益事业，尤其是教育事业

西充这些名门望族，书香世家，大都乐善好施，行善积德，热心公益。

进士李莊多次讲到，由于明末清初的战乱，荼毒缙绅，燎

烬卷轴，蜀人士几无孑遗。所以培养人才非常重要，但西充地瘠民贫，"士多寒畯，半耕半读，负笈就傅，则无力筑馆，延师则无资"。杨之亭的父亲，进士刘文琦、李莊，举人庞徽、赵心扦、杜毓英，庠生张国遴、吴永昌，增生陈镇，贡生王一臣等，都多次出资修篑宫桥、重修文庙、考棚，建金泉书院、龙台书院、龙池书院、龙潭书院、鹿岩书院、鸣琴书院等。尤其值得一书的是，何君联一人就捐建了包括槐秀书院在内的义学6所！他们置义田，助嫁娶，赈饥荒，做了许多善事、好事。李莊的弟弟、庠生李蓮，就是因为督修篑宫桥、金泉书院，"风雨晨夕，不辞况瘁"，英年早逝的。另外，像清末爱国将领、蜀军提督徐占彪都曾先后在鸣龙、青龙、顺庆同仁等地购置学田上千亩，用以兴办义学。他们的善举不仅为西充的文化事业奠定了物质基础，而且为西充培养了大批人才，延续了文脉，净化了民风，使西充文化大县、忠义之乡的美名，传延至今，赢得了外地人的尊敬，值得西充人骄傲和自豪！

2017 年 7 月 1 日

明清时期的西充移民

在明清两朝，四川曾有过两次大规模的移民。西充现仅存的编纂于清康熙六十一年（1722）与编纂于光绪元年（1875）的两部《西充县志》，对这两次移民的情况均未做直接、明确的记载。但是，如果我们对两部旧志和其他一些史料加以综合考查，仍不难发现一些移民的蛛丝马迹。

旧志所能查到的明代移民共有四例。

据明郭子章《杜孺人墓志》和明王德完《刘德华杜恭人合葬墓志》记载，当时的蜀中世家、安汉著姓刘氏，其先属汉长沙王后裔，因"元末贼乱迁渝州（今重庆市）及定远，入明迁西充"。

西充明代的李完、李兆家族，其先为楚之麻城人，本姓蒲，明时因入赘西充李氏而改姓李，后成为西充有名的官宦世家。

以赵心抃为代表的赵氏家族，原本秦人（今陕西），后于"明初徙蜀西充"。

名儒张宪祖"先世荆楚人，明时入蜀，家邑东张家嘴"。

旧志虽然仅此四例，因为他们都是世家大族，所以志书有所涉及，但可以肯定的是，其他普通的移民当不在少数。这可以四川其他一些地方的史料为佐证。如仁寿县《李氏族谱》称："元末我祖世居麻城孝感青山，陈逆之乱（指陈友谅杀害农民起义军首领徐寿辉而称帝），乡人明玉珍据成都，据抚乡里，我祖兄弟七人迁蜀。"民国《简阳县志》载:"麻城孝感乡胡彪与胡虎、胡群三人于明洪武初年移民实川。"忠县《叶氏族谱》载,明洪武二年,其先祖叶根一偕其他九姓一道从湖广省移民四川。《四川省荣县地名录》称该县伍家冲因"元末明初,荣境多为湖广人流迁入籍谋生,此为伍姓占地,故名。"这些都足以证明,明初的西充移民,同四川其他地方一样,不应只是个别的例子。

清朝移民西充的情况,我们可以从户口的变化中推知一二。

明崇祯十六年(1643),西充有丁 10196 口,逃绝外,实存丁 9770 口。后因大规模战乱,至清顺治十三年(1656),仅存丁 475 口。其后直至康熙四十七年(1708),西充也仅有丁 1146 口。也就是说,从顺治十三年到康熙四十七年的 52 年间,西充仅增丁 671 口,平均每年增丁尚不足 13 口。然而从康熙四十七年到乾隆四十七年(1782)的 74 年间,西充就猛增到有户 10308 个,丁 49960 口。到嘉庆十七年(1812),西充报部户 17255 个,丁 127124 口。这就是说,从康熙四十七年到嘉庆十七年的 104 年间,西充增户 6847 个,增丁 77164 口。平均每年增户 66 个,增丁 740 余口。

如此迅猛的人口增长,不可能都属人口的自然增长,其中的很大一部分应该来自"湖广填四川"的移民。这似乎也显示,清代的移民不仅一直都在进行,而且进入四川后仍在辗转迁徙。

比如潼南《吉氏族谱》深入全川调查后得出的结论认定,笔者的先祖思楚公、显文公于康熙三十六年(1697)离开湖广安化故地,最先落籍地为四川潼川府蓬溪县茸山乡玉溪口(今重庆市潼南县米心镇)。其后人吉尚昌、吉尚仁散枝分叶迁往遂宁。吉尚仁后来再迁西充,定居县城西约 1 千米的西门沟,又名吉家户,也就是笔者的故乡。

《屏山县教谕卓三杨公传》称:"吾蜀自丁明季献逆荼毒,

土著之民，十去六七。入籍者以两湖、江右为最。西充杨氏，其显著者也。"杨家原籍湖北黄陂（今武汉市黄陂区），杨卓三的祖父于"乾隆初贾于蜀"，后"卜居西邑"。这条记载还证明，明末西充人口大减，确实有大量来自两湖、江右的移民入籍西充。

旧志所能查到的另一例清代移民，也是乾隆年间的事。据《金节母杨氏传》载：金廷柏的父亲金玉，故籍黄州麻城，于乾隆初年入川，后定居西充。

曾为慈禧太后代笔写字画画的才女缪嘉惠，其父缪书勋，云南昆明人，更迟于咸丰戊午年（1858）"以滇不靖，避难来蜀，寄居西充，主讲鹿岩书院"。金氏后人遂留居西充，缪嘉惠的曾侄孙辈现仍居于西充县城。

当然，我们从西充一些民间族谱和口传历史中还能找到一些移民的信息。比如：

宏桥乡二郎庙村张氏。据该地族人口口相传，其始祖大约于清顺治中期（1647—1656）从湖北麻城孝感乡高石坎烂泥沟迁入西充县仁和场乌龟坝。后长子居原地，次子移居青狮乡观音桥一带，三子张应忠移居宏桥乡尖山子脚下张家沟。时至今日，仅观音桥、二郎庙两地的张姓人口经过数百年繁衍，已有数百户上千口之众了。

据陈昌明先生所编纂的《陈氏族谱》记载，其先祖源自江西"义门陈"，即今江西省九江市德安县车桥镇义门村，大约于17世纪70年代（1668年）由"湖广填四川"而入籍西充。

无独有偶，西充祥龙乡板凳龙第15代传人李平，称其先祖李金毓于1668年前后，由湖北麻城孝感乡李家湾随众多移民入川，落籍祥龙乡张家沟村，迄今已有17代。

西充本土小说家黄亮先生族谱记载，其先祖黄大震，元末因族人反元，为避免灭族之灾而从福建邵武辗转入川，迁东关县县城十里处居住。东关县后并入盐亭，旧址在今盐亭金鸡镇东关村，东岱乡1953年划入西充。黄氏因在历史上曾四处逃亡，有的族人遂改姓王，因此他们这一支的黄氏还有"黄王不开亲"的族规。

营建于清光绪三年（1877）的鸣龙镇李桑坝苏家总祠堂"眉山一脉"匾额的序文记载："我祖三苏，昔居成都眉州，自宋由元及明，迁居川北白马铺鹁鸪嘴李桑坝。远祖凤山公后裔嘉祯子仕英、孙正还偕胞弟正权、正元、正林，自圣朝康熙二十二年（1683）卜居西乡万张沟，至今传十一世矣。"以后各房分迁于今鸣龙镇猫儿山村苏家沟，佛尔河村苏家垭、苏家坪，鸣龙场附近的苏家嘴、谢家沟等地。有的外迁至青龙乡庙子嘴村，罐垭乡苏家岩，槐树乡狮子湾村，双凤镇龙台院村苏家河以及青狮镇、古楼镇、观凤乡、双洛乡等地。人口已逾七千。

东岱乡东岱村罗永茂墓碑记载：先世为西汉大司农罗珠公49代孙，辅政于清乾隆（1736—1796）时期，自江西入蜀为官，举家落籍今西充东岱之罗家坝。

据青龙场严家大院当地耄耋老人严昭育介绍："300年前，因'湖广填四川'，当地严姓家族便从湖北孝感麻城到此安家落户，很快严氏变成了当地颇有名望的家族。"供职于西充县文化馆、文博馆的陈铁军先生在其为《西充民间传统文化》一书所撰写的《严家大院》里，这样明确写道："严家大院位于西充县青龙乡蚕华山村严家沟，建于清咸丰年间。严氏一门，从清中期到民国，一直是青龙场最具影响的望族。先祖严三晏系湖广移民，嫡下分7房。严家大院为长房严举贤和三房严毓敏共同修建。"

扶君赵氏家谱记载，明末，张献忠扰川，西充宋时礼部尚书赵巽后裔赵时宾、赵时魁随明朝都督迁湖广通山县居住。赵时宾子赵国济清初考中解元，留居湖广；赵时魁子赵文（庠生）、孙赵友忠（廪生）清初复回西充。他们死后，父子合葬于扶君场回龙沟。这是先从西充迁出，后人复迁回西充的例子。

另外，从清宣统元年（1909）二月成书的《顺庆府西充县申赍县属士绅编纂乡土志》中，我们也能寻出一些移民的蛛丝马迹。比如，该志的氏族志记载：熊（指姓，以下同），中区（指在西充的分布，以下同），道光末自江西迁入；王，西区文井、车龙、仁和场，从盐亭迁来，系宋王巩后。

2008 年，西充政协为收集百年古镇的资料，政协文史委吉主任和我到莲池乡调查，乡政府请来的耄耋老人告诉我们，他们的先祖来自山东。

由以上资料我们不难看出，明清时期的西充移民虽然以清代来自"湖广"者较为集中、量大，而实际上他们来自四面八方，原因、时间也各不相同，不都是因为"湖广填四川"而移民西充。

明清移民，不仅源源不断地给西充输入了大量的人力资源，促进了社会的重建，经济的恢复和发展，而且带来了荆楚等各地的文化。它们与西充本土文化的碰撞、交融，对于构建西充的人文精神，乃至礼仪习俗、语言等，都起到了重要的作用。

西充北路方言有着明显的淮北方言的色彩，南路方言打着湘方言的印记。而端午节吃擀面、"包面"，中秋吃糍粑的习俗，也源自于移民。比如，中秋吃糍粑，始于 2000 多年前的春秋战国时期，是楚人为纪念大将军伍子胥而流传至今的传统习俗。闻名遐迩的祥龙嫁歌显然与湖南的哭歌堂有着脐血的联系。一直居住于鸣龙的三苏后人，素以农桑为业。明清时期，鸣龙场、双凤场发达的蚕桑业、丝绸市场，均与这一支苏姓人有关。鸣龙场地处西充、南部、盐亭三县接壤处，向为西充重要的丝绸集散地，有"小成都"之称。原鸣龙场上的茶铺"四海居"为苏姓人聚会的场所，其楹联道："我祖实东坡后裔，想当初玉殿对诏，炬锡金莲，伟矣两宫殊遇；此地属西南边陲，迄今日市立鸣龙，山横伏虎，巍然一座雄关。"苏姓人历来尚文习武，明清时期，文武秀才、举人辈出。

这些显然都是移民文化与西充本土文化相得益彰的结果。

2018 年 8 月 1 日

西充民间的长寿文化

　　2019 年 12 月 9 日，中国老年学会和老年医学学会授予西充县"中国长寿之乡"荣誉称号。这是四川省仅有的四个被官方认定并授牌的"中国长寿之乡"中的一个，含金量很高。

　　截至 2018 年底，西充县 60 周岁及以上的老年人达 126398 人，占总人口的 21.04%，高于全国 3.14 个百分点。其中 80 周岁的高龄老人 19247 人，占老年人口的 15.23%；100 周岁及以上的老年人 71 人，平均每 10 万人有 11.82 个；全县人口平均预期寿命 79.78 岁，高于全国 2.78 个百分点。新一届长寿之乡认定标准的 3 项核心指标、8 项支撑指标，专家组以 99.5 分通过评审，并于 2019 年 10 月得到国家"长寿之乡"评审机构的认定。

　　长寿，可以说是人类与生俱来的梦想和追求。试问：古今中外，无论帝王将相，才子佳人，草根平民，谁不希望延年益寿，长命百岁呢？毋庸怀疑，"长生不老"的梦想，应该与人类文明的历史一样久远。

　　在当代人的长寿理念里，长寿已不仅仅局限于年龄，同时更注重于生命的质量，更重视健康的长寿。因为健康是长寿的前提和基础，只有保持身心健康的状态才能更好地安享天年，感受长久的生命带来的幸福和满足，进而达到人类所向往的长寿的极致。

　　自古以来，中国人就从未中断过对长寿的向往和追求。在西充广大民间，也和在全国各地一样，嫦娥偷灵药、彭祖不老、秦始皇求仙、汉武帝炼丹等美丽动人的传说和故事早已家喻户晓，妇孺皆知。

由于"长寿"寄托着中国人从古至今的期盼，所以，一些有长寿特征的动物和植物，以其长久不衰的生命力赢得了人们的崇敬。人们寄情于物，将它们延伸为象征长寿的文化符号，如用"松柏长青、仙鹤千年、同龟齐寿、鹿寿千岁"等，来表达对长寿的祈愿和祝福。

从精神世界的信仰来看，自唐以降，"儒释道"融合发展，无论是道教中的寿星、南极仙翁、八仙，还是佛教中的长寿佛，这些宗教神灵被供奉在各地的宫观庙宇之中，吸引着希望长寿的虔诚的信徒前往朝圣。

在红白寿庆之中，中国人从生到死，均有"寿"字组成的词汇相伴。过生日有寿诞、寿辰、寿日等；祝愿语有寿安、寿康、寿恺等；过生日要喝寿酒，吃寿桃、寿面，写寿诗、寿联等；人"走"了，称为寿终、寿寝，要穿寿衣、入寿木（又称寿材、寿器），停放寿堂，安葬于寿冢、寿宫、寿域；称人生命的年限为寿命、寿元、寿考。

尊老、敬老是民间寿文化的重要内容，这常体现在祝寿上。60 岁被称为"花甲之年"，也被视为进入高寿之年的标志，又常称为"耳顺之年"，通常从 60 岁开始，过生日才叫"做寿"。男性每逢整十之前的九，如 69、79、89、99 岁生日时，则要过大寿。民间习俗有"贺九不贺十"的说法。60 岁为下寿，80 岁为中寿，百岁为上寿。

祝寿的吉祥语更是内容丰富，含义深远。如：南山之寿、福海寿山、万寿无疆、长命百岁、长命富贵、春秋不老、松鹤齐寿、与天地同寿、福寿安宁、延年益寿、福寿绵长，福如东海长流水、寿比南山不老松等。

80 岁至 90 岁的老年人，又称为"耄耋之年"。旧时给这个年龄段的老人祝寿，常常送一幅"猫戏蝴蝶"画，猫是"耄"的谐音，蝶是"耋"的谐音，是恭祝老人长寿的意思。88 岁，又称为"米寿"。90 岁称为"九秩""九龄""眉寿"等。所谓"眉寿"，是指老年人的眉毛甚长，也是老年人长寿的特征。99 岁称为"白寿"，因为"百"字去掉一横即为"白"字。

操办大寿，寿礼、寿俗都更加丰富多彩，大户人家还要设寿堂，制寿幛，念寿文，点寿烛，送寿礼，演寿戏，写寿字书法等。还要——给老人敬寿酒，谐音"寿久"，处处洋溢着中国浓郁的"寿"文化的传统色彩。

旧时西充民间有"做生不请"的传统习俗。因为做生一般都是 60 岁以上的长辈才有资格，都是后辈子孙、晚辈亲友主动给尊长者做，来客须送礼。所以都是别人自觉自愿的行为，不能去请别人来给自己做生。

还有，如果椿萱并茂，或父母任何一方健在，晚辈多大岁数都不宜大张旗鼓做生，即便做生也不能放鞭炮。这是为了表示对父母的尊重。

现在，人们生活得到极大改善，休闲时间多了，图热闹的劲头足了，不论年龄大小，父母健在与否，做生已成为极为普遍常见之事。主动请客，互相做生庆贺，互不送礼，图个热闹喜庆。还有的小孩也做生，家长邀约亲朋好友吃喝玩耍，给孩子送上祝福之语。当然耄耋之年的老人、尊长者做生，主动送礼者也有之。

以前有一个迷信的说法，人岁数活大了，"吃了儿女的衣禄，对后代不利"。现在时代变了，衣食足了，人们渴望长寿，一个新的迷信说法又流传开来：61 岁至 79 岁最好不做生。因为做生等于是在通知阎王，你已是有寿数的人了，走得了。而人活到 80 岁，已是很高寿，丧事都会被称为"喜丧"，所以用不着忌讳什么。对于这类迷信说法，不足为信，听听就好。

现在也有人把过生日的人都称为寿星。其实，"寿星"一为星名，二为古代神话中司掌寿限的神仙之名。民间因此尊奉寿星，家家挂寿星的画像。寿星的手杖是祛病强身的长寿吉祥物；寿星大大的脑门，也是长寿的意象。

人们在日常生活中也很注重饮食与长寿的关系，乡人推崇粗茶淡饭，认为"吃得好，死得早；吃得孬，死不去"。重视中草药、偏方、单方在祛病、保健康、争长寿中的作用，民间有"千个大夫医不好，过路先生一苗草"的说法。老农也多有一些祖传药物学的知识，一般疮病都能自己治疗。香浓茶作为饮料和中草药的普遍使用，也对保护劳动人民的生命健康起了较大作用。历史上的西充人，一般家庭都喝香浓茶，特别是在栽秧打谷等农忙时节。香浓茶除了解渴，还能去火、清热、解毒，有很好的药用价值。

在民间装饰艺术上也有不少长寿文化的元素。比如在服饰中，孩子帽子上缀八仙银饰，脖子上挂长命锁；建筑物上的麻姑献寿、寿星、蟠桃、龙凤、麒麟、龟鹤的图案、壁画、雕刻等。

给孩子取名，总是寄托着父母对孩子的厚爱和希望，所以名字中总有许多与健康长寿有关的寓意，如永生、长生、永青、长青、永健、永康、永安、青松等。

人体特征也被打上长寿文化的印记。老年人的长眉被称为"寿眉"，长长的耳毛称为"耳毫"，都被视为长寿的象征。人们相信，手掌上有生命线，从掌纹即可看出人的寿夭长短。

在婚俗中，婚前要算命，预测一下对方的吉凶祸福；还要从面相看对方寿夭穷富。耳垂长也被视为长寿的象征。

在丧葬习俗方面，凡凶死者、非正常死亡者，不能在家族堂屋停灵、举办丧事。即便大富人家，寿衣也不能用皮毛，忌讳来生变野兽；不能用缎子，因"缎"与"断"同音，有断子绝孙的不祥预兆。

在上坟、祭祖、求神拜庙等活动中，总会祝祷先人、祈求菩萨保佑家人平安、老人长寿。

忌讳受到老人的诅咒，认为老人的嘴巴有毒，说话有准，担心会短寿。

在节日习俗上，"十四夜摇嫩竹"，实际就寄托了人们对健康长寿的祈盼和祝愿。

西充的方言俗语中也有不少关于养生长寿的谚语。如：

饮食贵有节，锻炼贵有恒；饿不洗澡，饱不剃头；饭后百步走，活到九十九；病从口中入，寒从脚下生；要得小儿安，常带三分饥和寒；不吃烟，不喝酒，病魔见了绕道走；吃得好，死得早；吃得孬，死不去；多吃菜菜儿，长得像太太儿；多吃油油儿，长得像猴猴儿；不气不愁，活到白头；贪吃贪睡，多病减岁；返老还童求仙丹，不如早上跑三圈；少年炼得一身劲，老来健壮少生病；药补不如肉补，肉补不如养补等。

有网友称，历史上的西充曾被称为苕国，在那个物资极度匮乏的年代，既能饱腹又能救命的红苕是功臣，因此西充能评为长寿之乡，有红苕的一份功劳。如今的西充县正重点发展有机农业种植，绿色健康的食物也为西充人长寿起到了一定的推动作用。

是的，红苕的大面积种植，以有机农业为特色的现代农业，以"有机生活、养心养生"为主题的乡村旅游业，正有力地推动着西充老龄事业与经济社会的协调发展，丰富着长寿文化的内涵和外延，推动着老年人幸福指数的不断攀升。

2017 年 9 月 8 日

西充历史上老人长寿的成因分析

　　大家都知道："最苦寒，西南盐。"历史上的西充，地瘠民贫，是闻名遐迩的苦寒之地。旧志曾指出："西充故蜀僻壤，土地硗狭，民鲜闭藏。或终岁力作，不能无荒年忧。"直到清宣统元年（1909），李淇章撰写的《西充乡土志》"耆旧录·户口"条仍在感叹："西充地瘠民贫，糊口于成都龙安、绵州、绥定、重庆及陕西之汉中，甘肃之阶州，贵州之遵义等地者，每岁不下数千人。"长年累月处于"火当衣裳，菜是半年粮"的生存状态之中，西充人普遍寿数不长，早夭者众。仅据民国三十五年（1946）大群乡典型调查提供的资料为例，即可见一斑。当年大群乡全乡共有8985人，出生50人，死亡55人：死亡率高于出生率。在死亡的55人中，55岁以下的29人，占53%；55岁以上的26人，占47%：青壮年死亡率高于老年死亡率。

　　然而西充历史上也曾出了好些有名的长寿老人，举例如下：

　　谯周（约201—270），字允南，西充槐树镇人。谯周是三国蜀汉时期著名的学者、史学家、教育家。谯周活了71岁，在魏晋三国那个英雄豪杰如云如雨、差不多个个英年早逝的年代，谯周绝对算得上高寿了。

　　谯秀，字元彦，谯周长子谯熙的儿子，西晋末、东晋初人。据著名的东晋史学家孙盛所著《晋阳秋》的记载，谯秀活了90

多岁，是名副其实的老寿星。

任瀚（1501—1593），字少海，今西充多扶镇人。明代著名学者、教育家，活到了93岁的高龄。

黄子元（1527—1619），明代人，举人，曾任知县、御史、太守、按察使司，翰林院谕德，高寿83岁。

王廷（1508—1589），明代人，号南岷，进士，曾任户部主事、御史、南京户部右侍郎、南京礼部尚书、左都御史等职。王廷是一位正直无畏的有担当、有作为的能吏，享寿81岁。

刘元定，名启周，明代人。举乡试第一名（解元），名气很大，被视为"博物君子"。刘元定活了将近80岁，他的夫人也同他一样高寿。

刘文琦，刘元定之子，学者称他为"冀北先生"。刘文琦于万历辛丑（1601）高中进士，授职麻城县令。后又升任刑部主事、巩昌府太守、陕西参政等要职。他也是一位长寿之人。

陈宸（1629—1707），出生于"义门陈氏"。陈氏家族忠孝节义、耕读传家。陈宸曾任山东巨野县令，以民为本，清廉勤政。因积劳成疾，死于任所，终年78岁。

斯美，号鹿崖，明嘉靖年间的贡生，曾任过郴州知府，活了80多岁。

李友柏，明代贡生，进士李完、李兆的父亲。李友柏曾任安县教谕，后升任贵州石阡府推官（相当于公安局长），活了86岁。

王聘臣，明天启辛酉科举人，历官广东惠州府同知，活了85岁。

黄世臣，字柱伯，孝廉。明末清初人，曾任夹江广文（儒学教官）。后升任来安、全椒等县知县，活了73岁。

李育，字雨亭，清代名师。李育73岁去世，门人弟子私谥他"文穆"。

冯志舒，字董帷，贡生，清代人。冯志舒当过绵竹训导，年 90 终。

蒲风举，字羽渭，恩贡生，清代人。蒲风举曾任眉州学正，年 92 卒。

其他如岁贡生王世奉，恩贡生黄篪，恩贡生谭嘉美，岁贡生徐潜修，岁贡生李赞阳，举人庞学魁，孝子吴绍锦等都活了七八十岁。节妇何氏更是活了 97 岁。

另外，仅光绪朝《西充县志·耆寿》所记载的长寿老人就有数十人，其中 80—109 岁的老寿星有 40 人。

史料虽没有留下西充人修身养性、延年益寿方面的著述、文章，但是，一方水土养一方人，通过对西充历史上那些著名的老寿星们的生活环境、生存状态以及他们的人生经历的分析，同样可以总结概括，理论升华，挖掘出许多他们之所以能够长寿的信息、成因。

当然，一个人能长寿的原因绝非一点两点，而可能是多点共同作用的结果，这些点点滴滴的宝贵经验综合在一起，就可以作为我们当代人修为和养寿的借鉴。

其一，优美的自然风光，适宜的人居环境有助于长寿。

根据科学家们 2019 年的最新研究资料，长寿与自然环境和气候条件确实有着密切的关系。气候温和地区的居民长寿；植被茂盛、污染少、空气好的山区居民长寿；水系发达地区的居民长寿；空气湿润地区的居民长寿。

这些优越条件，从古至今，西充恰好全都具备。

程太虚的家乡程真宫村，明末邑人马云锦称其地"群峰敞秀，溪水环漾。沆瀣可餐，朝露可饮。真仙居也！"而程太虚长期生活和修炼的南岷山，素有"南岷仙境"的美誉。南岷山层峦叠嶂，奇险幽峻，古木参天，连绵三十余里。云影天光，浮沉出没；烟雾飘拂，时雨时霁。奇峰怪石，倚云临壑。诸井清澈见底，终年不涸。

位于仁和坝子上的岁堂山，风景秀丽，为"西充八景"之一。其西麓的北福寺始建于隋朝，是西充又一宗教圣地，程太虚也曾到该寺修炼。由此可见，程太虚一生都生活在风景如画，空气清新，流泉清澈的良好自然环境之中。

谯秀从小谨遵父训，耕读为本，诗书自娱。谯秀尤其喜爱泉林之乐，常临流赋诗，乐而忘返。后来，他带着妻小，长期隐居山林，躬耕荒野，过着自给自足的生活。谯秀的长寿，显然与西充的气候、水土、空气、膳食等有着因果的关系。

任瀚50余年生活于风景秀丽，环境清幽，空气清新的南充栖乐山中。

庞学魁绝迹城市，唯以山水怡情。

其二，乐学善思，教书育人，著书立说，勤用大脑可以促进长寿。

教师是一个能让人永葆青春的职业，他们从事的不仅是脑力劳动，而且整天生活在青春阳光、活力四射的学生中间，精神会受到感染，可推迟他们心理年龄的老化。同样，学者们脑退化远远迟于、少于一般群体。西充历史上很多长寿老人都是教师、学者。

谯周从幼年开始即耽古好学，诵读典籍，往往废寝忘食，读到心领神会处，则欣然独笑而沉醉其中。晚年的谯周仍治学不倦，乐以忘忧。他不仅是著名的教育家，而且是著名的学者，留下了许多著述。

任瀚进士出身，他直词绝识，名冠海内，乃嘉靖八才子之一，又被誉为"蜀中四大家"。他40岁即辞官回到南充，以教书为乐，培养了陈于陛、黄辉等著名人物，后又潜心研究《易经》达 50 余年。

刘佳、刘元定、刘文琦祖孙、父子，他们既是官员，同时也都是教师、学者，都得以长寿。刘佳的父亲早亡，母亲董氏亲自教他读书识字，后来成为名师。刘元定发扬墨庄刘氏的优良家风，酷好读书，早早辞官归里，研究学问，教育子弟，著有《五经蠡测》《选家学仕学集要》《舆地图考辩》等书。刘文琦的著述有《德舆集》《负薪集》等和文卷若干。

黄世臣出仕前任过夹江广文，每日以经术与学生相切劘，共同钻研学习。退休回乡后，他重操旧业，训诫子弟。

李育的学问品行深得南江人的敬重，请他出任书院的主讲老师。他为南江培养造就了大批人才，使南江的人文蒸蒸而日上。到任职期满，李育被正式授职华阳学博。在华阳任职期间，他与清代教育家李惺结下莫逆之交。一时成都周边的知名人士都拜在李育门下，他的学生中成进士、举孝廉的人比比皆是。李育后升任雅州府教授，终生从教。

徐潜修一生以教师为职业，到晚年仍"日批语录不倦，讲诵不辍"，著有《训家格言》。

斯美是位博爱君子，嗜书成性。他曾任过郴州知府，辞官归家后，唯一的兴趣爱好就是与子弟们读书。

其他如冯志舒当过绵竹训导，蒲凤举曾任眉州学正，庞学魁博极群书，讲学不倦，陶成后进等。

其三，心态良好，胸怀坦荡，淡泊名利，不结怨记仇，大度容人者易长寿。

现代科学研究发现，长寿老人有许多性格共性，良好的心态是他们的主要共性。因为心态不好的人，睡眠一定不佳，容易患病。心态良好的老人遇事想得开，较少有紧张、害怕和孤独等不良情绪。良好心态的长寿老人所占比例远远高于消极心态的人。这也与我们 2019 年下乡采集西充百岁老人健康资料所获得的信息完全吻合。西充健在的百岁老人，普遍都具有这些良好的性格特征。现在更有一种流行的说法叫"心态决定一切"。

谯周幼年丧母丧父，家道中落，靠舅父抚养成人，但他始终保持着乐观向上的心态。后来为官，他胸怀坦荡，以"忠笃质素为行"。后主好游观，广增声乐，他上书劝谏。在被闲置为中散大夫后，他又反对不顾国力屡次对曹魏发动战争，写了《仇国伦》。当邓艾大军兵临城下的时候，谯周审时度势，不计较个人得失毁誉，身负骂名，力主降魏。纵观谯周的一生，官当得不可谓不大，但他却从不追名逐利，恋栈贪权；虽荣辱相随，宠辱相伴，却不忧谗畏讥，不以物喜，不以己悲，只求道义的担当，磊落坦荡，宁静淡泊。

长寿老人刘文琦辞官返乡后，忠恕存心，孝友传家。遇到无赖或无理取闹之人，他总是心平气和，反躬自责，宽以待人。

黄世臣衣锦还乡后，不计前嫌，放得下人世间谁都难免的恩怨情仇，活得洒洒脱脱，坦坦荡荡。以前那些性格粗暴耍野，经常冒犯他的人，他一概置之不问。结果人家反倒自觉内疚，主动跑来向他道歉。他则以礼相待，好言劝慰，绝不再提当年之事。所以乡邻亲友对他没有不心悦诚服的，邻里关系处得非常之好。

庞凤谷生性耿介，淡泊名利，不愿孜孜矻矻于仕进，活了88 岁。同样，恩贡生谭嘉美，淡泊自甘，不与外事，年 80 余卒。

其四，为官清正廉洁勤政，政绩突出，有成就感而无恐惧心，有益于健康长寿。

尤其是封建时代的官员，能赢得百姓爱戴，内心会很有成就感、自豪感，而不至于心存愧疚感、罪恶感，不会有负面的、阴暗的心理负担折磨他们。退休后，他们也能活得很自信，很淡定从容，安享天年。

荷兰科学家的一项研究发现，贪污受贿、盗窃等违法乱纪的人，因为他们做贼心虚，法律的利剑总是高悬在头上，所以他们经常坐立不安、紧张、失眠、烦躁、全身失调，精神压力有增无减。这种人的寿命比一般人的寿命短，而且他们大多数都是暴病而亡。

刘文琦不止在任职麻城令期间深受麻城人民的爱戴，"清名冠于楚省"，而且一直一身正气，两袖清风，被朝廷嘉奖为"清白吏"。

任瀚为人正直，为官清廉，淡泊名利，以"骨鲠自持""清修方正"闻名。他一生光明磊落，不畏强势；不醉心功名利禄，敢于急流勇退，不做贪腐之吏或趋炎附势之徒，从而始终保持内心的高洁与宁静。他自称："瀚倔强寡谐不能为佞!"他不谙官场生态，不徇私情，被人视为"木头人"。

黄世臣曾任过来安、全椒等县知县，政绩煌煌。他一心以安民为要，不曲奉上官，不按上级的瞎指挥办事，虽遭切责，也坚决不扰民，不劳民。在他离开来安之日，来安老百姓奔走相告，泣涕挽留，填塞道路，马不得前，"如赤子之不忍去父母者然"。

明代贡生李友柏活了86岁。李友柏任过安县教谕，学生多所成就。后升任贵州石阡府推官（相当于公安局长），治狱宽平，人们称颂他任上无冤假错案。返乡后敦本睦族，对人处事，和厚无欺，一方受其教化。

明天启辛酉科举人王聘臣，生性质朴，历官广东惠州府同知，治理有方，老百姓安居乐业。李自成领导的农民起义兴起后，他辞官归里，以诗酒自娱，活了85岁。

李育为人正直，有西充人的古道热肠，总是仗义执言，维护学生的权益。他不畏权势，明辨是非，敢于斗争，善于斗争，内心充满正义感，充满胜利和成功的愉悦。

其五，耕读传家，脑体并用，勤读书，好劳动，有益健康长寿。

读书使人明智、明理，思维敏捷，不易老年痴呆；而农耕生活又能锻炼人的体魄、毅力，反应快，动作灵活。中医学的形神一体观就非常强调人的精神活动与形体组织器官之间存在着密不可分的联系。

西充旧志多次引用古籍，赞美西充人以"农桑为先，诗书为要"。

清代进士李莊也曾在《鹿岩书院记》中指出：西充的读书人多贫寒，一般都是半耕半读；要到外地去求学，或是建私塾请老师来授课，都没有那个财力物力。所以前文提到的因乐学好思而长寿之人，健康的身心也大都是这样靠半耕半读而磨砺出来的。

谯秀从小耕读为本，后遭逢乱世，他便带着妻小隐居山林，常戴着鹿皮帽子，躬耕荒野，过着自给自足的生活。到萧敬叛乱的时候，谯秀已经80岁了。他避难于宕渠（今渠县东北），大家认为他年岁太大，要帮他背负随身物品。他婉言谢绝说："各家都有老弱，应该先各家照顾好各家的人。我的力气完全可以携带这些东西，我用不着给大家添麻烦。"又过了10余年，谯秀才老死于家中。

刘文琦家族祖上曾被朱熹誉为"墨庄刘氏"，原因就在于刘氏祖祖辈辈耕读传家。女孩出嫁，陪嫁都少不了书籍。刘文琦的祖母一直住在乡下，督修田畴，灌植桑麻，资助他的祖父刘佳诵读。刘德华的父亲刘元定靠耕读而举解元。刘德华12岁入官学，后娶杜氏为妻。杜氏卖掉首饰助夫读书，自己料理家务，管理场圃。他们都得以长寿。

其六，夫正妻贤，父慈子孝，兄弟友恭，家庭和睦，有益健康长寿。

前文提到，刘文琦的祖父、祖母情投意合，相敬如宾。进入暮年，二老皆隐居乡里，徜徉山水，夫妇同好，相敬如宾，他们都高寿而终。

五世同堂是中国特有的大家庭模式。能够维系五世同堂的家庭，一定是一个家人关系和谐融洽的家庭。光绪朝《西充县志·耆寿》共收录长寿老人36人，其中五世同堂者就有14人，占比高达近40%。可见良好家风、家人和睦对老人颐养天年的重要作用。

大孝子吴绍锦侍奉得了风痹症的母亲，10余年衣不解带，守在床边。后来他又为庶母尽孝66年，直到庶母96岁无疾而终。他自己也高寿80。

农民严国安103岁，五世同堂。

农民杨紫云100岁，五世同堂。

杨全年100岁，五世同堂。

王遴杰86岁，五世同堂。

杨春菁，妻王氏，两人都90余岁，五世同堂。儿子杨长祐，光绪二年（1876）80余岁，已是五世同堂了。

杨权年，100岁，五世同堂。

咸丰年间农民李铎，83岁，五世同堂。

寿妇蒲周氏，84岁，五世同堂。其子蒲长佑，90岁；长佑妇王氏，83岁，也五世同堂。蒲长佑的儿子蒲乐川，光绪元年（1875）已78岁；其妻子杜氏，81岁。真个满门长寿。

其七，心存善念，怜贫惜老，乐善好施，以做善事为乐，以助人为乐，心情愉悦，也是西充长寿老人的共性之一。

根据荷兰科学家的一项研究发现，心地善良的男性比心存恶念的男性活得长。不善良的人把更多的时间放到琢磨他人上面，而善良的人则会把时间用在能使自己快乐的事情上。

　　同时，心地善良的人更乐观向上，会长寿。不善良的人则因为常对他人怀有恶意，斤斤计较，心情总处于憋闷状态，长此以往必定会损害身心健康，容易患上高血压、心脏病和高胆固醇等疾病，从而影响生活质量和寿命。

　　再者，乐于助人的人社会关系好，也能长寿。研究发现，乐于助人者易与他人融洽相处，社会关系好，预期寿命显著延长，男性尤其如此。相反，心怀恶意、损人利己的人，死亡率比正常人高 1.5 倍。

　　而从免疫系统的角度来看，常常行善的人有益于增强人体免疫力。而心怀恶意的人对他人怀着敌意，心脏冠状动脉堵塞的程度加大；常暴跳如雷，使血压升高，甚至酿成任何药物都难以治愈的高血压。所以，损人利己者寿命比较短。

　　活了近 200 岁的长寿仙翁程太虚本为道士，乐善好施，常施药济人，护佑乡民，深得百姓崇敬，死后百姓立庙祀之。

　　辞官返乡的长寿老人刘文琦，每遇到灾年，总是慷慨拿出粮食赈救灾民。亲戚们遇到什么烦难之事，他尽力维持。又给族里置义田，立以为公产，专门用以资助那些穷孩子读书，为无力婚嫁的贫家女置办嫁妆。

　　李育一生把钱财看得很淡，他乐善好施，有节余的薪俸，就主动拿出来周恤亲族，修家族茔墓，为弟兄们置田产。邻里乡亲，老弱病残，都得到过他的帮助。

　　徐连是徐潜修的祖父，岁贡生，有文武才。徐连好施与，凡跟随他的人，他都发给薪水。他又是名师，周边南部、苍溪、盐亭等县的学生，都纷纷来他门下求学。

徐潜修在乡里设帐授徒，他将所有收入交给弟兄们。到弟兄们都结婚成家需要分居的时候，他又把好田好地都分给弟兄们，自己要差地。继母也由他奉养，并尽量让继母开心。县里修城墙、考棚、书院，他都尽力资助赞襄。晚年尤其热心修复那些废旧的祠堂。

李赞阳非常耿介仗义，他常说："一定要等到自己有了多余时才去帮助别人，那永远都不会有帮助别人的时候！"在日常生活中，他身体力行，助人不倦。他的弟兄子侄穷乏，结婚嫁娶皆由其一力承办。

清代乾隆时的大孝子吴绍锦，县令罗允文打算推举他为孝廉方正，他婉言拒绝。他视功名利禄如浮云，弃之如敝履。稍有节余，就分送贫困人家；平时热心置义冢（旧时用以收埋无主尸骸的不收取费用的墓地）、修桥补路，栽花种草等公益事务。

其八，内心强大，意志坚强，生活目标明确，百折不挠的人易长寿。

刘佳的父亲早亡，母亲董氏亲自教他读书识字。虽然家庭贫穷，刘佳却有着鸿鹄之志，发誓不读书成才，就不结婚生子。后来成为名师，所教生徒，不下百人，而且大多考进了官学。

明代节妇何氏，丈夫去世时，她仅23岁，遗孤崔官还很年幼。何氏娘家和崔氏宗族中都有人想劝她改嫁，她坚拒说："崔家的后人仅此一根独苗，我怎么可以随了他人而让崔氏断后呢？"她剪断头发，以示不改嫁的决心，含垢忍辱，饮冰茹檗，把崔官抚养成人，成了官学的学生。何氏活了97岁，是一位了不起的女寿星。隆庆元年（1567），朝廷以"节寿"旌表何氏。

庠生陈韶的妻子张氏，陈韶去世时，她刚24岁，陈韶留下的两个儿子都还很小。张氏守节几十年，将两子抚养成人，都成了庠生。张氏活了76岁。

邓氏本是庠生王进善的小妾，直到 22 岁才身怀六甲。王进善此时病危，他深知妻子妒恨邓氏，嘱咐邓氏一定要保护好遗腹子。邓氏深感责任重大，守节养育遗腹子邓选，伴他成长读书，且登第。邓氏一直活到 90 岁的高龄。

李氏，庠生斯为朴妻。斯为朴死时，其子斯举斯刚 5 岁。李氏守节拉扯斯举斯长大，进了官学，后又中甲午乡试。再后来，斯举斯夫妻又双双去世。李氏又以祖母的身份担起母亲的责任，抚养孙子斯毅。斯毅也进了县学。李氏 86 岁才去世。

"一门四节妇"的李斯氏、何氏、冯氏、何氏：斯氏守节 60 余年，纺绩育孤，高寿 88。何氏 19 岁开始抚养 3 岁遗孤，又孙辈 6 人，朝廷在金泉场建坊予以旌表。冯氏 20 岁开始矢志抚养遗孤，74 岁尚健在。何氏苦抚 4 岁孤儿长大成人。官府建总坊，对她与何氏进行旌表。

光绪朝《西充县志·节孝》共收录节妇、孝妇 163 人，除去当时尚在的 70 岁以下 14 人外，其余 149 人中，70 岁以上者 68 人，高达总数的 46%；80—90 岁 16 人，90—100 岁 8 人，100 岁以上者 2 人。这不能不说是一个很惊人的高寿数字。

这些所谓的"节妇""孝妇"，她们的生活一般都很艰苦，且承担着很大的社会舆论压力，但由于她们有着强大精神力量的支撑，有着坚定的信念，坚强生活下去的明确目的——必须把这个家庭支撑下去，总是自强不息。这样不仅磨砺了她们的心志，也强健了她们的筋骨，所以她们往往也能长寿。

必须说明的是，这里绝没有宣扬守节的意思，而是说明一个人如果有坚强的信念，百折不挠的精神力量，对长寿是有好处的。

其九，良好的遗传基因有益于长寿。出生于长寿家族的人先天禀赋强大，也可能长寿。如清代的杨春菁、王氏夫妇，两人都 90 余岁，五世同堂。他们的儿子杨长祐，光绪二年（1876）80 余岁，也是五世同堂。寿妇蒲周氏，84 岁，五世同堂。其子蒲长佑 90 岁，长佑的媳妇王氏 83 岁，也五世同堂。蒲长佑的儿子蒲乐川，光绪元年（1875）已 78 岁；其妻子杜氏 81 岁，其时都还健在。

2022 年 1 月 22 日

红苕与西充人的性格构建

西充人的性格特质究竟该怎样归纳、提炼，才较为准确，这实在是一个很难的课题；而且可能长时间都难以达成共识。不同的人会从不同的方面、层面、角度提出不同的见解，很难有一个统一的并令大家都能接受的答案。所以一般情况下，都是下拦河网，尽可能多的提出一些观点、概念，如：忠勇、侠义、刚直、勤劳、温厚、善良、谦让、仁义、热情好客、扶危济困、古道热肠，等等。哪些才是我们西充大多数人所共同具有而又有别于其他族群、群体的性格心理和行为准则、方式呢？窃以为"坚韧顽强、质朴忠厚、诚实守信"，大致能够概括。

西充人的性格构建又是怎样同红苕扯上了关系呢？这是因为，红苕自引入西充之日起，就与西充人民的日常生活密切相关，生死相依，形成了特定的红苕文化，所以能互相给对方以影响。

红苕不仅是西充人民生产劳动的产物，生活的依赖，同时也必然成为西充人民欣赏的对象。西充人民长年累月，生生世世与红苕打交道，正像与文人雅士朝夕相伴的梅兰竹菊可以陶冶墨客骚人的情操一样，红苕的优秀品质也必然会给西充人以启迪，以影响，这是再自然不过的事。所谓近山识鸟音，近水识鱼性；近朱者赤，近墨者黑是也。同时，西充人民在栽植、培育红苕的过程中，也必然会按照自己的愿望和要求，去尽量改良、改善红苕的某些特性，使红苕也打上了人类性格的某些烙印，如红苕的抗病虫害能力、无雨栽苕等。

所以在不知不觉之中，红苕与西充人的性格就有了某些契合点、契合度。

一、红苕的优秀品质

红苕自身本无所谓优劣好坏，但它一旦进入人类审美的视野，就成为人类心理的反射了。人类社会曾经历了从狩猎生活到农耕生活的转变。与之相伴随，人类对自然美的欣赏，也经历了从对动物的审美到对植物的审美，再到对山川景物的审美的发展过程。人们的审美意识也由"比德"观念转变为"畅神"观念。

所谓"比德"，就是以自然事物的某些特性，来比附人的德行、情操，使自然物的属性人格化，人的品性客体化。也就是随着人类实践活动的深化，人的思维能力的发展，人们把精神生活、道德观念的善恶同自然物的美丑联系在一起来加以评判，使自然物成了人和人类生活的象征。借用修辞学的术语来说，就是人类借用了事物的比喻意义或象征意义来与自身的性格、情操、禀赋等相媲美。

孔子最早提出"比德"说，他也是这种审美观念的代表性人物。《论语·雍也》说："智者乐山，仁者乐水。"这就是以流水来比喻明智的人，以大山比喻仁义的人。《论语·子罕》则赞美"岁寒然后知松柏之后凋也"。由于人们经常以某一事物比喻人的某一德性，于是形成一种审美的积淀，使这些自然物附上了传统的隐喻意义，比如以松柏比喻坚贞，以兰竹喻清高，从古代一直影响到现在。以前，有人把西充人称为"苕偌儿"，在当时虽含贬义，其实也是一种比德的表现，就是把"土""本分"的西充人比作了质朴无华的红苕。

较"比德"说更进一步的是所谓"畅神"说。"畅神"的观点兴起于魏晋南北朝时期。"畅神"说强调人对自然美的欣赏可以不带任何功利的目的，而只重在欣赏者的情感得到激荡，得到满足，精神为之愉悦舒畅。"畅神"说的观点说明自然美作为人类的生活环境或生存条件，已成为人的现实生活的要素，体现了人的本质力量。它启发人们自觉去领略大自然本身的美，从中激发诗情画意，获得充实的审美享受。比如我们任何时候看到铺天盖地、绿意盎然的大片苕地都会由衷地感到喜悦、高兴，就是这种"畅神"审美心理在起着作用。但是如果细究起来，长势良好的红苕所引发的愉悦，本质上含有丰收在望的预期和快乐，是与看到茂盛的野草闲花所引发的单纯的快乐不尽相同的。

二、再回到红苕的话题

红苕有着非常顽强的适应能力和生命力。它被从南美洲辗转移植到菲律宾，再到中国；到福建，到四川，落户西充。它像柳树一样，很具"平民性"，没有一丁点"骄娇"二气。不管把它安插在哪里，它都能落地生地，散枝发叶。不管是坡地、沙地，田边地角、房前屋后，刨行或堆土，只要有一层薄薄的土壤，它就知足识趣了，从不提过高的要求。

红苕命贱，对创伤有着惊人的自愈能力。苕藤被剪断成三四寸长的小节，埋进土里，即便被任意扔掉的一截苕藤，它也可以不择地而生。它耐干旱，耐贫瘠，越是肥田沃土反倒越不适合于它的生长发育。

红苕非常憨厚、朴实、低调、从不张扬。它头埋在地下，人们从不知道它在那黑暗的王国里经历了怎样的艰难曲折，做过多少不屈不挠的奋斗，默默承受着各种来自外界的给予和刺激，却从不把自己的遭遇、喜怒哀乐挂在口上。长于地表的藤和叶，也没有艳丽的色彩，没有或高大或妩媚的外形。它只知感恩阳光雨露，珍惜天地大爱，总是精神抖擞，昂扬奋发，相互支撑陪伴，给大地披上绿装，给原野染上生命的色彩，给人以愉悦，以振奋。

红苕有很强的抗击自然灾害、抵御病虫害的能力。栽种红苕，基本上不需要多少除草施肥之类的辛劳。炎热的季节，愈是烈日阵雨的天气，愈是风雨雷暴的袭击，它长得愈欢，产量愈高，糖分愈多，淀粉愈多。

红苕一身是宝，任人取用，乐于奉献。不管是鲜苕藤还是干苕藤，都是很好的饲料。苕尖、嫩苕叶是时鲜可口的蔬菜。苕蒂可沤肥，可晒干做燃料。即便是削下来的苕皮也可作饲料、燃料、肥料之用——其实，红苕的所有废弃物都可制作沼气、肥料。可以说，红苕全身没有一样东西是毫无用处的废物。红苕的块根更不消说，它富含丰富的营养，是西充人的主食之一。灾荒年月，它不知还曾挽救过多少人的性命。

红苕还有很高的医药保健价值，是被公认的绿色食品、健康食品、减肥食品、抗癌食品，荣获"太空食品""第一保健食品""第一抗癌食品"等多种殊誉。

红苕的烹饪方法也很简单，它有很强的"可塑性"。生吃、熟食，蒸、熬、炖、炒、烤、磨成粉、制成干，作粮食、作蔬菜，样样都行。它不是帝王珍馐，却丰富了老百姓的食谱。

红苕真的做到了一生奉献，奉献一"身"！但是，红苕的身价很低，不值钱。由于石头瓦块的挤压，或是牛屎虫的叮咬，红苕有时还面目丑陋，疤痕累累，其貌不扬。然而它的沉默、坚韧、不求索取，只知奉献，都像极了我们的父辈。

西充人的性格就这样与红苕的品质互为表里，相得益彰！

三、红苕造就的西充人的饮食文化

由于红苕是西充人的主粮之一，因此，红苕还造就了西充人的饮食习俗、饮食文化，从而也塑造着西充人的性格。

从前，在不少外地人眼中，红苕是粗粮，是主要作为饲料使用的。而西充人的生存状态极其艰困，寒酸，红苕就是当家饭菜，所以外地人常常瞧不起西充人。西充人被称为"苕倌儿"，西充话被称为"苕话"，西充人说话的腔调被称为"苕腔"。西充人一开口，或许就会有人责难你："红苕屎厨干净了没有？"意思是说，你还没有说话的资格。

光绪年间来西充作县令的高培穀，曾随他父亲到过许多地方，他后来自己也多处为官，见闻甚丰。他来西充后大发感叹称：老百姓的疾苦，没有比西充更严重的了。其他地方的人，虽然也有穷有富，但富的都累资数千至十数万，吃不起饭的不过十分之一二，而西充土地贫瘠，无盐铁竹木之利。民间仅靠红苕、蔬菜为生。男男女女一年忙到头，手脚磨起老茧，也仅能填饱肚子。偶见有两三年存粮的，就被认为是巨室富户了。

著名作家、西充老乡李一清曾深有感触地说过一句话："西充人生活得有些悲壮。"

诚哉斯言！作为明末清初"江西填湖广""湖广填四川"的移民，西充人的经历和艰辛不亚于历史上的山东人闯关东、山西人走西口、老槐树下成弃儿。他们也像被千里万里辗转移植于这块贫瘠土地上的红苕一样，没有风调雨顺的生存环境，没有富足优裕的生活条件，他们必须坚强、必须充满韧性，在人前不卑不亢，活得有尊严有面子！"西充的房子射洪的田。""饿死不当讨口子！""男儿无性，钝铁无钢；女儿无性，烂草无穰。""三天不吃饭，装个卖米汉。"这些流布甚广的西充民谚俗语，就是西充人在艰难困苦的环境下磨砺出来的傲岸性格的真实写照。

为了改善这样的生活状态，西充人非常重视教育，读书刻苦，出将入相，为官清廉，人才辈出，闻名遐迩。乡前贤赵心抃在《醵金重树雁塔引》中曾骄傲地宣称："吾邑夙称簪缨胜区，历代之宣猷黄阁，草制鸾掖，珥貂拖紫，服豸佩鱼，坐尚书省，理天下事，以至作屏藩，拥朱幡，乘五马，分符花县者，指不胜屈！"

眉州人刘鸿典写于清同治年间的一首刻画西充民风民情的《竹枝词》对此作了很形象的说明：

纤纤素手不缝裳，刈草山头镇日忙。

莫笑蓬头兼跣足，其中也有秀才娘！

历史上，西充出了多少秀才、举人、进士，为国家输送了多少治理人才；多少秀才娘子、官员夫人还是这般寒酸装束，这般勤劳，这般干得蛮，吃得苦！

燕赵多慷慨悲歌之士，西充多古道热肠、忠厚淳朴之家。由于自身的处境，西充人生性善良，非常富于同情心，怜悯心。遇到讨口叫化的，一碗半碗酸菜红苕稀饭、一块两块蒸红苕、生红苕总是会慨然相送的。即便是一些后来成了富家子弟的人，也还保留着一份本真的善心。罗一龙是四川保路运动急先锋罗纶的弟弟，他不仅常给乞讨之人一些饭吃，送些衣穿，有时还和叫花子一起玩耍。更难能可贵的是，他能认识到讨口要饭之人同样也是父母所生，父母所养，他们不应受到歧视。

西充人的待客之道，尤能彰显西充人的热情忠厚。西充人常说："在家不会待宾客，出门方知少主人。"无力为客人端出一碗像样的饭菜，用酸菜红苕垫底的干饭，面上那一层薄薄的白米干饭，总是留给客人享用的，自家人都只能吃点酸菜红苕，喝点米汤填充肚子。刘鸿典也曾大为感动地为西充人民留下了"省嘴待客"的典型事例。他的另一首赞美西充人的《竹枝词》饱含深情地写道：

喜逢嘉客火锅烧，也识鸡豚味最饶。

借问平时糊口计，可怜顿顿是红苕！

好个"也识""可怜"，道出了顿顿吃红苕为生的西充人多少美好优秀的品质！

世间有很多事情就是这样奇奇怪怪，不可思议，出生于西充的苕乡儿女，乡土情结反倒因为红苕而最深最浓。西充籍国家一级作家、诗人张承源先生感叹："故乡忆，最忆是红苕！"

70后西充籍女作家杜怡臻念念不忘："一方水土养一方人""我识红苕味最饶"！

四、红苕与西充人的方言文化

一个民族的语言蕴藏着这个民族的文化基因；一种方言，也一定富含着使用这一方言的族群的文化基因和性格特质。《南充文学》主编、作家杨茂生认为："西充人的乡音难改，从某种意义上讲也体现了人们对本土文化的眷恋和坚守，是一笔可供研究的历史财富。"

西充话最大的特点是还系统地保留着入声。在今天的普

红苕与西充人的性格构建

通话语音音系的演变过程中，中国北方在元代就已经"入派三声""平分阴阳"了。即是说，在我国北方，古代的入声早已归入了古代"平上去"三声，而后来古代的平声又分为了阴平阳平。所以，对于西充人而言，实际上就是古代的入声在中国的大部分地方都早已经归入了现在的阴平、阳平、上声、去声四个调类了，而西充人还执着地守护着古老的入声，因此，西充人就比别人多出了一个调类。

很自然的现象是，相对于周边县、市、区而言，西充就成了一个方言岛。而实际上，就西充话的内部结构而言，它又是一个小小的方言群岛，可分为四个更小的方言岛。

以义兴镇为代表的北路方言有个显著特点，就是把普通话的"基、欺、希"一组的声母读作了"资、雌、思"；将单韵母"i"读作了舌面音，如"米、皮"之类，即便是西充其他地方的人要模仿这"米、皮"的发音，也是很难的。

南路方言可以祥龙话为代表。它的显著特点是只有前鼻韵母而无后鼻韵母，于是"讲"读"捡"，"光"读"官"，"床"读"船"，等等。

西北角的槐树方言以罐垭乡为代表。其独特之处是将单元音韵母"迂"读成了"迂"与"乌"的近似复元音的韵母，如"区、玉、剧"，等等。

以晋城镇及其周边乡镇组成的城厢方言，其特点是不具上述三种小方言的任何一种特殊情况，而只是同全县其他所有方言区一样，将"hu"的字全部读作"fu"，这样一来，"呼、虎、户"与"夫、府、父"就没了区别；将"gou"的字全部读作"giu"，如"沟、狗、购"等；将"kou"的字全部读作"kiu"，如"抠、口、寇"等；将"hou"的字全部读作"xiu"，如"齁、猴、吼、厚"等。另外，没有韵母"ie"，而将"ie"的字全部读作"i"，如"谢、姐、叶"，等等。

一些在普通话口语中已经消亡，或者只作为书面上的文言词语，或者意义已经转移，或者只能作为词素使用的古语词，现在还鲜活在西充人的口中。比如："老丈儿""相公（读轻声）""女将""俭约""纲常"等。西充方言有着很强的移民色彩，陕西、江淮、湖广等异地的语音、词汇无不在西充方言中打下广纳百川的印记，如陕北的"鼗"、江淮的"一把联"等。而像"吃姑爷饭""吃官饭""壅底盖面""十四月（方音"yo"，入声）"等则表明了西充特有的礼仪、民俗。

如此一来，西充方言就难免被外地人认为是"异类""怪物"了。由于西充话很古老，是古汉语的活化石，很"土"；西充人质朴厚重，又操着这样很"土气"的方言，自然也很"土"；西充又盛产外地人多数作为饲料的红苕，红苕也很"土"。三"土"叠加，岂不是"土"上加"土"了吗？西充话和西充人常被人耻笑为"苕腔、苕调、苕话""苕国、苕倌"等也就不足为奇了。

也许，西充人的许多优秀品质，正是为了争一口恶气，为了在人前证明自己言语虽"土"，但人并不土俗、蠢笨。

西充方言的怪异之处，不妨再举几个例子：

黑不说黑，要说黢黑（方音"qioha"，入声）；白不说白，要说迅白（方音"ba"，入声）；甜不说甜，要说抿（方音"min"，阴平）甜；苦不说苦，要说刮（方音"gua"，入声）苦；重不说重，要说邦重；轻不说轻，要说捞轻；酸不说酸，要说溜酸。

热闹要说成闹热（方音"ra"，入声）；哪里要说成哪个凼；地方要说成踏踏（方音"ta"读，入声）；莫关系要说成莫来头；询问怎么回事要说成朗块立。

西充人不仅创造了许多与红苕有关的词汇、词组、俗语，丰富了西充的方言文化。略举数例：苕（土气、俗气）、苕头苕脑（指人比较笨），逗到削（本为一种厚皮红苕，需用力才能削掉厚皮，比喻使人出血，大破费）。干红苕，水芋头；吃红苕讲圣谕——开黄腔。而且，由于长期、大量地食用红苕所造成的西充独有的饮食文化，又必然塑造着西充人特有的心理素质和性格特征。这主要表现在以下方面。

1. **机智幽默，乐观向上。**

西充人形容一个人爱耍赖，不讲游戏规则，叫作"黄泥巴塑狗——肇（方音"sao"，去声）得连毛都莫得了"。

骂一个人太出格、太不像话，叫"乌梢蛇穿马褂——半截不像人"；或"脑壳（方音"ka"，入声）上顶筲箕——啥（谐音"沙"，去声，方言"过滤"的意思）东西"！

中年男子自嘲说："胡子冲，脸打皱（方音读"zong"，去声，音同"纵"），要想吃稀饭还得自己弄。"

不满意对方的笑而讽刺挖苦对方说："你把你那牙巴子嘻起，又不怕绿苍蝇爬！"

西充人创造了许许多多诸如此类的歇后语、"粉（方音"fer"，实际是"讽"的儿化音）话"，或幽默风趣，或讽刺辛辣。

再比如说吧，明明生活很苦，"穿筋筋挂绺绺""衣无领，裤无裆，一日三餐光（方音读去声，音同"逛"）汤汤"，却要自我安慰说"小了（小时候）穿新新，大了（长大了）穿筋筋""吃得好，死得早；吃得孬（方音"pi"，去声，音同"屁"），死不去（方音"qi"，去声，音同"弃"）""多吃菜菜儿，长得像太太儿；多吃油油儿，长得像猴猴儿"。

越是好的朋友说话越是不忌口，乱喊乱叫才越亲热，感情才越好。把老朋友叫老背时的；见到要好的朋友却称：你个瓜娃子、傻儿、傻撮撮（方音"cuo"，入声）的、砍脑壳（方

音"ka"，入声）的、闷灯儿、瘟丧、你个烂贼（方音"zui"，
阳平声）等。

其实，幽默是一种生活态度，一种处世哲学。许多心理学
的研究都表明，幽默提供了一条表达不被社会接受的感情、行
为和冲动的通道，它能降低紧张情绪，使人思想乐观，心情愉
悦，减少对自身的伤害，并成为人际关系的润滑剂。诚如李一
清所说，论及饮食，红苕与酸菜稀饭，差不多要算是西充人的
招牌食品。至于青黄不接时，多有人家用苕干、苕渣面甚而干
苕叶充饥，人虽面带菜色，然精神不减。过新年，无钱缝新衣，
西充人常将旧蓝布衫染成青色，混作新衣。如果人家挖苦西充
人吃得不好，顿顿苕叶稀饭，拿穿旧了的青布衫染下色，又冒
充新衣服穿，你是去同人家争辩，面红耳赤，结结巴巴，还是
回答说：我顿顿吃"鸭脚板稀饭"你还嫌尜（pi）嗉？我穿的
衣服叫"青出于蓝"好不好？哪个更不卑不亢，举重若轻，化
尴尬为自信呢？

遭了冤枉，道声"和尚打老婆——要有哇"！遇到祸事，
不是愁眉不展，心急如焚，而是用一句"玉皇大帝穿衩衩裤——
出拐了"，一笑而过，举重若轻。

幽默的语言可以说是西充人在较为恶劣的环境里保持心态
平和，自我保护，以求发展的一剂良方。

2. 忠厚诚朴，刚直不阿。

诸如以下常挂在西充人嘴边的短语：

要朗块就朗块（要怎样就怎样，奉陪到底）！

是朗块就朗块（该怎样就怎样）。

有哪样说哪样（只说实话，不说假话）。

大路不平旁人铲（方音"cuan"，上声）。

让人三分不为软。

话说得好，牛肉都做得刀头。

愿给穷人一口，不给富人一斗。

抠抠掐掐（方音"qia"，入声），啥都莫得（方音"da"，入声）。

瓜子不饱是人心。

前半夜思量自己，后半夜思量别人。

此类民谚俗语，都是西充人性格中刚烈、诚实、忠厚等成分的呈现，同时它又有规范西充人言行的良好作用。

3. 刻苦勤劳，自尊自强。

不怕人穷，只怕志短。

不怕穷，就怕懒。

懒婆娘看粪垯垯（只看见粪堆上长得好的那几窝）。

栽桑种桐，子孙不穷。

穷不丢书，富不丢猪。

哥有嫂有抵不到自己有。

先甜不叫甜，后苦才叫苦。

喜鹊子也要坝（搭）个窝。

麻雀有个窝，耗子有个洞，灶鸡子有个干裂缝。

再好吃都晓得留种子。

宁可穷而有志，不可富而失义。

这样一类谚语格言，无不表现了西充人的倔强坚韧，有志气、有骨气，不窝囊。正是有了这样一些精神，人们才会称赞"西充的房子射洪的田（西充的土地不好，但房子却修得很好）"。每当灾荒年月，总会有邻近县乡的人到西充讨口，而西充人吃树皮草根也要守住自己的尊严。

如果西充方言只负载了西充人性格机智风趣的一面，而无后面两点相支撑映衬，那就很容易流于轻薄油滑一途，而有了后面两条，它们相辅相成，相得益彰，西充方言所反映的西充人的性格也就较为完整和丰满了。

五、红苕与西充人性格的契合

综上所述，靠山吃山靠水吃水，一方水土养一方人。西充人民在长期与红苕的摸爬滚打中，通过审美心理的建构、饮食文化的潜移默化、方言文化的熏陶滋养，日积月累，不知不觉之中，西充人的性格特点便与红苕有了某些契合点、相似度。

晋常璩在《华阳国志》中指出："西充故蜀僻壤，土地硗狭，民鲜闭藏。或终岁力作，不能无荒年忧。故其俗勤苦而质木，势使然矣。顾往往向义，遇事能急人。好施与，或长吏倡之，无不应者，以此见民之易导也。"同时他还盛赞这方土地的人民："质直好义，土风敦厚，有先民之流。"

清康熙朝《西充县志》也评论说："西充山高水迅，故人多尚气节，重廉隅。"

我们可以特别留意"故蜀僻壤，土地硗狭""山高水迅"这样一些地形地貌、水土气候对粮食作物的决定性作用。而粮食的优劣丰欠又决定着人们的生活质量，生活质量的高低好坏又关乎着人的性格气质的养成。由此，红苕自引进西充，人们自然将西充人的性格与红苕挂起钩来，而从红苕身上，我们又确实能看出许多西充人性格的某些影子，诸如坚韧顽强、淳朴实在、感恩奉献等。

难怪作为外乡人的杨茂生也止不住慨叹：西充人民"勤劳质朴又乐观诙谐，粗犷豪放又细腻坚韧，心直外向又聪慧内敛，刚直尚义又敦厚重礼，肝胆忠烈又古道热肠，就是'苕国'的文化写照。"

张承源教授同样在其散文《红苕的回味》中感慨系之："红苕，是长长的苕藤下的根。绿色的苕叶，绿色的苕藤，牵连着地下的根，成为远方游子对故乡永远不能释怀的一个结，成为远方游子对故乡永远思恋的寄托。旅外的西充老乡，见面时常感叹道：'我们都是吃红苕长大的。'"

其实，红苕早已被"平反昭雪"，"苕"再不是什么反义词、讽刺语了。我们完全可以自豪地说：那些走南闯北的西充娃就是一张行走着的"苕国""苕倌""西充人""西充红苕"的活广告！

2018 年 8 月 28 日

请记住那个年代那些人

——致敬修建升钟水库西充配套工程的英雄们

历史上的西充长年干旱少雨，农民靠天吃饭，城市人口靠井水为生，无数次上演赤地千里，颗粒无收的悲剧。西充人民盼水想水，盼了一辈又一辈，想了一代又一代。

由李昭志编纂、成书于清康熙年间的《西充县志》就已指出：当时人少（康熙四十七年，人丁10920丁）地广，雨不及时，"则不免枯旱"，倘"日后生息日繁，田野尽辟而水利不兴，遇旱则农困立见矣"。

前贤们不得不一再痛陈："邑人士急宜多集资本，相地筑塘蓄水，以防亢旱。"

然而无论他们怎样声嘶力竭地呼吁、呐喊，也唤不醒那个死气沉沉的老朽帝国。

到民国，已有人提出在嘉陵江流域兴修大中型水利工程的构想。然而在那样一个乱世，一切美好的愿景同样只能是虚妄的空想，痴人的说梦。

新中国刚刚诞生，在共产党领导下的政务院就发出了大兴水利，造福人民的伟大号召。

1957年，四川省水利部门描绘了在嘉陵江支流南部西河兴建升钟水库的蓝图。

1958年秋，按捺不住急切心情的人们，就开始了水库的建设。西充组建了270人的民工营赶赴水库大坝，实行军事化管理。谁知连续三年天灾人祸，1960年春工程被迫下马。

1976年国家计委批准动工兴建升钟水库。2月，升钟水库工程西充县指挥部正式成立。5月，组建210人的民工基建营，下设2个基建连，各连又设木工排、石工排、混凝土排等8个排，所有营连排班干部都从党团员中精挑细选。10月，1万民工闪亮登场，各地像欢送新兵入伍一样隆重欢送他们奔赴前线。他们有的自背被褥、工具步行，有的搭拖拉机，有的爬大货车，队伍浩浩荡荡，以致槐树至鸣龙、罐垭的道路为之阻塞。

1981年1月，由于国民经济调整，工程再度下马。

几经曲折，直到1986年才又掀起了大规模建设的新高潮。

那是一段激情燃烧的岁月，一个理想主义和自我牺牲精神高扬的年代，一个崇拜英雄并且英雄辈出的年代！多少人为了这一宏伟浩大的工程不惜以血肉之躯战天斗地，重义轻生，前赴后继，他们喊出誓言"立下愚公移山志，修好升钟致富渠。引来西河幸福水，灌溉西充万顷田！""献了上身献下身，献了下身献子孙。献了子孙献终生！"

在那些热火朝天、战歌嘹亮的岁月里，有多少可敬可爱的人值得我们学习，有多少可歌可泣、荡气回肠的感人故事值得我们铭记！

1975年即前往升钟水库大坝建设工地的李廷某在《战斗在升钟水利工程指挥部的西充基建连》中写道："我们有的睡在低矮潮湿的转角里，有的睡在四壁通风、破烂不堪的柴房里，还有的睡在堂屋、蚕房里。蚊音如雷，苦不堪言！""有个民工编了首顺口溜，反映那时的蛮荒、贫穷与落后：'升钟三大怪：5个蚊子炒盘菜，一年四季干苕叶子当青菜，抓到王八自己不吃去贱卖！'"

岳光某是古楼最早去鸣龙乡的西充干渠的建设者，那时他才十七八岁。住的是牛毛毡篷篷，热得像蒸笼。工具只有最原始的撮箕、背篼、钢钎，劳动强度很大。每人每天在生产队记工分，补助半斤粮。一个月配半斤油，一斤肉，蔬菜要靠生产队运去。中午四两馒头，干菜熬汤。劳累、艰辛、艰难无以言说！

而在整个西充大地上，到处可见"儿子打钻，老婆扇扇，老爹送饭"的紧张热烈的劳动场面。

"整个支渠上都是黑压压的人，当兵回来讨老婆的，干部回来休假的，娃儿放学回来，像打上甘岭一样，不分天晴下雨，都在帮家里人挖渠运土。石头掉下来砸死了该遭，放炮炸死了运气不好，认了！怨哪个？"观风乡老升钟姚其某回忆说，"晚上一两点钟打起火把还在打碎石。修大桥，突然来雨了，水啊汗啊直往眼睛头口头灌，髂裆裆头没有一处干的，哪个顾得了？哪个有一句怨言？"

工程建设指挥部"一班人"肩负历史使命，立下军令状，风里来，雨里去，一顶草帽、一个提包、一壶水，长年累月奔走在工地上，与民工同甘共苦，并肩战斗。指挥长（指挥部定为正县级）董副县长到任区长负责的地段指导工作，工程队只能用酸菜稀饭接待。董县长的秘书把任区长拉到一边提醒说："任区长！董县长这个人从来不说吃——再嘫么说，人家好歹也是个副县长，你起码要煮碗面招待才像话嘛！"

"要有哇！我还想拿点肉来办招待呢！"

而董县长全不在意，端起碗吸溜吸溜几下就喝得一干二净。

为筹集资金，1988—1998年，农民除交农税、提留外，每亩每年按10千克原粮集资"升钟粮"；1989—1991年，凡有工资的非农业人口按年标准工资总额的1%集资。

工程征用土地1万余亩，搬迁房屋700余户近4000间，搬迁人口3000多人。

西充人民付出了经济上、肉体上和精神上的极大牺牲，但是他们明白，要摆脱干旱贫困的痛苦就得有奋斗，要奋斗就会有牺牲；在社会主义大家庭里，为了"大我"的长远利益，牺牲"小我"的暂时利益，也是公民应尽的责任和义务。

他们的付出和牺牲换来的是新天新地新气象，是宜居的环境，幸福的生活！

西充灌区工程第一期于 1998 年全面完工。西充成为升钟水库主要受益县之一，设计灌溉面积 43.66 万亩，占全县耕地面积的 70% 以上，41 个乡镇受益。历经 20 余年的艰苦奋斗，共建成农渠 241 条，总长 1400 余千米。其中隧洞 1249 座，渡槽 38 座，导虹管 21 座。完成土石方 712.3 万立方米，耗用钢材 1200 吨，木材 6100 立方米，水泥 5500 吨，炸药 3413 吨。总投资 12824 万元，其中国家补助 161 万元，世界银行贷款 2662.26 万元，其余全为西充人民自筹投劳折资。

右总干渠在西充境内分为西充干渠和南充干渠；西充干渠再分为西南分干渠和西蓬分干渠；分干渠又分为支渠和分支渠，再细分为斗渠和农渠。它们正像人体庞大而鲜活的血液循环系统，密布西充和川北的山山水水，滋养着这片古老而年轻的土地。工程带来了水利、生态、经济、社会、政治等多方面的综合效益，不仅使西充的生产力获得了第二次大解放（第一次是土地改革），而且极大改善了西充人民的生存环境、生活质量，大大提高了西充人民的幸福生活指数。

清光绪二至三年（1876—1877）是丙子丁丑年。那年的大旱造成西充"饥莩塞途，饿死累累，惨不忍睹。草根树皮和观音土罗掘殆尽"。

接下来的第二个丙子丁丑年为 1936—1937 年，西充人民同样没有逃脱空前的劫难。"江河断流，稼禾尽枯，赤地千里，颗粒无收。""饥民成群结队……老弱无人抚养，行乞无人施济。市多弃儿，里有饥莩，人情惊惧，险象环生。"

这是一幅幅多么惊悚、恐怖的画面！

六十年甲子周而复始。1996—1997 年又是丙子丁丑年，连同 1994、1995 年，西充已连续遭受史上罕见的四年特大干旱。然而由于水钟水库金水流淌银水来，水旱从人的千年梦想终成现实。西充照样绿树长青，山花红艳，稻香鱼肥，人畜兴旺，人心安定，社会祥和。老百姓高举"共产党亲，升钟水甜"的横幅游行，自豪地吟诗赞叹："渠水绕山转，清泉地里流。老天不下雨，我们不发愁！"

历史的悲剧终于这样在西充大地、川北山乡，在英雄的人民面前以喜剧的方式戛然而止，轰然落幕！

让我们记住那个年代，记住那些人和事，记住那所有的艰辛与坚强，悲伤与感动，痛苦与欢乐，汗水与热泪的交流与奔涌！

2014 年 8 月 6 日

西充女性的胸襟

　　家住西充的李女士从河南老家探亲回来，忆及妹妹讲述的40多年前的一件往事，让她不胜感动，赞叹不已。

　　李女士的父亲原籍西充。抗战爆发，已经有了妻室儿女的李父投身戎行，后来又在河南同李女士的母亲组织了新的家庭。

　　"文革"中，李女士作为知识青年需要上山下乡，本应就在河南，李父却安排她回到西充。再后来，李女士两个更小的妹妹的户口也下放到了西充，就由她们爸爸的结发妻子来照料；她们叫她大妈妈。大妈妈待她们如同己出，关怀备至。放牛的时候，大妈妈顺便带着小妹妹拾柴火。大妈妈总是拉着小妹妹的手，担心她不会走山路，摔倒了。于是，左邻右舍开始以异样的眼光打量她们，各种闲言碎语多了起来，甚至当着她们的面说三道四，讽刺大妈妈男人停妻再娶，自己不回来，反送回来一群别的女人生的娃娃要她照顾！

　　大妈妈回应说："抓壮丁的，参军的，那么多人出去，都死在外面了。他没死，总比那些死了的人好吧？那年月，能活下来就不错了！"

　　"你看看你看看！一个农村妇女，啥文化没有，人家就有这样的见识、这样的心胸！"李女士赞声连连，"丈夫背叛了自己，她不恨；遇到困难又来麻烦她，她不怨。你想得到吗？你想得到吗？你看人家多善良！妹妹不跟我说，我哪知道？"

大妈妈的言行确实令人感动。在她看来，在那样一个兵荒马乱的年月，生死两茫茫，谁又能料到后来的事情呢？要不是日寇发动侵华战争，丈夫会离开她吗？要是能料定还能生还，他还会抛弃她和孩子们吗？她对丈夫的爱，至深至大。只要他活着，只要他没事，他拥有了他新的全世界，而他却仍是她的全世界。她心满意足，别无所求。

1937 年 7 月 7 日，卢沟桥事变。8 月，西充就有 800 余名抗日义勇壮丁奔赴前线，补充到川军第 43 军 26 师。后来在参加南昌会战时，400 余人阵亡。1938 年，西充又前后征兵 17 批次，2953 人应征入伍。李女士的父亲就是这其中的一员，又有很多人血洒疆场，埋骨他乡，至今下落不明。

后来，李女士的两个妹妹都回了河南，因李女士早已在西充安了家，只好只身留在四川。李女士有了小孩，不是她的婆婆，也不是她的亲身母亲来带，而仍然是她的大妈妈。大妈妈手脚麻利，干啥吃啥从不抱怨，确实给他们帮了大忙。

大妈妈很不幸，28 岁就开始守寡，中年又死了儿子。但是，她从不抱怨命运，悲叹人生，一直乐观地活到 90 多岁。

《华阳国志》曾赞美西充这方热土上的人民"质直好义，土风敦厚，有先民之流"。清代的总志则称西充"士习醇厚，民性质朴"。

清光绪元年（1875），同知衔四川候补通判、贵阳人刘藻为《西充县志》作序，也盛赞"嗟我士女，税彼桑田。懿筐盈陌，维时贸迁……岁寒不凋，风疾草劲。猗彼淑媛，维独也正。"大意是说，西充人民无论男女，都很勤劳，耕田种地，大筐大筐地采桑收粮，适时交易，以图生计……那些贤淑的姑娘，像冬天的松柏，疾风中的劲草，独处时也都思想行为端正无邪。

也许，西充乃至中国，正是由于有了这些平凡而又坚强、大度、善良、贤德、勤劳的伟大女性才生生不息，社会和谐，充满温情的吧。

2016 年 8 月 11 日

"拉烂田"和"挖烂田"

"历史上的西充人活得很悲壮!"——我十分赞同这一观点,说这话的是一位西充籍的著名作家。"拉烂田"就是西充人活得"悲壮"的表现之一。

"拉烂田"是老川北地区传统农业生产的一个特殊用语。

西充地处嘉陵江、涪江两大水系的分水岭上,溪流狭小短促,留不住水,十年九旱。在位于南部的升钟水库建成以前,西充的水田普遍为冬水田,以此涵养水土,保证来年有水育秧,有水栽秧,有水种稻。而有了永远不被放干的冬水田,那些靠近山洪口的田,低洼处的田,因年复一年的泥沙的淤积;还有那些较大的泥脚较深的囤水田,因年深日久的浸泡,都很容易形成所谓的"烂泥田",简称"烂田"。

由于烂田像很深的沼泽一样,一脚下去,人都会陷得很深,牛就更不用说了,所以根本无法用牛犁田。其替代办法就是把人当牛使用来犁田,前面两人拉犁,像拉纤或拉车一样,肩上勒着绳子,后面一人扶犁:如此古老的耕作方式就叫"拉烂田"。

拉烂田是非常艰辛、沉重、痛苦的劳作,并不像茶余饭后摆龙门阵说说那么轻巧。

首先,拉烂田必须是在寒冷的季节里进行。因为只有这样,才能利用冬日霜雪的严寒,以杀死田中的杂草害虫。头年"拉"

早了，天气尚暖和，杂草会再生，害虫也无法杀灭；来年"拉"迟了，天气已经回阳，不仅不能杀灭杂草害虫，还可能使其繁衍得更快更好。

其次，历史上西充人一日三餐都是酸菜稀饭，一直处于"酸菜红苕半年粮，火当衣裳"的窘境之中。大冬天缺吃少穿，不少人家只吃两顿饭，身体透支已相当严重，在这种情况下再去干最耗费体力的重活，其对身体的摧残可想而知。

我的一位朋友是槐树人。在城里人的眼里，槐树是偏远、落后的山区。那是 1971 年，朋友刚好才十六七岁，却争着要去拉烂田。因为他家有 8 个兄弟姊妹，他排行老二。家里缺乏劳力，总受歧视。那时生产队的口粮分配原则，是每个人的基本口粮占 60%，工分粮占 40%。而他们生产队分的基本口粮都是五谷杂粮，只有工分粮才能分到谷子这样的细粮。另外，生产队还有更加苛刻的规定，要参加打谷子、抬石头、耕田、拉烂田、撒稻种这 5 种农活的精壮好汉、生产能手才能拿到一天的最高工分 10 分。而拉烂田，因其太苦太累，生产队特别照顾，还可以一人免费喝上一碗"酸菜鲊鲊"——就是煎一个腊猪油渣，炒一大坨酸菜，掺上水，熬开，撒上磨得较粗的米粉熬成的糊状物。就为了这碗酸菜米鲊鲊和以后有挣 10 分工分的资格，我的这位朋友差点丢了小命。

那正是天寒水冷的隆冬时节，拉烂田的人们只穿着短裤，每人手上握着一根竹竿，背上插着一根竹竿。拉犁的时候，一脚下去，身体已陷下去半截，就像纤夫一样，头会埋得更低，差不多要接近水面了。用力时，如果没有另一个着力点支撑，人就会摔倒在泥水里。所以，拉犁的两个人必须相互配合，整齐动作，同时把手握的竹竿横压在前面的田泥里，按着竹竿，借助竹竿扩大的着力面积，作为支撑点，用以使劲拉犁和拔腿——这真是经验和智慧的结晶，劳动人民的一项发明！如果腿还是拔不出来，那就只能再抽出背上的另一支竹竿，把腰伸直了，像撑船那样，使劲把这根竹竿往下插，借助反作用力以抽出泥腿。然后照旧弓腰爬背，一步一步往前拉，往前爬。朋友的短裤、下半截衣服全湿透了，爬上岸时，早已唇乌面黑，不住哆嗦，已不能行动，光着泥脚板就被人扶回家去。家里人赶忙拿床破被子裹了，烧上火给他烘烤。他毕竟才是十六七岁的娃啊！——当家里人去把那一碗酸菜米鲊鲊端回来的时候，他早已躺下了。结果大病一场，无钱求医抓药，险些丧命。

　　还好，在我的少年时代，我们家乡采用的是一种较为人道的方式耕种烂泥田：不用人当牛做马拉犁，而是用锄头挖。由于土改时打土豪分田地的关系，我们生产队有几户人家的田分到了离村子很远的"弯嘴上"。那里是沟口，临河的一片低洼地。到了集体化的时候，弯嘴上的这几块大田的产权归于我们生产队，成了一块"飞地"，远隔着另一个生产队的村落和田地。挖烂田的时候，全队所有能下田的劳力一起出动。队伍浩浩荡荡，还背着锅碗、粮食、蔬菜，挑着水桶，带着做厨的一应工具。中午就在田间安锅设灶，田杆上蹲着、站着，一长串，分食大锅里的酸菜干饭，敲碗咂嘴，津津有味。栽秧打谷也都如此，力争在一两天内完成。

　　挖烂田同样很苦很累，下半身子全泡在泥水里，屁股差不多就坐在烂泥上。天气寒冷，水寒浸骨。一锄头下去，水花四溅，衣服上、身上、脸上、头发上也全是泥水，冻得直哆嗦。可由于人多热闹，同时青年男女泡在一起，打骂戏谑不断，"悲壮的力度"也就顿减几分。那时有一首民歌非常流行，在挖烂田的时候，人们你一句我一句，此起彼伏。歌很美，加上反差强烈的特殊的劳动场面，给我留下了很深的印象，可惜歌词仅

「拉烂田」和「挖烂田」

零零碎碎记得几句，如："好久没到这方来哎，这方的凉水长哎青苔""好久没到这方来，大田栽秧排对排"。感谢互联网，近日我终于找到了这首歌词的完整版。

好久没到这方来哎，这方的凉水长哎青苔。

吹开来青苔喝凉水哟，长声吆吆唱呀唱起来哎。

好久没到这方来哎，唱起歌儿过山岩哎。

站在坡上望一望哎，凉风悠悠噻吹哟过来。

好久没到这方来哎，这方的树儿长成材哎。

青山绿水逗人爱哎，一对秧鸡噻飞哟过来。

好久没到这方来，大田栽秧排对排。

乡亲老表一起来噻，欢乐的歌声唱哟起来。

好久没到这方来哟，这方的姑娘长成材哟。

呀儿海棠花儿香，呀儿海棠花儿香。

大姐是个好人材哟，幺妹挑水送茶来哟，

呀儿海棠花儿香，呀儿海棠花儿香。

……

在这种场合，西充人除了坚强勤劳的性格展示之外，骨子里的幽默风趣也表露无遗。每当唱到"好久没到这方来哟，这方的姑娘长成材哟……"这个唱段的时候，小伙子们就特别来劲，长声吆吆，阴阳怪气，大呼小叫，腾起一波又一波欢乐的浪花。尤其是"呀儿海棠花儿香"那样的复句，更是男女老少都跟着起哄，笑声不断，热情飞扬。正是靠了这种精神力量的支撑，一年一度的挖烂田才得以延续下去。

俗话说，一方水土养一方人。其实，一方水土也养育一方文化。正由于如此恶劣的生存环境和如此不堪的生活状态，才养成了西充人闻名遐迩的吃苦耐劳、自强不息的奋斗精神。西充无论土地和人口，在川北都属小县，但西充从来都是文化大县、高考大县。甚至有南充市的名人断言："南充文化在西充。"

至今回忆起这些往事，我的朋友依然感慨不已，我也同样心潮难平。

2019 年 7 月 16 日

茗粉子面垯儿待发小

西充人古道热肠，热情好客，喜交友，重友情。这常使我忆起唐人孟浩然的诗《过故人庄》和明末冯梦龙的小说《范巨卿鸡黍生死交》。

故人具鸡黍，邀我至田家。绿树村边合，青山郭外斜。
开轩面场圃，把酒话桑麻。待到重阳日，还来就菊花。

平平淡淡数语，就把主人的朴实、厚道，主客之间深厚的情谊表现得淋漓尽致，令人向往。

而范式（字巨卿）为了不失信于朋友的鸡黍之约，竟甘愿献出宝贵的生命，尤其令我感动。

本文所讲的故事虽然平淡无奇，却也尽显西充人交朋结友的至诚和苦心。

那正是粮食非常匮乏的年月。一天放学回家，走进我家厨房侧边的巷子，就闻到腊猪油的浓浓香味。母亲不在家，大概是出门去了。哥哥罕见地在上灶；长青坐在我家四方饭桌的一条长凳上，面朝着哥哥，一边看哥哥上灶，一边同哥哥闲聊。

长青就住在我家巷子的下边，两家屋檐挨屋檐，巷子和屋檐下是阳沟。长青比哥哥大两岁，小时一同玩耍，一同读书，一同长大。初中毕业后，长青读的是师范，哥哥想考大学，上了高中。谁知天不从人愿，哥哥得了肺结核，失去了高考的机会。

他们两人又都算是村里少有的"知识分子"，交情好，又有共同语言，谈得来，所以长青周末回家，哥哥就请他来我家做客闲聊，谈他们共同感兴趣的见闻、科学知识；长青常主动来我家坐坐，摆谈摆谈，也是很自然的事情。那个年代社会发展日新月异，各种新知识层出不穷，想交谈的多着呢！但是拿什么来招待好朋友呢，米面尚且吃了上顿无下顿，哪来鸡黍？于是哥哥打上了苕粉子的主意。西充人把煎饼叫面垯儿，软的煎饼叫软面垯儿。那年月，苕粉子炕软面垯儿，也是很美味可口的啊！

我看到过母亲炕苕粉子面垯儿，知道较麻烦，不好炕。这是因为，苕粉子炕面垯儿水分蒸发快，往往贴锅的一面炕糊了，另一面却还是白花花的干生粉。再是厚薄也很难炕均匀，没有平底煎锅，手脚慢了，锅底积成一团面糊，锅周边却只有薄薄的一层皮。

炕苕粉子面垯儿有几道程序。先将苕粉子加水搅拌调匀，千万不能疙疙瘩瘩的，有硬颗粒存在，不然炕出来的面垯儿就会有"灰包子"。调和的浓度应比炕灰面软面垯儿稍淡些，因为苕粉子面垯儿水分的蒸发速度快于面粉。切一坨腊猪油，当然了，哥哥为招待发小更舍得下手些。用猪油在被烧得微微发红的锅内四周擦一遍，让它留下湿湿的油迹，以防止粉浆粘锅。再将搅匀的苕粉浆沿锅边绕一圈浇下去。粉浆会迅速流向尖锅底，因此需要用锅铲像糊墙一样快速将粉浆往锅的四周分刮。有经验的老手，也可以端起锅来，倾斜着往返绕圈子，让粉浆往薄处流动，待锅里各处粉浆的厚薄大致差不多了，再放回灶上慢火炕。要记得勤翻面，粉浆在锅边上沿渐渐起翘皮了，就要用锅铲试着轻轻翻动。时不时还要洒一些水，尽量让面垯儿的表面干硬得慢一些。炕好一张，揭下来平摊在菜墩上。再用腊猪油擦锅，搅匀粉子，依法炮制。炕好后一张张叠放在菜墩上，切成寸余的长条，抖散摊放。

前面说了，苕粉子面坨儿收水快，无论如何都难以做到两面都炕熟。所以，炕好的苕粉子面坨儿还得再加工。方法很简单，就是把炕面坨儿余下的腊猪油在锅里煎出油来，加上适量的水，熬开后，把切好的面坨儿长条放入锅里慢火煨炖，让还有生粉的一面全部煮熟。然后加上少量时鲜绿叶蔬菜，盐、葱花、花椒面即大功告成。鲜菜以芹菜为首选，不再加葱，就已香味四溢了；豌豆尖略次之。

不要小看这样一碗农家小吃，油香，葱花香或芹菜香，花椒面也香。汤面浮着白晃晃、亮闪闪的细油珠儿，葱花、鲜菜绿绿的，苕粉子面坨儿滑溜溜的很有嚼劲，苕粉还保持着特有的清甜香味。

然而有母亲在，哥哥很难上灶，这就难怪他无论怎样努力，也难得心应手。炕出来的面坨儿厚薄不一，有的糊了，有的尚生。然而青年朋友的友谊所在，狗肉做得刀头，凉水也可当酒喝。难怪长青坐了一晚上，说说笑笑，吃得津津有味！哥哥终不负发小，我也笑了，为他们的友谊深感高兴。

2020 年 8 月 19 日

干儿子干饭

在西充方言中，女婿被称作"干儿子"，又叫"姑爷"，是女儿娘家最珍贵的客人。西充俗话说："丈母娘爱干儿子。"这不仅因为女婿算半个儿子，而且因为丈母娘对女婿好，是寄希望于女婿对她的女儿好。顾名思义，"干儿子干饭"就是喻指西充人用来招待女婿的最好的干饭。

西充是川东北地区历史上有名的穷县，老百姓终年劳碌，多数时间只能靠红苕、酸菜维持生计，有"火当衣裳，酸菜红苕半年粮"之说。白米干饭是只有贵宾显客才能吃到的上等饭食。

20世纪六七十年代，西充县城仅有4家餐馆。一是东街的人民饭店，二是内正街的禽蛋甜食店，三是北街的北街饭店，四是四贵坊的四贵坊饭店。甜食店以卖豆浆油条、醪糟汤圆等甜食为主；四贵坊食店主要卖面食，素面8分钱一碗，臊子面一角二分一碗。四贵坊最有名的包子，6分钱1两粮票1个，民间有歇后语曰：四贵坊的包子"蒸的"，谐音"真的"。北街饭店以卖卤肉为主要特色，猪蹄7分钱一两。那时候的猪蹄很小，半个猪蹄也就二三两，一两角钱就够了。价格最高的就是人民饭店独家推出的干儿子干饭，要2角钱、2两粮票才能买到一碗。这也是纯白米干饭，分上下两层，中间夹着几片肥猪肉。一人最奢侈也就有能力买上一碗，而且再不会买其他的菜肴或者汤菜。如果食店里能舀出半缸米汤，那就幸运得心都要跳出胸腔了，搞得快的，就可来个汤足饭饱了，脸上都飞起了红晕。因为普通人家一年四季都可能吃不上一碗这样的纯白米干饭，而且又是只此一家，别无分店，故而生意很好。食店里还专门发明了一种转盘，类似传送带，但需要人工扳绞盘。饭菜都放在转盘里，顾客自己去端。当场天，食店门前排起了长队，据说一天要卖出几百上千斤米的"干儿子干饭"！

2022 年 2 月 28 日

食之困三章

一、 我与青柑

幼时读《三国演义》，对左慈变柑戏曹操留下了很深的印象。明明是孙权特意挑选的四十余担上品佳柑，左慈剖之，内皆有肉，其味甚甜，可一到曹操手中，却尽只有空壳，并无内肉。这样的情节显系杜撰。

完全成熟的柑总是闪着诱人的金子般的光泽，因此常被称作黄柑。而我这一生都注定与黄柑无缘，只与完全不成熟的青柑有旧。

我因牙齿过敏，原本是不能吃甜的。但在"困难时期"，凡是能弄进嘴的东西都成了救命的宝贝，哪里还顾得上过敏不过敏，能吃不能吃。

那年月，完全成熟的柑是绝对没有的，因为人们不可能等到它慢条斯理地长成熟了才去享用它。能吃到的都还较生涩，肉如败絮，紧巴巴、干瘪瘪的，就连那点儿苦味也是吝啬的。因为很难弄到，吃的时候便很珍惜，要一粒一粒地剥，一丝一丝地细嚼慢咽，以便延长享受的时间。而柑子的种子呢，也不能像现在这样，潇洒地吐掉，随意地扔掉，而要小心地一粒一粒地收集起来。这不是拿来种的，柑的种子也是可以救人一时急难的。

柑的种子的表面不是有一层黏液么？那本是微乎其微的，但累积到了一定数量，量变就可以引起质变——十几粒乃至几十粒放进嘴里，用舌头慢慢地搅动，牙齿轻轻地叩击，那种子表面的黏液便被一点一点地剥离下来。于是嘴里便有了一种黏糊糊的幸福感，肠胃也便马上亢奋起来。那是多么令人陶醉的可怜的兴奋和幸福感啊！待到它们完全没有剩余价值可以榨取了，还要把舌头吸得吱吱响。因为虽然没有实惠，但那吱吱响的声音对于人的感官也是愉悦的啊！

很可惜，我们家没有柑树。外婆家倒是有一棵，据说那还是舅舅早年在外地做生意时，从垫江买回来移栽的——垫江的柚子很有名。外婆好不容易守到半生不熟，自己舍不得吃，总要选那树顶上最大最好的几个送给我们。母亲捧在手里，总是遗憾地说："要是长熟了该多好哇！"无奈生存总得先于享受，果腹重于品味。因此在我心里，柑的滋味便始终是苦中回甜，甜中带苦的，搅得我的记忆也是苦涩中带甘甜，甘甜中含苦涩，像我们的人生一样。

如今，各种品质上乘的柑都能买到了，可我因了牙齿的关系，依然是不大吃柑的。但儿时的经历却是一味清醒剂，在这金钱至上、物欲横流的环境里，它时时提醒我珍惜幸福，感谢生活，不追求享受，不贪于口福。

从这个意义上说，那不成熟的青柑的苦涩，在当时是弥足珍贵的，因为它能拯救我的生命，在今天它依然是弥足珍贵的，因为它能拯救我的灵魂。

二、二两粮票

已经记不清确切的年月日了，总之是"自然灾害时期"无疑。

那时，我正上小学，哥哥上中学。母亲一人在生产队劳动，不幸又得了普遍流行的"水肿病"，腿肿得像铜罐，无法下地干活儿。一家两个人读书，而且成绩都是顶呱呱的，却没有一人干活儿，这就更招人嫉恨和歧视了。于是，村里的公共食堂几乎断了我们的生路。幸好父亲在外地工作，每月还有十多斤粗细搭配的供应粮。父亲便每月从牙缝里省下几斤来，托人换成全省或全国粮票寄给我们。然而，即便这几斤粮票，也不是我们母子们可以全部享用的。那时，舅母、姨母也都不约而同地得了浮肿病。母亲她们三位姐妹都是日薄西山，气息奄奄，朝不虑夕，人命危浅的了。然而三颗善良的心却更加同病相怜，甘苦与共。于是，每个星期天，我便成了穿梭奔走于三个饥饿家庭之间的亲善大臣、友好使者。

那时，凭粮票能从国营食堂买到用杂拌面做成的面条，二两一碗。每个礼拜天，我便带上一个有盖的小瓷盅，买上二两面条，多要些汤水，盖好后就如飞地跑。这个礼拜跑姨母家，下个礼拜跑舅母家。送到后还有些热气，姨母、舅母一边连汤带水地喝下，一边止不住抹眼泪，说不出那份复杂的感情。

然而不幸的事终于降临。一个礼拜天，我竟突然发现该给姨母买面的二两粮票不翼而飞了！我吓坏了，急得满头大汗，心咚咚直跳。脸红了，呼吸也急促了。开始我还尽量沉住气，不断地告诫自己：不要慌，一定是搁错了地方，好好想想，也许能找到。我又怕母亲知道后着急，一个人偷偷地翻箱倒柜，翻衣收床。找一会儿，想一会儿，但那眼前突然一亮，宝物失而复得的惊喜始终没能发生。我终于慌了手脚，桌椅板凳碰得噼里啪啦乱响，禁不住呼吸里带出了哭腔。

躺在病床上的母亲行动不便，也赶忙挣扎起来，跪在地上爬来爬去地找。我们挖了老鼠洞，连撮箕里的灰尘也筛了一遍。真是"打着地洞地找"哇，不知念了多少遍菩萨，还是毫无踪影。

"唉——"一声长叹，母亲终于绝望了。她安慰我说："儿啊，别找了，怕是找不见了——不要急出病来！"说着，眼泪就下来了。

我想起父母亲节省粮票的艰难，想起舅母、姨母那饥饿和感激的眼神，无限悲痛、自责涌上心头，止不住伤心地大哭起来。

那哭声一直响在我心灵深处，撕裂着，也净化着、升华着我的灵魂。——不久，姨母便与世长辞了。

今天，听说以前曾一度流行于全中国的粮票早已成了收藏品，我手中也还有好几张。我常想，要是那二两粮票还能找到，哪怕它价值连城，我也绝不会出手的。我要先将它祭于姨母的灵前，然后再作为我家的传世之宝代代珍藏。让它警示我们的后人，既要知福惜福，更要不断地努力创造幸福，绝不能让粮票、油票、肉票、布票等物重返我们的生活。

有感于人们议论粮票收藏一事，故为记。

三、吃的困惑

我竟从来也没有想到过，有一天我们居然要为食物太丰富、可选择的太多，不知吃什么才好而犯愁！

我家的餐桌虽远没有"紫驼之峰出翠釜，水精之盘行素鳞。犀箸餍饫久未下，鸾刀缕切空纷纶"的奢华程度，但菜品多样，味道不错，还是说得过去的。

可我的孩子不满意，一围拢餐桌，就先用鼻子这儿闻闻那儿嗅嗅，然后问："还有什么好吃的吗？怎么翻来覆去老是这一套哇？"

"孩子，够可以的了！你还想吃什么？你妈怀你那会儿，想吃点儿肉都没有，要喝一点儿骨头汤，还得到处托人找！"

孩子嘴一撇，一脸不高兴，"那时是那时，现在是现在！"

"那时"怎么啦？"现在"怎么啦？看来确实是应该弄个清楚明白的。

自古民以食为天。历朝历代，有哪一位古圣先贤曾经解决了中国人的吃饭问题呢？难怪中国人见面就问："吃饭了没有？"一句简短的问候，折射出中华民族多少苦痛和追求！

我是在饥饿中出生，在饥饿中长大的。当我初解人意的时候，我的父母兄弟、我的亲戚朋友、我的左邻右舍，所有的人都在挨饿，所有的人都在祈祷能够填饱肚皮。粮食没了，蔬菜没了，能吃的野菜、树叶、观音土也都吃光了。还有什么可以吃呢？我就曾亲见邻家的孩子饿得抠脚上的疮壳往嘴里扔。

那时，身患沉疴的母亲为了安慰我，大概意在说明，饥饿是人与生俱来的，便告诉我：生我的时候，家里什么准备也没有，仅有的半斤挂面就吃了三天！祖母还说，她生我父亲的时候，连半斤挂面也没有呢！

母亲是从旧社会过来的人，自然更忘不了那时的磨难。她讲过这样一个故事：

我的一位婶娘替人家种地，因捡食了一颗掉在地上的远未成熟的柑子，主人即罚她跪在地上，把那厚厚的柑子皮全咽下去。

我的儿子出生以后，我的母亲去世了。那时吃的问题依然困扰着我们。母亲病得很重，想喝一点儿鸡汤。哥嫂没钱买鸡，就把一只腊鸡炖给她喝，而这只腊鸡却是因患病而死的。于是母亲病情加重，含恨而去，留给我们终生的悔恨和遗憾。

我是幸运的；我孩子更是幸运的。因为我们赶上了改革开放的好时光。

如今，我们为吃的东西太多而不好选择而苦恼了。真有恍如隔世的感觉！买什么菜呢？各种时鲜蔬菜五花八门；鸡鸭鹅猪牛羊，各种鱼虾应有尽有。

毫无疑问，现在的孩子确实比我们"那时"更幸福。然而我们怎么可以丢弃劳动人民勤劳俭朴的本色，怎么可以无视世界各地还有多少母亲、儿童，正在忍受着饥饿的煎熬！虽然"忆苦思甜不忘本"的年代早已离我们而远去，如果我们既不能正确对待现实，又不善于从历史中吸取教训，我们怎样面向未来呢？更何况贪于口福，耽于吃喝绝非好事。

是的，我们是应该知足常乐了。但在吃的方面，我们绝不能放松对下一代的教育，教育他们不能浪费粮食。

1997 年 11 月 26 日

晒 菜

现在的年轻人，大抵很少有人知道何谓"晒干菜"。干菜是相对于鲜菜而言的。晒干菜者，就是将新鲜蔬菜晒为干菜也。蔬菜不是越新鲜越好吗？晒干干吗？这就与我们昔日的生存环境、饮食文化紧密相关了。

过去物资匮乏，生计艰难，"酸菜红苕半年粮"。咱老百姓平常吃什么菜，也同吃什么粮食一样，都是那个季节出什么就吃什么。于是，旺季里就必须把较为丰富的蔬菜晒干收藏，以备不时之需，尤其是夏秋季节。所以，晒干菜就不仅成了生活的必须，而且成了当时人饮食习惯、饮食文化的一个组成部分。

晒干菜首屈一指的是青菜。青菜不仅产量高，而且收获期长；再者，晒干后耐保存，可以吃两三年。一大背篼一大背篼收回家的青菜，先淘洗干净，再用沸水略微一煮，使其叶柄变软。普通话叫"焯"，直接记音的话，西充话叫"烙"。烙好的青菜装进大陶缸或桶里，压上砖石、木板等重物，待其颜色慢慢变黄，味道慢慢变酸，就成了名副其实的"酸菜"了。

酸菜是要长涎的，这种涎亮亮的，可以拉很长，像饴糖一样。炎夏里，人们拿它冲开水喝，当饮料解渴。殊不知这是严重的致癌物质，很多人就因其导致的食道癌而失去生命。吃不完的酸菜，就拿来晾干。家家阶阳上的柱头之间，或者屋后的树木之间，都拴着篾条或草绳，上面挂满了酸菜，活像渔民晒的一串串干鱼。晒干的酸菜就改名换姓直接叫"干菜"了。干菜的体积和重量都大幅度缩水。干菜煮稀饭，不稠汤，且有一股特殊的清香味。夏秋间喝干菜稀饭能生津解渴。尤其是农忙季节，再配上一碗油辣子拌水煮干胡豆，有咸有淡，有干有稀，有香有味有嚼头，那真是怎一个爽字了得！这也就是俗语"曹操倒霉遇蒋干，胡豆倒霉遇稀饭"所特指的那种稀饭了。

"冲薹"的青菜砍回来后，嫩菜薹、菜叶就用簸箕、晒簟晾蔫，拿来"挼盐菜"。置于倒覆坛里腌制熟了的盐菜可以直接用来下饭，逢年过节，用腊猪油炒盐菜做馅，包饺子、包包子，也是一道美食。在缺油少肉的年月里，这样的腊猪油盐菜饺子、盐菜包子令人垂涎欲滴，口舌生香！

青菜棒子上的皮也得剥下来，或晾蔫后与菜薹、菜叶一起做盐菜，或晒干后封好收藏，需要时拿来炖腊肉腊猪蹄。

同青菜类似的，是牛耳菜。牛耳菜同样产量高、收获期长。但晒牛耳菜主要晒的是菜帮子（叶柄），晒前也需先洗净，煮熟。晒干后的牛耳菜可以在淡季食用，也可拿来煮腊肉，很解油。

珍贵一点儿的晒菜要数干豇豆了。晒干豇豆得选刚摘回来的比较娇嫩的鲜豇豆，先煮熟，然后在簸箕上晒干。干豇豆煮稀饭，仍保留着豇豆的清香，汤熬得稠稠的，很爽口。如是红豇豆晒的干豇豆，这样的干豇豆稀饭连汤和米也都成了淡红色的了，也很养眼。

如今，干豇豆更是登上大雅之堂，成了一些星级宾馆、饭店的席上珍，很受食客们的青睐。嗜好火锅的青年男女，无论是吃传统的腊肉火锅还是新式的火锅，干豇豆都是颇受欢迎的食材。

晒红、白萝卜丝、萝卜条，萝卜挂挂是乡间备办年货的必走程序。萝卜丝自然是切得越薄越细越好,这样晒时才干得快。晒得多的人家,筛子、簸箕嫌小,都搬到晒坝里去晾晒,并且得勤翻动。除了萝卜丝外,小的红萝卜可以直接洗净晒干,一般是用篾条穿了,结成一个个环,挂在向阳通风的地方晒干。

白萝卜还可晒萝卜挂挂。挂挂一般分三种,其一是用"滚刀"法,将整个萝卜环状切割,中间不切断,一根轴心相连。切好后,提起头来,就好像巧手削的苹果皮一样,连成一长串。其二是用这种滚刀法切萝卜时,每切一刀对换一个方向,依法再切。最后提起头来,它就像四面玲珑的工艺品。一长串"灯笼",四面通风透光,中间一根细轴相连。

要把挂挂切得很薄,中间又不能被切断,这就很考验刀工了。手笨的人得在刀下放置一个障碍物,以使刀每次切到同一深度时就自动停下来。这样萝卜挂挂才不会被切断,不会东歪西斜,才能中心一致,形状美观。

再一种萝卜挂挂是先把萝卜切成厚厚的大片,然后让每片有皮的那一边相连,而把没皮的一边等距离切开,状似钉耙,只不过未晒干前耙齿还没有分开而已。

白萝卜也可晒萝卜条。这很简单,就是将白萝卜切成条状,晒干即可。萝卜条、萝卜挂挂主要是年时节下煮腊肉用,在农家的饮食经验里,似乎它们也是绝配——既不浪费油水,吃起来又不油腻。尤其是腊猪脚炖干萝卜条、萝卜挂挂,可视为"舌尖上的西充"了。腊月初八的肋巴饭里,也可见干萝卜条的身影。

切得细、看相好的萝卜丝、萝卜挂挂不仅是食材,也是商品,可以换回不俗的油盐酱醋钱。它们也是礼品,在亲戚朋友间也是拿得出手的馈赠品。更重要的是,它们常常成为乡间男人、媳妇们品评的对象、审美的对象,评判巧妇的重要标准;既是物质生活的一部分，也是精神生活的重要组成部分。

　　大量收获红南瓜的季节，晒南瓜垯垯便又成为一道风景。将红南瓜切成小薄片，正因其小，所以，除了簸箕之类的工具外，大凡阳光下所有可以放置南瓜垯垯的地方也都可以作为临时的晒场。同样，金黄色的金瓜也可以晒金瓜垯垯。夏秋之交，游走乡间，你可以惊喜地看到，农家的晒坝、石头、木板、房瓦、磨扇等到处都晾晒着黄铜色、金黄色的南瓜垯垯、金瓜垯垯，亮人眼目。

　　西充民间有歇后语曰："冬瓜皮做衣领——霉得起灰了！"这"起灰"了的冬瓜皮也是晒菜的一个类型呢。把晒蔫的冬瓜皮放进酱坛里泡熟，就成了不错的"酱菜"了，辣辣的、脆脆的，颇有嚼头。

　　年轻时我于外地谋生，一位同事笑嘻嘻地向我求证："说你们西充人谈恋爱，到了对方家里，都要先看看柜子里装了多少干苕叶儿哪！"我立时大恚，怒喝道："放屁！是哪个龟儿子造的谣？！"回到家乡后，我谈起这件被羞辱的事，谁知有人竟向我证实说，人家没有造谣哈，咱们这儿确实要晒干苕叶儿，一般也是拿柜子装的。那一刻，我险些闭气！

　　如果我们把红苕也当作蔬菜来看待的话，那晒红苕的故事就太多了。红苕极易感染霉菌而导致的黑斑病、软腐病，所以不易贮藏。晒红苕就成了保存红苕的重要手段。

　　鲜苕可以切成颗粒状、片状晾晒。颗粒状的晒干后叫"苕颗颗"，片状的叫"苕干"，或"苕干片片""苕垯垯"。它们都可以用来烤酒，当然，老百姓主要是作为粮食和蔬菜来晾晒的。它们可以搌稀饭，蒸干饭；磨成粉，可以做苕面馍馍、苕面汤圆；混合着灰面，还可拿来擀面条。

　　由于以前红苕总是带着病伤，所以无论是苕颗颗、苕干片片，还是苕面的制成品，都带着黑色和苦涩。但是，"酸菜红苕半年粮"啊，那也曾挽救过不少人的生命呢！

晒苕粉、苕渣疙瘩更是西充家家户户的日常食物了，不说也罢。

晒菜，是西充人民勤劳、节俭、智慧、热爱生活、善用资源等品质的呈现方式。

2019 年 10 月 22 日

西充人的年俗

一进入农历的腊月，年味就一天浓似一天。民谚说："正月顾头，腊月顾尾。"进了腊月，这是一年的结尾，就有很多禁忌应该注意了，不能出什么纰漏、破败，以确保善始善终，平平安安、顺顺利利送走旧年，迎来新年。比如说，说话要有所顾忌，不说不吉利的话、容易招惹是非的话，多说吉庆、吉利的话；不做惹祸的事、破财的事、犯忌的事，行为要谨慎小心，不要发生大的伤病，等等。正月是一年的开端，当然更要注意犯忌的事了。

腊月初八，被称为腊八节。腊八节吃"肋巴稀饭"，是西充人传统的腊八饮食习俗。在西充方言中，"腊""肋"是同音的入声字，"八""巴"音近。所以，中国其他地方的人说的"腊八粥"，西充人说的"肋巴稀饭"，虽然听上去相近，其实是两回事，大异其趣的。

一过了腊八节，新年的脚步来得更快了，忙碌了一年的人们继续忙忙碌碌、欢欢喜喜地置办年货，迎接新春佳节了。

在中国北方，流传着这样的民谚：二十三祭灶神，二十四写大字，二十五扫尘土，二十六炖猪肉，二十七杀年鸡，二十八把面发，二十九贴倒西（即贴春联），三十夜守一宿。

实际上，除了祭灶神、守夜是固定的日子外，其他各项，各家各户是视自家的具体情况而定的。尤其是我们南方人，饮食习俗差异很大，更不可能完全按照这个程序去办。

据说远在夏朝，灶君就已成为民间尊崇的一位大神。先秦时期，祭灶位列"五祀"之一。最初的祭灶神体现的是古人对火的敬畏和崇拜，而祭祀灶神的仪式却逐渐演变成民俗节日。我认为，在原始拜物教的色彩逐渐淡化之后，老百姓之所以仍然一如既往地敬畏和崇拜灶神，一个特别重要的原因就是"民以食为天"，又尤其是在生产力低下、物资匮乏的古代。现在人们祭灶神，可以说更纯粹是为了祈求神灵能给予或者保佑自己美好的生活。

以前，西充一般人家过年都要买灶王神像张挂。神像上大都印有日历，上书"东厨司命主""人间监察神"等语，两边印或贴"上天言好事，下界保平安"的对联。灶王爷自上一年的除夕回到人间后，就一直留在家中，监察和保护这一家人。每年的腊月二十三，灶王爷都要升天，去向玉皇大帝汇报这一家人的善行或恶行。玉皇大帝则根据灶王爷汇报的情况再将这一家人在新的一年中应得的吉凶祸福的命运交予灶王爷之手。

"送灶"的时候，隆重的要摆供桌，供上猪头之类的供品。一般人家则是直接把上供的杯盘放在灶台上。杯里装酒，盘碟里盛下酒菜、糕点、果品等。要焚纸上香，磕头许愿。

西充还有一个说法，就是一定要给灶王爷吃糖，甜他的嘴，让他不要在玉皇大帝面前说坏话。如此看来，中国的菩萨、神灵也是善于摆谱，喜欢贿赂和口舌之欲的。

在有的地方，把腊月二十三称为"小年"。那么，如果把腊月初八视为春节的初次排练的话，腊月二十三就已进入春节的彩排阶段了。

"扫尘土"，西充人都叫"打扬尘"。据《吕氏春秋》记载，尧舜时代就有春节扫尘的风俗。按照民间的说法，"尘"与"陈"谐音，扫尘有"除尘布新"的含义，就是要把一切"穷运""晦气"通通扫地出门。这一习俗寄托着人们破旧立新的愿望和辞旧迎新的祈求。

到了大年三十，西充人俗称的"三十夜"，旧历新年就应该算是正式登场了，这是一个阖家团圆的日子。而从饮食习俗上讲，"三十夜"可以毫不夸张地说是西充人最高规格、最为隆重的节日了，所以西充人有句俗话叫作"讨口子也有个三十夜"。

"三十夜"的重头戏是中午那顿"饕餮大餐"，盼了整整364天。煮肉时，都得煮上一大锅红、白萝卜。煮熟的肉拿来炒米豆腐、蒜苗（或芹菜）回锅肉，这是"三十夜"最最重要的菜。孩子多、人多的家庭，总是先把其他配菜端上桌，待肚子都填得差不多了，才隆重地推出这一道弥足珍贵的菜肴。煮过肉的萝卜叫作"肉萝卜"，要用酱盆之类的大容器装着，是年节间最爽口的下饭菜，要吃很久，甚至都发酸了，成了"酸萝卜"，还在吃。

西充民间一直有"三十夜"午饭后上坟的习俗。一家人来到先人墓前，上香、燃放鞭炮、烧纸、奠酒、献祭品，小孩磕头，大人许愿，请求先人在天之灵保佑家人平安，无病无灾，万事顺遂，升官发财。烧钱纸时，忌讳搅动，如起旋风，则认为是先人的鬼魂来收取冥钱了。为防野鬼争抢，还要在旁边另烧一小堆，告诉野鬼们去取用，不得来抢先人的钱。如黄历上明示可以动土，就可同时修补坟茔，往坟上垒土；若阴阳先生说这一年不能动土，那么，就不能对坟的现状有任何改变。离家远的，也可提前几天上坟。西充民间的"三十夜"上坟，远比清明隆重得多，没有特殊情况，后人是不可以不给先人上坟的，不然，不仅是不孝的行为，还会被人认为坟主的后人死绝了。

根据宗懔《荆楚岁时记》的记载，我国至少在南北朝时就有了吃年夜饭的习俗。西充人不讲究吃年夜饭，但恪守旧俗须守岁。一家人亲密无间地围在一起拉家常，总结一年的酸甜苦辣，得得失失，坡坡坎坎，憧憬、规划美好的来年，互相鼓劲加油，尤其注重对小孩的鼓励、教育，给他们发压岁钱并教他们怎样保管、怎样使用。没有洗澡洗脚的，要抓紧在午夜前洗得干干净净，并修剪指甲。家庭主妇要把一家人特别是小孩子大年初一一起床就要穿的衣裤准备好，叠得整整齐齐的，放在床边或床头上，并反复叮嘱、告诫平时爱乱说话的小孩：大年初一切记不能说"死"说"鬼"。

有这样一个笑话：初一这一天，孩子端着洗脸水，很懂事、很有礼貌地对爸爸妈妈说："大人先死，大人死完了娃儿们才死。"爸妈不住对他挤眉弄眼，他都没有明白过来。因为西充北路方言"洗""死"同音，爸爸气昏了头，一个巴掌打过去，盆掉落地上，水倒个光光，小孩说："喔货，这下尽都死不成了！"爸爸妈妈顿时眉开眼笑："就是嘛，一家人都死不成了！"

在这个"一夜连双岁，五更分二年"的特殊时刻，西充有的地方、有的人家还保留着"抢金银水"的风俗，就是赶在午夜零点时，刚好将家里的水缸挑得满满当当的，这预兆来年财运亨通，有金银满罐的"金银水"。

在零时燃放鞭炮，火光四射，噼里啪啦，最先辞旧迎新，也被认为是很吉利的事。所以很多人都卡准钟点，准时点燃炮竹，如果燃放不顺利，就会觉得晦气。单门独户的，会绕着房前屋后放一圈。特别是过去一年运气不好的，还会在每间屋子里放一遍，以将晦气彻底驱除干净（危险动作，请勿模仿）。

新年正月初一，西充民间一般称作"初一天"或"大年初一"。家庭主妇早早地便起了床，尽量保持着愉悦的心态，满脸微笑，忙着为家人准备新年里的第一餐饭。早餐一般是吃臊子挂面，用肉炒米豆腐做臊子，菠菜、豌豆尖为主要蔬菜。因为平常生活中面食较少，尤其是挂面，更是很少吃，何况还有肉臊子，所以也算美味佳肴了。

有这样一个真实的故事：客人入席后，主人端来一碗酸菜挂面，客人不知是拿来下饭的，捧着碗就吃开了。待主人端来干饭，再找下饭的面条，则早已成了客人的腹中之物，闹得主客都很尴尬，只得另找他物替代。

初一的早餐也有吃醪糟汤圆或糖水鸡蛋汤圆的。除了这些食物弥足珍贵外，还有着甜甜蜜蜜、圆圆满满的寓意。

初一是不能动扫帚打扫卫生的，因为会把财运扫走；也不能往外倒脏水，这也会把财运倒掉。初一是中华民族最盛大的节日，全民的嘉年华，除了欢度春节外，还是休闲娱乐、服装展示、人才比拼、交流交际的平台，所以各色人等都会往城里拥。离城近的自不消说，离城远的平时难得进城，此时更有了进城的充足理由。县城里人山人海，拥挤不堪，一直要到下午三四点钟以后人流才会逐渐散去。卖甘蔗的，卖各种零食、风味小吃的摊点、担子、篮筐比比皆是。一些单位、团体、街道、学校会组织腰鼓队、秧歌队、耍龙、舞狮子、踩高跷、打莲花落、"逗幺妹儿"等活动。坐茶馆，喝盖碗茶，访亲问友，闲聊家常，是离城较远的中老年人的最爱。所以大年初一的茶馆总是"打拥堂"，人满为患。爱川剧的人挤爆了堂坐、楼座，过道里也站满了买加票的人。那真是川剧的黄金时代！后来有了电影，电影院一下子又成了新宠新贵，常常是一票难求。男青年还爱好的一项活动是"花甘蔗"，它考验的不止是技巧、灵巧，还有心理素质等，常常吸引一大堆人驻足观看，或惋惜或喝彩。女孩子则喜欢踢毽子，玩"修房子""抓子"等游戏。当社会进化到歌厅、舞厅的年代，那春节的兴旺火爆就更不待言了。现在，春节又似乎成了麻将牌桌的一统天下。过年嘛，不就图个放松、心闲、高兴吗！

1998年因城市改造而迁建到九条渠的大佛寺经过10年扩

建，到 2008 年落成。从此大年初一爬九条渠，登高礼佛，逐渐成为新的年俗。

虽然，按照传统的年俗，起码正月初一至初三都是正正经经的新年，但一些很现实的人，"三十夜"一过就大声宣告："年已跑了一半啰！"初一一过，更是直截了当地宣称："年已跑完了哦！"虽然很惋惜，但也很无奈。因为在贫穷的年代，对老百姓来说，过年的主要意义就在于能吃到肉食，得到休整，既慰藉饥肠，又暂时放松精神和肉体，可是从初一中午开始，肉食又将隐遁了。

从初二开始，三十夜的残汤剩水就大行其道，"肉萝卜""余汤饭""和和饭"竞相粉墨登场。而缺少劳力的家庭，初二已开始陆续下地了。在集体化大生产的年代，很多强硬的生产队长也是迫不及待地在大年初二就把社员们赶下地的。

在正常情况下，从正月初二开始，就进入了全民大拜年的阶段。民间有一个说法：初一拜本家，初二拜娘家，初三拜亲戚。西充人不管是回娘家还是走亲戚，都是初二总动员。所送的礼品，或是一刀肉、一只鸡鸭、几斤米、几把挂面、几块米豆腐、几个豆腐干、一二十个禽蛋、一包糖果。质和量都不是重点，只在心诚，尽表情义，无人会说三道四，无人会轻薄小觑。实际上，除了有客人的家庭在初二和以后短暂的几天日子里尚有较浓的年味，一般人家，过了初一，年味就一天比一天淡了。初四基本上就全部下地，没有闲人了。

正月初七是小年，按惯例，午餐也是要有点儿过节的意思的。这一天如果天气好，则认为当年"出人"。这个"出"的含义很难一句话讲清，它既有人口繁衍旺盛的意思，也有侵害人类的灾难少，死亡少的意思。如果天气恶劣，那就预示当年"不出人"。

正月十四在西充话中被称为"十四夜"或"十四月"，也

西充人的年俗

是西充的小年。晚上更是少年儿童的狂欢节，要进行"摇嫩竹"和"撵蜞母儿"的活动。到此旧历年就算彻彻底底、完完全全地过完了。

传统上，西充人是不把正月十五元宵节作为正式的节日来过的。据老人们讲，新中国成立以前，元宵节也有放烟花的习俗，但不过节。

2017 年 8 月 20 日

西充人春节以外的其他传统节日习俗

一、端午节

据说按照《易经》的记载，五月是毒月，五日是毒日，五月初五的中午，又是毒时，居三毒之端，所以端午节又叫五月端。"端"是"开端""开初"的意思，所以初五又可以叫"端五"。农历以地支纪月，五月为午，因此称五月为午月，"午"与"五"相通。"五"又为阳数，故而端午节除了可以叫端五、五月端，还可以叫端阳等。西充人的习惯叫法是端阳。

在全国各地，大江南北，端午节的活动一般都是吃粽子、赛龙舟，挂菖蒲、艾叶、白芷，喝雄黄酒等。西充人由于田少、糯米产量不高，一般仅在田角的水函里栽上少量几窝。况且，端午时节，新谷又还没有出来，所以，在历史上，西充人没有端午节吃粽子的习俗。西充人的食谱都是跟着粮食的收获季节走。端午时，新麦已经收割，所以西充人端午节一般以面食为主。多数家庭都是擀面条，加点儿沾荤的臊子。如经济条件许可，买点儿鲜肉做臊子，那可就羡煞人了。也有的包饺子（有的地方叫包面，也有地方叫木梳油糕儿），没有鲜肉，就用腊猪油炒的盐菜或白菜或南瓜丝做馅儿。也有少数人家蒸包子的，所用的馅大抵也和饺子差不多。

因为时至阴历五月，热天已经开始，各种虫豸蛇蜥渐趋活跃，恶疠疾疫开始流行，人们认为，鬼魅魍魉也会猖獗起来，这些都会给人尤其是给毫无抵抗力的孩子们带来疮病等灾难，所以也借过端午节之机，集中为孩子们消毒防毒。这一天，除了大人喝雄黄酒，也会让孩子喝点儿雄黄酒，在额头等容易长疮的部位搽雄黄酒。所以，我国有的地方又把端午节叫作"小孩节"或"娃娃节"。

　　为了防蛇虫进入家中，也有把雄黄酒绕着屋子洒一圈的做法。据说，蛇爬过有雄黄的地方，皮就会烂掉。如此，你就会明白，为什么《白蛇传》里许仙给白娘子喝雄黄酒会害她现了原形。至今，人们知道雄黄有毒，喝雄黄酒的已经很难见到了，但是，在门上挂菖蒲、陈艾的习俗依旧保留了下来。菖蒲的叶片含挥发性芳香油，是提神通窍、健骨消滞、杀菌灭虫的药物。陈艾的茎叶也含挥发性芳香油，所产生的奇特芳香可以驱蚊蝇虫蚁，净化空气。中医用艾入药，有理气血、暖子宫、祛寒湿等功效。西充人将挂干后的菖蒲、陈艾用来熬水，给孩子洗澡，可防治生疮、长虱子。小孩肚子胀气还可少量的喝点儿陈艾水。在民间，特别是中医郎中，还有五月初五午时捉癞巴狗（蟾蜍）的风俗。据说，此时的癞巴狗毒性最强、药用价值最高。

　　西充人的端午节还有一个奇特之处，就是有五月初五和五月十五两个端午节。五月初五谓之"小端阳"，五月十五则叫"大端阳"。小端阳最隆重，一般人家都在这一天过节；大端阳过不过节则随各家情况而定。

　　西充没有可以划船行舟的江河湖泊等水域，所以，西充人过端午，也就没有赛龙舟的习俗。不管端午的来源究因何事，也不管哪种传说是真哪种传说是假，但端午与水一定有着某种联系，却是可以肯定的。所以，西充人就因地制宜，因境设事，改为了在水中抢鸭子以取代赛龙舟。20世纪五六十年代，端午这天，城关镇还在洗笔河中举办过抢鸭子的比赛。

这天，蓝天碧水，丽日当头，汇龙桥以下洗笔河两岸，人头攒动，欢声笑语响彻城郊。一群鸭子被放到河中，然后一拨游泳高手，身强力壮、反应敏捷的小伙子听得一声令下，齐刷刷从桥上头朝下插入水中，追逐鸭群，互相抢夺。小伙子们八仙过海，各显神通。有的挥臂蹬腿，左一下右一下不断侧身，做大刨（自由泳）；有的脸朝下背朝上伏在水面，两臂同时一前一后猛划，似蛙泳却难得抬头换气；有的仰泳；有的潜水；有的高举双手直立水中，单靠双脚游泳并保持身体的平衡；有的混合泳……刚下水时还悠闲自得，高昂着脑袋东张西望的鸭子们，一看形势生变，忙加快速度向四处逃去。而水手们不仅很快逼近鸭子身旁，形成并缩小了包围圈，一只只有力的手伸了过来。于是，鸭子们张开翅膀，扑腾腾做欲飞状，惊惶惶四散奔窜。在两岸成千上万人的呐喊助威声中，运动员们愈战愈勇，鸭子们却早已溃不成军，精疲力竭，纷纷缴械投降，成了俘虏。抢得鸭子的胜利者在众人的欢呼声中将战利品高高举起，收入囊中，脸上充满兴奋、喜悦、骄傲，比得胜回朝的大将军还威风。

那一天，小小的西充县城万人空巷，看热闹的人们陶醉在洗笔河两岸。

二、中秋节

在中国的农历里，一年分四季，每季分三段，因为八月十五正好是秋季的中间，所以称为中秋节。中国古代君主有春天祭日、秋天祭月的礼制。早在《周礼》一书中，就有了"中秋"一词的记载。到唐代，中秋节已成为固定的节日。到宋代，中秋节已很盛行。至明清时，已成为我国仅次于春节的第二大传统节日。

中秋之夜,往往皓月当空,象征着团团圆圆、美美满满,所以,民间多在此夜合家团聚,故中秋节又被称为"团圆节"。中秋之夜,人们月下游玩,喝酒,品尝月饼,拉家常,期盼美好生活,遥祝远方的亲人平安、快乐。"月饼"一词,最早见于南宋吴自牧的《梦粱录》。明代文学家田汝成在《西湖游览志余》中说:"八月十五谓之中秋,民间以月饼相遗,取团圆之意。""相遗"就是相互赠送。同是明代的《帝京景物略》也说"八月十五祭月,其饼必圆……其有妇归宁者,是日必返夫家,曰'团圆节'。""归宁"是回娘家的意思。

据常林张家店梨花园附近一张姓老人讲,他们小时候听到的传说是,吃月饼是因为元末的农民大起义。大约因为张士诚是元末农民起义的盖世英雄,又都姓张,所以张老汉说,张士诚年轻时曾在此居住。起义后的一个中秋节,张士诚用赠月饼的方式,把"今晚杀元鞑子"的字条夹在月饼里传递情报。"元鞑子"指元兵。所以以后过中秋,人们也都吃月饼。而据史料记载,张士诚是在江苏泰州领导的农民起义。或许,西充的这一支张姓,是历史上从江浙辗转移民四川的,所以才有那样的传说。而吃月饼起源于元末农民起义的说法,在我国其他地区也有,但具体人物不是张士诚。汉代张骞通西域,引进了芝麻、核桃,为月饼的制作增添了辅料,此后才有了芝麻饼。以前西充的月饼也多为芝麻饼。

中秋节因月而起,在嫦娥奔月、吴刚伐桂、玉兔捣药的神话传说诞生后,中秋节自然又与这些传说连在了一起。我们小时候的中秋夜都是在四合院的天井里、月亮坝里度过的:或作游戏,或跳舞,或听大人讲月亮公公、月亮婆婆的故事。

中秋节的中午,西充人一般都要吃"叉糍粑"。因为糯米少,糍粑里一般要加籼米、红苕。将按比例蒸好的糯米、籼米、红苕放在光盆之类的容器里,用芦竹杆捣,西充方言叫作"叉"。

叉烂后用手揪成一团一团的，撒上白糖或蘸着熬化的红糖水食用，那个香甜，那个受用，那个舌尖味蕾的感觉，至今都觉得是一种难得的幸福！

以前很多人家无钱买糖，就只能用炒熟的南瓜籽、黄豆之类磨成粉，加一点儿盐来替代糖。虽不甜，但糍粑毕竟是稀缺之物，能尝上一口，也是一个安慰，也很容易满足的。特别是制作糍粑的过程，更是一种享受：一家大人孩子，几乎都参与进来，个个乐呵呵的，有的按盆，有的用力地叉，真个乐在其中。做糍粑的料刚蒸好，孩子们就迫不及待地等着吃锅巴；糍粑还没上桌，就有人眼明手快，抢一块再说。

现代人过传统节日总觉索然无味，我想，第一是物质丰富了，"吃那一口"再没任何吸引力了；第二就是什么都有现成的，超市里买就行了，再不用亲手制作了，自然也就没有了那种劳作过程的乐趣；第三是机器加工的食品因没有手工制作的食品味道好，所以节日的氛围无形之中掺了许多水分。

这可真是，有一利就必然有一弊。最好的补救办法，莫过于在物质享受得到一定的满足之后，更多地去追求精神层面的东西，享受过程而不是结果，享受亲情而不单是好玩儿。

2021 年 2 月 9 日改定

祥龙三绝之嫁歌

　　祥龙嫁歌，因其唱即在哭，哭也是唱，所以又叫"哭嫁歌"。祥龙嫁歌的起源现已很难考证。据四川省非物质文化遗产——祥龙嫁歌传承人、2016 年已 80 多岁的祥龙乡川祖庙村嫁歌老歌手杜心惠介绍，她所唱的嫁歌都是祖辈相传，对口教唱的，不过歌词可根据新娘家的境况自主改动，传到她这一代，已是第十三代了。笔者根据明末清初"湖广填四川"的西充移民情况推测，西充祥龙嫁歌的源头很可能也在"湖广"原乡。同样是祥龙三绝的板凳龙技艺传承人李平老师说，是他们李氏先祖李金毓从湖广麻城孝感乡石板垭将板凳龙技艺带入西充祥龙乡的。杜心惠比李平大二三十岁，据此判断，杜女士的先祖和李老师的先祖应该是同一时期由"湖广"入川的。

　　《中国民间歌曲集成·四川省西充县卷》认为，西充嫁歌与南充"坐歌堂"类似。但西充嫁歌是泛指西充民间普遍流行的哭嫁习俗而言的，并不一定只指祥龙嫁歌。旧时婚俗，新娘在出嫁的头一天晚上要哭嫁。这种姑娘家躲在绣房（闺房）的放声大哭，边哭边诉说，实际就是唱嫁歌，还要请一些姑娘来帮唱。有哭爹、哭妈、哭哥、哭嫂、哭姐妹、骂媒人、夸官人的各种歌谣。如果不哭，会被讥笑为没有家教，一心想嫁人。如流传于西充东太乡的《出嫁歌》这样唱道："青冈叶，背背黄，看到看到要离娘。茶不思来饭不想，傍到门枋哭一场。妈妈问我哭哪样，我说媳妇实难当。一怕婆婆耍心眼，二怕小姑好逞强。妈妈听了泪水淌，爸爸一旁开了腔："自古女儿生外相，哪个女儿不离娘。'"

流传于扶君乡一带的《哭妈妈》："风吹桂花朵朵黄，母女点灯进绣房。儿坐板凳娘坐床，坐在凳上谈家常。样样家常都谈过，唯独不谈女离娘。往日离娘三五日，这回离娘日子长。养女好像燕子样，翅膀一硬各一方。我的妈吔我的娘，生儿养女有啥祥（方言"有啥好"）？"

流传于仁和镇的问答式嫁歌一问一答，非常有趣。女问："妈呀妈，过门去，那个老汉我喊啥？"妈答："女儿吔，过门去嘛，那个老汉你喊爹来我喊亲家！"女问："妈呀妈，过门去，那个老婆子我喊啥？"妈答："女儿吔，过门去嘛，那个老婆子我喊亲家母你喊妈！"女问："妈妈吔，过门去，那个男娃儿我喊啥？"妈答："女儿吔，那个男娃儿我喊干儿你喊他。"

旧时当媒人是门职业。媒人婆家娘家两面夸，"一夸婆家家业大，二夸男儿美如花"。女孩子把嫁错人的责任都归咎于媒人，所以骂媒人也是哭嫁的重要内容。流传于关文乡的《骂媒人》唱道："媒人媒人会说话，走了这家走那家。走到婆家夸娘家，走到娘家夸婆家。夸我婆家房屋大，哪有娘家粪房大？夸我婆家大田大，哪有娘家丈坑（田角蓄水的坑）大？夸我婆家大地大，哪有娘家院坝大？背时媒人说假话，劝你不再哄人家！"

同样流传于观文乡一带的《哭哥嫂》满含愧疚和叮嘱的复杂心情："哭声哥嫂听端详，爹妈年老要敬养。天气热了勤打扇，天气冷了送衣裳。生病要去请医看，端茶送水放心上。哥嫂真是福气好，时常跟到我爹娘。为妹生来是外相，不能在家奉爹娘。全靠哥嫂多操心，妹在婆家永不忘！"

再说祥龙嫁歌。祥龙嫁歌有自己的特点，曲调多，歌词多，内容多，讲究多，2008年第一次收集整理时就有30首之多。同样是除了新娘必须哭以外，还要请相好的姐妹陪哭、代哭，俗称"哭嫁歌""坐歌堂"。哭嫁不能乱唱一气，即兴创作，临时想到哪儿唱到哪儿，所以新娘家要事先请人来家教唱。比如梳妆时有"梳妆歌"，上轿时有"上轿歌"，当然也少不了骂媒人的歌、想念爹妈的歌，还有要嫁妆的歌呢！同时，陪哭也不是女人的专利，男人也可以作陪歌手。不管家庭贫富如何，都要请来8到24名嫁歌手。8名寓意发财，24名代表24节气。哭嫁歌时有一定的规矩、程序。其程序分为落座、开声、择歌、续哭。落座：陪哭歌手进入待嫁娘的闺房后，按照年龄、辈分，依次落座于端坐在床边正中间的待嫁娘两边。如有男歌手，则按男左女右落座；不能男女混坐，男女混坐会被认为有伤风化。开声：必须由新娘先哭，大有抛砖引玉、定下基调的意思，所以谓之"开声"。民间还有"待嫁不开声，嫁后受欺凌"的说法。所以新娘不"开声"，陪唱是切忌反客为主的！择歌即选择适合于这位姑娘家唱的嫁歌。续哭：新娘哭完开声歌后，紧接着就由其他陪哭歌手代哭。她们坐在新娘旁边，手拿一方红手帕捂住脸，有板有眼前俯后仰地边哭边唱。可以是几个人同时哭，也可一个一个单独哭。续哭时间的长短由女方家决定，最短要连续哭一天一夜。吃饭、休息都得轮流进行。陪唱歌手哭得越厉害，得的礼钱也越多。

哭嫁是因嫁而哭，待嫁女因为要离开家庭、亲人、故乡而哭，父母则因为女儿要出嫁而哭，所要表达的是他们心中的离情别恨，所思所想。丰富的内容反映了封建社会的男尊女卑，小媳妇的不幸，以及宣传忠孝节义、劝人向善、知恩图报等。作为经常被邀请的陪哭歌手，"哭"肯定是假假真真，但作秀也要逼真，才能增强所唱嫁歌的感染力。由于唱词语言质朴，接地气，满是人间烟火气息，加之声调凄婉，有时哭着哭着也真的伤心落泪起来，情景也很感人。那时农村精神文化生活贫乏，所以一家嫁女，十里八乡的乡亲都会抽空跑去看热闹。新娘家阶阳院坝常常挤满了兴高采烈、眉开眼笑的看客。

新娘的开声歌一般为："月亮弯弯照楼台，照到小女上楼来。往日上楼多爽快，今日上楼哭起来……"

陪哭接着便唱"教女""吃离娘饭"等嫁歌。如《女大要离娘》："我的妈，我的娘，油菜开花遍地黄。女儿刚满十八岁，未尽孝道先离娘……"

《十教女》："十根芭蕉一样高，我娘从中把女教。一教女儿学针线，二教女儿守妇道……"一直唱到十教。

《哭爹妈》更长，歌词从一月一直讲到十月，前面用赋的手法铺排九个月的准备工作：一月请绞匠，二月请弹匠，三月请机匠，四月请染匠，五月请裁缝，六月请木匠，七月请银匠，八月请铜匠，九月请锡匠。家里准备好了一切，姑娘最后才知道："十月房中好绣花，请个厨子到娘家。不知厨子来做啥？才是小女离爹娘！"

出嫁当天，早已穿金戴银、凤冠霞帔、头盖红帕的新娘还要一边往堂屋走一边哭："脚踩楼板十二跺，要离楼板要离我。脚踩扶梯十二梯，要离娘来要离爹……"有点儿哭天喊地的味道。这是唱给祖宗、希望祖宗能留下自己的歌。一直哭到轿夫上路，将"起轿歌"哭完，哭嫁才算画上圆满句号。

当然，也不是所有姑娘都把出嫁视为畏途，也有对婚姻充满憧憬，希望钓到金龟婿，梦想嫁个如意郎君的。如1985年采集于祥龙乡一村五组的《夸官人》就唱道："金打镫，银打鞍，骑着马儿来了官。官人要往门前过，十个姊妹心喜欢。大姐出来迎接马，二姐出来接马鞍。三姐出来割把草，四姐抱到马槽边。五姐烧盆温温水，六姐花鞋摆两边。七姐房中烫杯酒，八姐拿根干鱼鞭（蒸熟了的干鱼）。九姐抱床花铺盖，十姐陪郎把书看。十个姐妹都夸官，一个通宵没说完！"

把它看成是姐妹们的一厢情愿，也许更为确切。

祥龙嫁歌的唱腔分平腔和高腔两种。顾名思义，平腔起伏不大，高腔旋律起伏变化大，高、中、低调交替出现，唱一句往往需要几次转韵，难度较大。内行看门道，外行看热闹，祥龙嫁歌的高腔想来应与川剧高腔类似，而上引"脚踩楼板十二跺，要离楼板要离我。脚踩扶梯十二梯，要离娘来要离爹……"这样的歌词，撕心裂肺般地情感大爆发，山呼海啸，电闪雷鸣，大约最适宜高腔来哭来唱吧？

到了20世纪后期，新社会新生活，在自由恋爱、婚姻自主等新风俗、新观念的冲击下，即便在祥龙乡下，也罕见有人再唱嫁歌了。为了抢救这一民间文化瑰宝，从2008年起，祥龙乡开始了对嫁歌的发掘、整理，后将第一批收集到的30首汇编成了《祥龙嫁歌集》，给人以少许安慰。2010年，祥龙嫁歌被列入第三批四川省非物质文化遗产名录。

2021 年 1 月 15 日

祥龙三绝之板凳龙

祥龙在清末叫龙凤，后改名会龙，取数溪汇合，龙游于水之意。1981 年全国地名普查时为避免重名，更名祥龙。

板凳龙、嫁歌、石工号子并称祥龙最具特色的民间艺术三绝。祥龙乡被评为"四川省民间艺术（特色文化）之乡"。

龙是中华民族传说中的一种吉祥神物，也是中华民族的图腾。龙能上天入海，能飞能潜，忽隐忽现，威力无穷，所以它在民间有着神圣不可侵犯的地位，封建帝王也都自封"真龙天子"，帝胄被尊为"龙子龙孙"。干旱之年，人们祈求龙王爷呼风唤雨，普降甘霖；洪涝灾害，人们焚香祷告，请求神龙停雨排洪。在漫长的农耕时代，龙寄托着人们对风调雨顺、五谷丰登的美好希冀。正由于人们对龙的信仰和崇拜，所以，舞龙——俗称耍龙——就成了民间的一种习俗。

耍龙在旧时西充非常普及，特别是民国至 20 世纪 50 年代，县内大的村落或村社都有自己的舞龙班子。大凡民间集会、庆典、祭祀等活动，舞龙都是必不可少的表演项目。所舞之龙，主要有火龙、水龙、草龙、彩龙等。表演动作有黄龙缠腰、懒龙翻身、蛟龙腾空、二龙抢宝、滚龙抱柱、金蝉脱壳等。龙的颜色有红、黄、蓝、白、黑五种。以前舞龙的器乐以锣鼓为主，耍龙人服饰统一，在车灯、花轿、龙幺妹的配合下翻飞舞动，场面非常热闹喜庆。新中国成立至 20 世纪 90 年代，西充舞龙以彩龙为主，火龙次之；

草龙原只用于药王会，它和水龙都因有迷信嫌疑，已不复存在。

板凳龙则为西充舞龙一绝，由于板凳龙仅仅流传于偏远的西充县祥龙乡，所以板凳龙一直未引起社会的关注。直到续修的《西充县志》（1998—2005）才第一次对板凳龙有了一个概括的介绍。

李平是西充祥龙板凳龙的第 14 代传人。他的家乡在西充县祥龙乡张家沟村，据村里的《李姓世系简谱》记载，明末清初湖广填四川，湖广麻城孝感乡石板垭移民李金毓将板凳龙技艺带入西充祥龙乡，从此在李家世代相传。从李金毓传到第五代李洪璋时，李家共有五兄弟，个个会耍板凳龙。李家兄弟在祥龙乡各地表演传艺，慢慢使全乡各个村庄院落都有了会耍板凳龙的人。过去人们逢年过节，红白喜事，祭祀活动，都爱以各种方式进行庆贺。富人一般都是请戏班子唱戏或舞彩龙，穷人无钱请戏班子，也耍不起彩龙，就用自己最简单的方式庆贺，随手抓起一条板凳，三人碰头略一合计，便就地表演起来。你闹热，我也不寂寞；你锣鼓喧天，我敲盆盆罐罐。经过多年发展改进，后来人们给板凳安上龙头、龙尾，慢慢形成了现代板凳龙的雏形。正因为耍板凳龙技巧不多，不需要烦琐的制作流程，不择场地，不受人手限制，所以板凳龙在祥龙乡得到广泛流传。

祥龙板凳龙盛行于清初，其传统耍法就只有 1 人或 3 人。一条长板凳为道具，1 人耍时，两手握着板凳的两条前腿就可耍了。3 人耍，耍龙尾的人个头要比耍龙头的人稍高、稍瘦，身段要灵活，表演"穿龙""滚龙"时才可能做到弹跳自如，活跃生动。原始板凳龙就只有游龙、快舞龙、左缠腰、右缠腰等技法。后来到李平这一代人创造了 7 节以上的长型板凳龙，长型板凳龙借鉴其他龙种的舞法，也有了盘龙、头尾双穿、穿龙、腾龙、8 字舞龙、龙出宫、龙脱衣等表演形式

一人板凳龙："一"的寓意很多，如：一元复始、一马当先、

一帆风顺、一步登天等。由 1 名演员单独舞龙,其舞技中的缠身难度较大,舞者将龙在腰间成 360°不停地绕舞。其余舞技与其他舞龙的动作相仿,表现一条小龙在空中不停地翻腾滚动。

三人板凳龙:"三"寓意三阳开泰,岁首年初,万事顺畅吉祥,全家吉祥安康。祥龙板凳龙传承的原始技法就是由 3 人共舞一条板凳。2 人在板凳一端各持一条板凳腿,作为龙头;另 1 人在板凳另一端两手各持一条板凳腿作为龙尾。

七人板凳龙:寓意七星高照,读书人看 7 人龙,金榜题名很幸运;老年人看 7 人龙,子孙满堂有福气。

二十四人板凳龙:代表 24 个节气。通过 24 人的舞龙动作,反映农时季节更替、气候变化、物候特征及农作物生长情况,老百姓很是追捧喜欢。

以前无论什么龙都不能超过 9 节,因为皇帝是"九五之尊",不能冒犯。24 节板凳龙是改革开放以后出现的新事物。

7 节以上的板凳龙就被称为长型龙。长型龙分为聚散龙和连接龙两种。聚散龙的表演者每人两手顺着执持板凳一侧的前后腿,不能交叉持拿。表演时,时而分散,各为一条龙,时而汇拢,连成一条长龙。动作灵活,变化频繁。连接龙的每位舞者两手持握由铁链、轴承、螺钉等链接成一条长形的板凳龙。

祥龙板凳龙又称"梅竹灯",是元宵节传统活动习俗之一。相传源于汉代,由"舞龙祈雨"的宗教活动演变而来。在李平的懵懂时代,还穿开裆裤时,建立高级社,庆祝活动就有耍龙的。小学二年级时,成立人民公社,建立大食堂。全大队的人集中在一起吃饭,耍龙庆祝,很多条龙一起舞动,给他留下很深的烙印。初中阶段,暑假天抱谷把子,晚饭后在晒坝里乘凉,老亮子(西充方言:前辈、长者)们就讲板凳龙,讲祖先是从哪儿来的。老亮子们说:"年轻娃儿些,我们来教你们耍!"在漫长的历史时期,农民们渴望娱乐,但没有钱。而耍板凳龙,既可自娱自乐，又可陶冶情操，增进家族内部的团结，还可强身健体。在板凳龙最盛行的时期，祥龙每个家庭都可以玩一条或多条板凳龙。

"文革"期间，板凳龙被列为禁止对象，舞龙活动一度中断，板凳龙几乎失传。20世纪80年代，人民群众物质文明和精神文明大大提高，板凳龙活动再度兴起。但由于人们物质生活迅速丰富，精神生活要求更高，艺术水准、审美能力也更高了。板凳龙如果不能在原汁原味的基础上，有所提高，大家就会慢慢觉得老是那一套，没观赏性。从20世纪90年代开始，李平就开始琢磨对传统板凳龙进行改良和革新。

1995年，南充市人民政府命名祥龙乡为"龙凤文化之乡"。进入21世纪后，省文化厅号召抢救民间文化艺术，于是板凳龙又获得了重振雄风的良机。2000年全县春节联欢晚会，祥龙舞龙被列为必演的重点节目。在编导的过程中，经过反反复复的思考演练，他把过去的单条板凳改良为把多条板凳连接起来，变一洞龙（"洞"是表示板凳龙板凳数量的量词）为多洞龙，让板凳龙也像彩龙那样耍出曲线、弧度、腾、飞、穿、插等动作。意想不到的是连在一起的板凳龙舞起来更省力，效果更好，演出大获成功！于是在当年的西充"李子园之春"文艺晚会上，他们又首次推出了1人独耍的板凳龙、3人板凳龙和7洞板凳龙同台献艺的精彩场面。从此祥龙乡板凳龙年年参加县里的大型庆祝活动、春节联欢晚会、文化"三下乡"等。

2000年以后，为适应形势发展，祥龙乡党委、政府多次派他前往重庆铜梁学习大彩龙耍法。2002年11月，祥龙乡在祥龙场举行板凳龙表演，庆祝党的十六大胜利闭幕。在民乐伴奏下，锣鼓喧天，龙身翻腾，热闹非凡，赢得全场观众一阵又一阵热烈的掌声。南充电视台前往进行专题采访，节目同时在四川电视台和中央电视台播放。

2003 年，为庆祝南充撤地建市 10 周年，县文化局又派他去铜梁进行系统的学习。铜梁 360 人耍的大蠕龙，既代表一年 360 天，又代表圆满——360°，要一个加强营的兵来耍，看得人眼花缭乱。耍龙头都是十几个人，使他有了很大的感悟。学成归来后，他们在原来最长 7 节板凳龙的基础上，选用轻便的泡桐或油桐木制作板凳，用铁链、轴承、螺钉把更多的板凳连接起来，然后在首尾安上龙头龙尾，形成了 7 到 24 节的长板凳龙。同时借鉴彩龙的制作工艺，为板凳龙制作布质龙衣。龙脊用海绵泡沫制作，龙头龙尾也都按照彩龙装饰，他们还不断提高龙头、龙尾、龙衣等道具的制作水平。头尾既要体现其威猛雄壮，又要刻画得细致入微，再精心为龙身化妆、贴胡须、镶牙齿、装口珠、插画、挂灯笼，使其栩栩如生。在龙头的两边分别插上颜色不同的彩旗，绣着"风调雨顺""五谷丰登""国泰民安""恭喜发财"等吉利词语的布条。尾巴是条红鲤鱼，寓意"鲤鱼跳龙门"和"年年有余"。

普通家庭舞龙，没有音乐伴奏，后引进了锣鼓，但曲牌较单一。现在他们有了两种音乐伴奏，一为鼓点音乐，就是传统的那一套打击乐，唢呐、锣、鼓、钹，二是下载的锣鼓套打音乐。龙神在明亮灯光的映射和音响的烘托下，显得更加威武，犹如真龙出世。耍龙之前要拜龙，队员上场就要先拜龙：龙头点动，龙身龙尾跟着俯仰，左右摇摆。二是龙出宫巡游，然后再按照套路一一表演。

"游龙"属于耍龙最基础的动作，步伐为小台步，俗称走碎步。龙头随龙宝（龙珠）走 S 形，龙身呈横 S 形。龙舞中，上个动作与下个动作之间的过渡，通常都要用游龙来串联衔接。在技巧上增添了穿、盘、腾、滚、漫游、快舞等技法，并配以锣鼓等打击乐和唢呐、笛子等民乐，使舞龙的节奏、步伐、动作更加协调，更加生动活泼。"穿"也叫"钻"，就是龙头从龙身下穿过；龙头从龙身上跃过就是"腾龙"。挥舞龙叫"舞龙"，有多种形式：8字舞龙，龙一直在舞龙者的头顶盘旋，舞成"8"字形。侧舞龙土话叫"舞半甲龙"，龙头不能超过舞龙者的头顶。睡舞龙就是仰在地上舞龙；跪在地上舞就是跪舞龙。摇船队舞龙：比如3579号队员在左边，2468号队员在右边，加上龙头1人，像划船一样，一边队员向前扑，一边队员就往后仰。面对面，你后仰，我前扑，模拟龙在空中曲折行进的姿态。技术精湛的，还可以表演"卧龙飞腾"：龙头从最低处舞起，然后龙头龙身一节一节跳过龙珠，作空中飞腾状；"头尾双穿"：头尾同时从龙身下钻过；"龙脱衣"：模仿龙脱皮的动作，从龙头一节一节往后脱，脱一节，龙就往前"拱"一节；"盘龙"分"高塔盘"和"头尾盘"两种。所有队员步伐一致，动作协调，舞龙的动作越大，弯曲度越大，越能舞出龙的优美、闲雅，看起来越舒服。对舞龙人的服饰他们也做了崭新的包装，布料高档，做工精细，形式多样，喜庆时尚。

新中国成立前，耍板凳龙是男人的专利，妇女不能参加，认为女性耍龙会亵渎神灵，不吉利。改革开放后，一些青年妇女偷偷自学成才，他们顺势吸纳女性参与，使板凳龙出现了男女混舞的新形式，并由此创造出一个新的舞蹈动作——"蛟龙配金凤"。女孩子舞龙，更具新鲜感、观赏性，更吸人眼球。

他们现在耍的板凳龙形式更加多样，套路多变，舞姿变幻多端，时而盘旋上柱，时而温顺可爱，时而咆哮如雷，时而蛟龙出水，时而龙腾飞跃。队形不断变换，横队、纵队、圆圈、重叠、交叉，合起来是一条龙，分开又幻化为一条条单独的小龙。表演形式多样，一为独凳龙，表演者按规定套路，踩着鼓点子，有规律地舞出各种花样。高潮时，看得观众眼花缭乱，只见板凳飞舞而不见舞者。二是多洞龙，每人各举1凳，另有1人举宝珠逗引龙行进。每个人动作协调，凳凳相随，时起时落，或摇头摆尾，或左右翻腾，似蛟龙戏水，活泼欢快。三为象形龙，即在板凳上刻鳞或扎线彩绘。执珠人以武术动作逗龙，表演"黄龙出海""蛟龙戏珠""蛟龙翻滚""龙腾飞跃"等动作。技巧上要求更高，表演者在不停的奔跑中一边翻、滚、跳、跃，一边舞动手中的板凳龙，不断变换队形和姿势，以表现出"龙戏水""龙摆阵""龙蹿珠""龙抢宝""龙配凤""闹龙宫""跳龙门""龙归巢"等不同场面。表演者或刚劲的舞姿，或柔美的身段，充分显示男子汉的刚毅强悍，女子的敏捷灵活。

2004年，祥龙乡被省文化厅命名为"板凳龙舞之乡"，一时间，祥龙乡的板凳龙表演队伍多达30余支。2008年8月21日，市、县电视台专题采访祥龙板凳龙，并分别在《国际》栏目和《关注》栏目播放。同年，西充县人民政府公布板凳龙为第一批西充县非物质文化遗产。2009年9月27日，祥龙板凳龙参加南充市庆祝新中国成立60周年文艺汇演，获民俗歌舞类一等奖。2010年，南充市政府公布板凳龙为第三批南充市非物质文化遗产。2015年，央视七频道、四频道曾两次播发祥龙板凳龙节目。2018年，板凳龙参加了首届中国农民丰收节开幕式的大型演出活动，获得全场喝彩。他们还表演了"八字磨转"：为9人板凳龙，以5号队员为轴心（也叫磨心），龙头龙尾始终保持一条直线，围绕轴心舞动。

近年来老艺人去世较多，板凳龙后继乏人，引起李平很大的忧虑。

（根据李平讲述改写）

2019年9月30日改定

祥龙三绝之板凳龙

山水名胜

西充山水传奇六则

一、铁凝山

西充城西边有一个山头，山下的当地人都把它叫作铁凝（方音读 lìn）山。为什么叫它铁凝山呢？传说这个山头原本很低矮，但是后来它却开始疯长，不仅很快就高出了其他的山头，而且还大有继续往上猛蹿的势头。人们开始担心它如此快速迅猛地长下去，很可能终有一天会刺破苍穹，给人间造成灾难。于是便用铁水将它"凝住"，也就是用铁水浇铸的意思，以镇住它、压住它，使它不能再继续生长。从此，此山得名铁凝山。而被铁水凝住的山头果然就再也没有往上长了，遂成了今天的样子。

在西充的地方典籍中，铁凝山多写作铁印山。旧志称："铁印山，治西。昔有人铸铁，方广二尺许，置其上，欲以实其名。实则山形如印也。"

三种版本，因音近意殊，各自引申附会，其是非真伪，我们既无从考证也无须考证，那就让它几说并存吧。

二、黄连山与将军碑

西充城西的一条小山沟叫西门沟，也叫吉家户。西门沟是因地理位置而得名，吉家户则因姓氏而得名。

西门沟后面的一列小山叫黄连山。至于该写作"黄连"还是"黄楝"，尚有待考证，按当地人的实际发音则是"黄连"。但是黄连山和铁凝山之间的垭口也即闻名遐迩的将军碑，当地人的实际发音又叫"黄楝垭"。黄连山也好，黄楝垭也好，都因同一种树而得名。

黄连山有两个微微凸起的山头，每个山头上都有一棵巨大的黄连树，树龄都在好几百年以上，要三四人才能合抱。树干的基部都已形成巨大的空洞，可以挤下几个人。冬天，这些空洞的上部就成了拱猪子的藏身之地。好事者为了捉拱猪子，便点燃柴草，往树洞里灌烟，以迫使拱猪子从树洞的顶部逃出来。所以，那两株黄连树的树洞全被烧得焦焦的，熏得黑黑的。当地人凡哪家的烟子熏得厉害，人们都会开玩笑说：在熏拱猪子啊！

黄楝垭靠铁凝山一侧的路边山坡上，也长着一棵和黄连山上那种树一样的巨树。但此树不仅根部实在，不朽不空，而且紧紧地抱着一碑，这就是立于明万历四年（1576）的"汉将军纪信故里"碑。西充政协所编的《纪信》一书称："碑后有一棵古老的大黄楝树，树身粗达三人合围。其树枝向四周伸展，犹如石碑的华盖；树根盘亘交错，宛若虬龙，碑座碑身皆环抱其中。"

此段记述较为生动、准确。它将此树直接写作黄楝树，不知所本。可以推测，这树是当初建碑时作为纪念物所植。黄连山上的黄连树，也应是同一时间所栽。后来，此树在雷劈处的断树权中，又神奇地长出一棵茂盛的黄葛树来，叫人惊诧、惊喜、惊叹！

"文革"中，红卫兵企图用钢钎铁锤将碑推倒砸碎。一天夜里，电闪雷鸣，风雨大作，山洪陡涨。怀抱将军碑的那棵黄连树被雷电从树腰劈断，留下黑黑的烧伤的痕迹。当地人纷纷传说，那黄连树中有一条已经修炼成精的大蛇，在夜间的雷雨交加中被天神押送到了大海之中，变身成龙了。2011 年，西充申报"忠义之乡"，笔者有《将军碑传奇》一诗记其事。诗曰：

我家屋后黄楝垭，"将军碑"美名远近扬。

山崖上，大路旁，"汉将军纪信故里"碑高昂。

垭下人家皆"吉"姓，世代相传实乃纪信后人民间藏。

荥阳城，救汉主，诳霸王，风掀烈焰鬼哭神悲将军含笑亡！

为防楚兵一路追杀到故乡，纪家人遂改"吉"姓移居此处避锋芒。

明季立此将军碑，彰忠烈、扬郡望，

行人莫不驻足表敬仰！

将军似有不死忠魂显灵光。

黄连树，高千丈，错节盘根怀抱碑身如龙奋起向云翔。

忽然一夜天风暴，天雨狂，天雷震，天火扬，

地战栗，山摇晃，河裂岸，洪暴涨，

树焦枝残寄生黄葛人惊惶，都说龙已乘波顺水下汪洋。

欻然"文革"起，势汹汹，红卫兵横冲直撞逞疯狂。

破"四旧"，打砸忙，千锤万击欲将雄碑打翻脚踏永埋葬。

孰知碑石安如堵，坚似钢，

一锤一击金光闪，一击一团明火光。

突然天地变色炸雷响，砸碑狂徒手折腰闪魂飞丧，

抱头拖尾忙逃亡！

人称将军自有神明在，岂容宵小肆猖狂！

汉皇、汉朝、汉人、汉族开伟业，

中华万古千秋大国雄风壮！

"功盖三杰"有定评，谁敢与之较短长？

"忠义之乡"实至名归孚众望，

一曲行歌一挽幛，招我先贤亡魂佑我乡人永安康！

至于将军碑下的吉姓人家是否纪信后人，或者与纪信有甚关联，尚需考证，不敢妄下断语。当地父老另有传说，他们的先祖同样是"湖广填四川"来到此地发枝散叶的。

三、文笔山

晋城镇南郊有一座圆形的小山头，形同毛笔的竹笔管。山上簇拥着的小树林，以柏树为主，高低错落，恰似笔毛，中间高耸如笔尖，周围低矮如衬毛。由于整座山恰如一支直竖的毛笔，所以得名"文笔山"。

据清光绪朝县志记载："文笔山，治南二里，行家认为学宫之文笔。""行家"即风水先生，也就是说，在风水先生看来，文笔山是西充学宫的风水宝地。文笔山下，尚有流杯池，为明代邑令戴君恩所筑。每年正月，文人雅士多聚于此，搞所谓"曲水流觞"的活动以禳祟。邑人崔鳌曾有《流杯池》诗记其事。诗曰：

羽觞宛转下文波，雅韵传来晋永和。

禊罢散归重序饮，文章谁似柳州多？

紧挨着文笔山，另有一座小山，形似砚台，当地人取名"砚台山"。两山不仅两两相对，而且刚好配成文房四宝中最重要的两宝。

文笔山和砚台山隔着洗笔河与一湾村落相对，这就是坐落于晋城西边的西门沟。相传由于有文笔山、砚台山、洗笔河这样的好风水，历史上西门沟以出刀笔吏闻名遐迩。所谓刀笔吏，也就是世称讼师一类的人物。他们笔如利刃，口若悬河，让一帮为非作歹、贪赃枉法、刁钻狡诈之徒或锒铛入狱，或低头伏法。

于是，引起一些人对西门沟这些刀笔吏的仇视。他们遂聚众摧折了文笔山上的树木，破坏了文笔山和砚台山的山形。从此，西门沟再也没有出过刀笔吏了。

四、九条渠

西北—东南走向的九条渠山系，像一根巨大的楔子直插西充城中。它是西充的风水宝地。据说，沿着九条渠的山脊一直往西北方向走，可以走到陕西境内。清朝时期，甚至有老虎从秦岭南下，大白天闯入西充城中，吓得人们争相逃窜。衙门也赶紧关了大门，以防虎患。九条渠也是西充县城的制高点，县城的天然屏障。沿着山脊筑有城墙，设有防御工事。关于九条渠的传说，民间历来很多，版本各异，都颇有意思。它们体现了西充劳动人民丰富的想象力和活跃的才情。

传说九条渠的得名，缘于张献忠攻打西充城的一段传奇故事。话说张献忠率部来到西充，遭到西充地方武装力量的顽强抗击，县城久攻不下。张献忠日思夜想，绞尽脑汁，也不得良策。一个月黑风高之夜里，张献忠在九条渠的树林里披衣徜徉，苦苦思考破城之策。忽然听得静谧的林中传来人声，在悠悠地唱道："不怕斧头不怕刀，只怕锯子梭断腰！"张献忠循声觅去，发现是一条粗大的地瓜藤在自言自语。后询问山民得知，这是一条成了精的地瓜藤，任凭刀砍斧斫，抽刀即合，拔斧即愈。张献忠悟到也许正是这条地瓜精作祟，西充城才固若金汤，安如磐石。于是，张献忠即派人拿锯去对付地瓜藤。当地瓜藤不幸被锯断之时，血涌如山洪突发，汹涌澎湃，锐不可当，很快在山坡上冲下了九条巨大的沟渠，所以此山得名九条渠。

这个故事实际上是一个隐喻，即西充城被攻破，是经历了惨烈的厮杀才最终陷落的。它将西充人民的威武不能屈，宁死不投降的坚贞性格表现得淋漓尽致。这是有史料可以作证的，只不过是姚黄而非张献忠。据欧阳直的《蜀警录》记载："姚黄贼攻破长寿、邻水、大竹、广安、岳池、西充、营山、定远各州县，城野俱焚掠，炮烙吊拷后尽杀绅士及军民老弱男妇，掳其少妇幼子女子入营，所获壮丁用生湿牛皮条捆之，交其面背粮，无人得脱，积尸遍地，臭闻千里。"

另据西充康熙朝县志记载："逆献已屠全蜀，西充受祸最后而最深……密使归访，则西充伏尸盈路。"《赋役志》称西充："屡经兵燹，屠戮几尽，无丁可核。"即使这些文字都是封建文人所记，不可全信，但西充以前的旧志材料均毁于战火，也可见战争破坏之严重。

五、西充山与西充城

有一种说法，西充的得名，是由于"西充山"。西充山坐落在晋城镇北街原蚕丝绸公司内。在 20 世纪五六十年代，那个地方一直称为茧庄。传说很多年以前，一天大雨滂沱，山洪暴发，泥石流倾泻而下，从西面冲来一块巨石，最后落定在原茧庄的所在地那个地方。若干年后，这块巨石形成一座小山，因它是从西边冲来的，人们便叫它西充山。据康熙朝县志记载，山上还曾建有琴台，并称："西充山在县后，县治负之，为一邑之胜。"

如说西充县的得名缘于西充山，笔者认为那纯属穿凿附会，乃后之好事者为之。其理由有诸：其一，我国自古以山为行政区划名者，皆为名山大岳，如峨眉山下的峨眉、华蓥山中的华蓥市；新中国成立后在黄山所在地新设的黄山市，在武夷山景区设立的武夷山市，等等，莫不如此。在西充县城周围及县境内，比西充山有名气的山多了去，应无以此小丘来命名一座县城甚而一个县的道理。新中国成立初期，因为需要在西充山这个地方修建房屋，很轻易地就把此山夷为了平地。事实上，即便是老人，知道西充山的人也是少之又少。其二，所谓西充山是因从西边冲来而得名的，那么，正确的写法就应是"西冲"而非"西充"，其附会痕迹显而易见。其三，由此我们可以推测，一定是先有西充县，而县治后面又刚好有一座无名小山，人们便也叫它西充山。至于此山乃冲来之说，更是在已经得名西充山后杜撰出来的。

西充县名由来的另一说法是："因治境属汉西充国县故名。"此一说法源于西充旧志，也是比较牵强，难以令人信服的。光绪朝县志称："东汉永元二年分阆中置充国。谯周《巴记》：'初平四年复分南充国县。'此充国盖总南充、西充及今之南部地。""西充虽承南充，未尝不有古西充地。"又引《环宇记》称："以南充繁阔，析西北之境立此县，以汉有西充国取今名。"现今的西充县究竟与古之西充国县在治境上有多大的联系呢？

对此，南部县政府所编著之《南部概览》有很明确的表述："西汉初年（前 206）置充国县，为巴郡 11 县之一，治地在今县城西大桥镇东北 14 千米……献帝初平四年（193）又分充国县置南充国县，为巴郡所辖 15 县之一，治地在今南隆镇。分置南充国县后，充国县在西，后称西充国县。"南充国县的县治即今南部县的县城南隆镇，而西充国县还远在南充国县之西，今之西充县怎敢妄称"治境属汉西充国县""未尝不有古西充地"呢？《南部县概览》在经过一番确凿无误的考证后得出令人信服的结论："县名由充国县—南充国县—南国县—南部县演变而成。"这一结论正与《四川省通志》合。可见，今之西充与古之西充国县在属地上无涉。

其实，西充县之得名，可能与古已有西充国县这个名称有些瓜葛，如《环宇记》所称："以汉有西充国取今名。"但更主要的原因诚如旧志所云："果郡之有西充，系分首邑南充地建置。"因为西充是从南充分出来的，地理位置又在南充的西北边，得名西充就是再自然不过的事了。

关于西充县城最初的选址还有一个民间传说。当时有两个地方可供选择，一是仁和坝子，一是象溪、虹溪的交汇处，也即现今的晋城镇所在地。两个地方的人争执不下，后来决定以称沙子的办法来作定夺。仁和坝子的人带来的是山上的沙子，而两河交汇处的人拿来的却是河里的沙子。河沙重于山沙，于是最后选定两河交汇处作为县城的所在地。这个传说颇费解，也许，在农耕时代，土质的好坏非常重要，重沙优于轻沙吧。

六、龙眼井

旧时，位于化凤山麓的城隍庙，整座庙形似一个巨大的龙头。庙后的两株千年古柏，即为龙角。山门前的石梯酷似龙的牙齿。庙里有两眼古井，深不可测，据说几副箩索都不能探底。它们的位置和形状正好作了龙的眼睛，所以被称为"龙眼井"。有人为了探测井究竟有多深，遂将鸭子放入井中。鸭子入井后不久即不见踪影，数日之后，竟在南岷山的井中冒了出来。因此，民间传说，西充城隍庙中的龙眼井与南岷山的水井是相通的，那个通道就是龙的身子。新中国成立后，城隍庙改作了县川剧团的所在地，惜乎两眼古井今已全被填埋，不余一丝痕迹。

这一传说与光绪县志所载龙洞山的情形类似："龙洞山，治东四十五里，秀耸嵯峨，上有池。池洼有穴，下距马龙潭五里许。居民以凫置池穴中，越日，率自潭出。乾隆时方士吴某以旱凿山腰数尺，有泉涌出。倾之，雷雨大作。自是源泉下注，溉田数十顷。""凫"即水鸭子，"率自"是"全都从"的意思。

此类情形，并非纯属虚妄。物理学上有虹吸现象，就是在一弯曲水管中，高的一端的水受空气的压力，总会自动地向低的一端移动，直到两端的水达到同样高度。20世纪90年代，笔者曾步行登凤凰山。从山上下来，对直往沟里走，有一道很高的田坎，也是沟里的一条大道。大道中有一口井，清凉的井水接近井口，高出两边水田的水平面 1 米左右。当地人解释说，这是从凤凰山流下来的泉水。这就是笔者亲眼所见的大自然中的虹吸现象。

2016 年 10 月 16 日

西充也曾有过的虎患

有人考证，唐宋时代，虎迹主要出现在川北大巴山一带山区和川南沿长江丘陵地带的密林之中，川东南的涪州、渝州也是华南虎的主要栖息地。其余丘陵地带，也间或有华南虎的踪迹。

在五代和宋初，成都和永康军（今都江堰市），都曾出现过华南虎进入城区之事。

蒋蓝《黄虎张献忠》引欧阳直《蜀乱》的记载：明末清初，欧阳直在经过资阳与简阳的边界时，突见有4只老虎在月光下追逐、嬉戏。舟行沱江前往泸州时，又见江岸上有几十只老虎在星月下逍遥漫步！

清顺治四年（1647）到康熙二十年（1681），清政府开始向四川大规模移民。在这30多年里，巴山蜀水间的虎患达到空前绝后的程度。成都城内虎豹白日随意出没。吴梅村《绥寇纪略》卷十："蜀乱后，城中杂树皆成拱……荒城遗民几百家，日必报为虎所害，有经数十日，而一县之民俱食尽者。其灾如此。叙州人逃入深山，草衣木食久，与麋鹿无异。见官军以为（张）献忠复至也，惊走上山，步如飞，追者莫及。其身皆有毛云。"《明史》《蜀乱》，彭遵泗《蜀碧》，王培荀《听雨楼随笔》等皆有类似记载。

清人赵彪诏《谈虎》一文提到："蜀顺（庆）、保（宁）二府多山，遭献贼（指张献忠）乱后，烟火萧条，自春徂夏，忽群虎自山中出，约千计相率至郭，居人避趋，被噬者甚众。县治学宫俱为虎窝，数百里无人迹，南充尤甚。"

那时候，因战乱频仍，人们大量逃入深山，必然惊扰山中野生动物四处逃窜。而到处荒芜，林木丛生，也自然而然地扩大了动物的活动范围。《明清史料·甲编·六本》载，清顺治七年（1650），有四川地方官员向朝廷奏报："奈频年以来，城市鞠为茂草，村疃尽变丛林，虎种滋生，日肆吞噬……据顺庆府附廓南充县知县黄梦卜申称：原报招徕户口人丁 506 名，虎噬 228 名，病死 55 名，现存 223 名。新招人丁 74 名，虎噬42 名，现存 32 名。"可见当时南充虎害之严重。

沈荀蔚《蜀难叙略》载，清顺治八年（1651）："川南虎豹大为民害，殆无虚日……民数十家聚于高楼，外列大木栅，极其坚厚。而虎亦入之；或自屋顶穿重楼而下，啗以尽为度，亦不食。若取水，则悉众持兵杖多火鼓而出，然亦终有死者。如某州县民已食尽之报，往往见之。遗民之得免于刀兵饥馑疫疠者，又尽于虎矣。"此类记载，也屡见于清代旧志。

清康熙朝《西充县志》"列传志·节妇·张氏"载："张氏，孝廉张时萃女，庠生李钟林妻也。蜀遭张献忠屠戮，人民几尽。后贼平，岁大饥，人相食，甚有易妻以啖者……既而大疫，十室九空，虎豹且破壁噬人。钟林每出樵汲，节妇必持械防护，如是者三年。旋以夔巫（今奉节巫山一带）用兵，钟林输饷于郡，途中遇虎，伤、死。"李钟林和妻子张氏相依为命，李钟林每次外出打柴、挑水，张氏都必须手持器械跟随保护。如是三年后，李钟林在往南充运送军饷的途中，还是遇虎重伤而身亡。

卷九"物产志·兽类"首屈一指的就是猛虎："虎豹豺狼熊鹿麋獐猴猬豪猪……"

清光绪朝《西充县志》卷十一"记事附《韩国相流离传》也称："时虎豹入市食人。"

西充民间也有传说，清代曾有猛虎从秦岭南下，沿着九条渠山梁扑入西充城内，惊得市民忙关门闭户，连县衙门也关上了大门，躲避虎患。

因清代以前的《西充县志》均已毁于战火，那时的虎患情况不得而知，想必也同上述引文中的情况差不多吧。曾几何时，猖獗一时的兽中之王就在人类的步步紧逼之下消失得一干二净，令人不甚唏嘘叹惋！

2021 年 2 月 8 日

江口沉银和西充藏宝

　　1646 年，清军南下，来势汹汹，直逼四川。刚在成都称帝的张献忠立足未稳，自己也只得带了金银财宝"南下"——逃离成都，挥师川南；进而或许沿长江东进。

　　1645 年春节前后，李自成正指挥大顺军向河南、湖广败退。正月初三，张献忠在成都设盛宴欢度春节，宴请百官臣僚，并发表施政演说：三国以来，汉中原属四川，而今我定都于川，不取汉中，能免他人得陇望蜀乎？听说闯王已退出西安，遣马科守汉中。马科是个庸才，若不及早夺取汉中，日后换作能人来守，那就难办了。我再三考虑，因四川新定，士民尚需治理，故迟迟未做决断。现在风和日丽，可遣平东、虎威二将军北行，平定汉南。至于川南杨展、王祥何足介意？唯川东曾英宜从速消灭。重庆为楚、蜀要冲，不可为人所控制。都督张广才逗遛威服，可早剿灭曾英，以便东下，可无忧虑。众官应诺。

　　由此段讲话可以看出：北取汉中，东控重庆，平定川内、站稳脚跟，应是张献忠优先考虑的三大战略方向或称治国方略。

　　以善于打游击战著称的张献忠绝非草莽之辈，他早已做好了北上和东下的两手准备。有人称他为明末农民战争中最杰出的军事战略家，应该不是虚吹和拔高。不过，被张献忠小觑的杨展也不是等闲之辈。

　　杨展，嘉定（今乐山市）人，获明崇祯十年（1637）武进士第三名，官参军，封华阳候，是明末重要将领。川南正是杨展的老巢，他像当年赤壁的周瑜，再次轰轰烈烈地上演了"火烧战船"的好戏，冲天大火，照亮历史的夜空。乾隆丁巳进士、丹棱人彭遵泗所著《蜀碧》如是记载杨展迎战大西军的画面：献忠率众八万，蔽江而下。杨展起兵逆之，战于彭山，分左右翼冲拒，而别遣小舸载火器以攻贼舟。兵交，风大作，贼舟火。展身先士卒，殪前锋数人，贼溃败，反走。江口两岸逼仄，前后数千艘，首尾相衔，骤不能退。风烈火猛，势若燎原。展急登岸促攻，枪铳弩矢，百道俱发。贼舟尽焚，士卒糜烂几尽，所掠金玉珠宝银鞘数千百，悉沉水底。

这段精彩的描述，现场感十足，你可以想见场面之恢弘壮阔：千艘战舰，浩浩荡荡，顺江而下，锐不可当；而浩荡江风却沿着狭窄的江面汹涌倒灌，两种伟力的剧烈碰撞早已擦出火花，更何况有人伺机放火。于是火乘风势，风借火烈，江面为之燎原；岸上弹矢齐飞，枪铳俱发，人翻马仰，自相践踏，尸横血流……

"沉银"的"沉"字非常准确地反映了当时的实际情况——并非人力故意凿船使其沉没，而是战船毁损自然下沉。大西军分类包装、分船运载的无数金银财宝遂成了泽国宝藏，人间之谜。张献忠轻敌自傲，又不习四川天文地理，吃此败绩，元气大伤，竟再无精力和时间过问沉银之事。

"石龙对石虎，黄金万万五。谁人解得开，买下成都府。"从此这样一首类似于谜语的童谣便在成都平原上流传开来。它背后的神秘和宝藏的传说吸引着一代代怀揣发财梦想的淘金者前赴而后继，梦破而客死他乡，或衣衫褴褛，黯然而归。同时，传说在成都锦江，张献忠曾经因为要作战略转移而故意沉银江底，所以成都也有一首类似的童谣："石牛对石鼓，银子万万五。有人识得破，买进成都府。"

2005 年，彭山县修建城市供水引水工程，在江口镇岷江上的老虎滩河床挖出了 7 枚银锭。经四川省文物鉴定委员会鉴定，为明代银锭，属国家珍贵文物。张献忠江口沉银的传说才又一次激起人们神经的兴奋。此后，坊间陆续传出一些在江口岷江里挖到银锭的消息，由此引来更为专业的淘宝客。他们配备了潜水装备和金属探测仪。文物市场上倒卖相关文物的事件也多了起来，引起警方的注意。眉山市警方成立专案组秘密侦查，终于在 2016 年破获了江口沉银特大盗案，追回文物千余件。四川省文物考古研究院和眉山市彭山区文物保护管理所联合组建起考古队。2017 年完成第一期发掘，发现文物 3 万余件，江口沉银的传说由此得到证实。此次发掘收获入选 2017 年全国十大考古新发现。据眉山市"2019—2020 年度考古发掘新闻发布会"介绍，江口沉银再度出水文物 1 万余件。

而在张献忠的殉难地西充凤凰山下，几百年来，民间口口相传，也一直流传着一首民谣："石门对石鼓，金银二万五。若你还不信，去问烂豆腐。"这民谣的背后，隐藏着的是大西军西充藏宝的传说《金钥匙》。

传说张献忠带领大西军来到西充凤凰山后，把他从官府、财主那里收缴来的金银财宝，一部分分给了穷苦老百姓，一部分留作军饷用，一部分埋藏在了凤凰山的一个石岩洞里。大西军在洞口专门修了一道石门，正对对面山上的石鼓；还打了一把金钥匙，藏在石门上边的石缝里。要进洞时，取下金钥匙，把石鼓一敲，石门上就现出一个小孔。把金钥匙插进小孔里一扭，石门就自动打开了。

一天晚上，张献忠正带着亲信在石岩洞里埋藏金银。山下有个外号叫"烂豆腐"的人，是专门做豆腐生意的小贩。"烂豆腐"半夜起来熬豆腐，到院坝边的水井里去挑水，一下看到山岩头亮晃晃的，吃了一惊。他注意一听，听见有人在数："一千……一万……两万……"。刚听到数二万五的时候，他的咳嗽病突然发作了。实在忍受不住，他接连咳嗽了几声，惊动了山岩头埋藏金银的人，马上声音就没有了。"烂豆腐"先前还从亮光里看到石岩头的那个洞口，密密麻麻的人进进出出，一下子亮光也不见了。"烂豆腐"以为是见到了鬼，想暗中去山上查看，心里又害怕；就是壮起胆子不怕呢，一看凤凰山到处都是张献忠的岗哨，想上山也去不了。他左想右想，想起前几天张献忠还在叫手下的兵将给穷人分金送银，就猜测这晚上山岩头肯定是在埋金银。于是，他担起一挑水回家去了。

张献忠战死在凤凰山后，大西军的人马刚撤走不久，"烂豆腐"就急急忙忙跑到凤凰山石岩头去找那个洞口。东找西找，总算找到山岩上有道石门紧紧关闭着。他回家扛来梯子，爬上岩去用劲推，但不管怎样使力都推不开石门。正在这时，有个老道过路，问他在干嘛。"烂豆腐"开始不愿说，想自己一个人独吞发大财，但又实在想不出办法打开石门，犹豫再三后只好向老道说了实情。老道满口答应愿帮助他打开石门，"烂豆腐"一听，高兴得不得了，连忙下来，请老道爬上岩去。老道上去后，到处察看，终于在石门上边的石缝里找到了那把金钥匙。他朝对面山上的石鼓敲了三下，石门果然现出了一个小孔。老道把金钥匙往小孔里一捅，石门自动开了：一道金光射出来，好像到了另一个天地，洞里到处堆满了金银，有数不清的金马银马，各种稀奇古怪的宝贝，还有一对活生生非常好看的金凤凰。

"烂豆腐"也悄悄爬了上去，他正想钻进去捉那对金凤凰，哪晓得这对金凤凰一下就从洞口飞出去了，石门也随即一下子关上了。石门无影无踪，老道也不见了。"烂豆腐"只有望着光秃秃的崖壁，有气无力地扛起梯子回家去，照旧去做他的豆腐生意。

直到新中国成立后，凤凰山的当地农民还从土里挖出过大西军的战刀、短剑、箭镞、马铁蹄等文物，但就是没有挖出过什么金银财宝之类的宝贝。

不过，西充还有另一个关于大西军宝藏的传说。位于西充青龙乡蚕华山村的严家大院，始建于明末清初。据说它最早的修建者是张献忠的一个丞相。大西军兵败凤凰山之后，此人隐姓埋名，做了货郎，每天挑着担子，走村串户，卖些针头线脑，日用小商品。后来此人突发横财，开始大兴土木，修建房屋。他对人宣称是自己走村串户时在路上发现了藏宝洞。他玩起蚂蚁搬家的战术，一天挑回一些，神不知鬼不觉，直到盘光"宝物"，都未曾被人发现。

现在的整个严家大院呈"五梅花"布局，五个天井、五个宅院，院院相通，既自成体系，又浑然一体，可住上百人。此种院落布局，据说在四川也是独一无二的。而据当地耄耋老人严昭育介绍："300年前，因'湖广填四川'，当地严姓家族便从湖北孝感麻城到此安家落户，很快严氏变成了当地颇有名望的家族。"

供职于西充县文化馆、文博馆的陈铁军先生在其为《西充民间传统文化》一书所撰写的《严家大院》里，这样明确写道："严家大院位于西充县青龙乡蚕华山村严家沟，建于清咸丰年间。严氏一门，从清中期到民国，一直是青龙场最具影响的望族。先祖严三晏系湖广移民，嫡下分7房。严家大院为长房严举贤和三房严毓敏共同修建。"

然而也有人言之凿凿地宣称，那个隐姓埋名者就是张献忠的左丞相严锡命。而史志上明确记载严锡命是绵州人，乃明末绵州三位严姓举人之一，后来更是登进士第。明崇祯十七年（1644）张献忠在成都建立大西政权时，任命严锡命为大学士右丞相。严锡命是个老滑头，善揣摩张献忠的"圣意"。张献忠一直想挑选一位出身高贵、气质高雅的佳丽做"皇后"。井研人陈演，进士，改庶吉士任翰林院编修。崇祯时升任翰林院掌院，继又升任礼部右侍郎，协理詹事府。李自成围攻北京，陈演丢不下多年来收刮的民脂民膏，只好让长子和貌美如花的女儿九姑娘抢在城破之前，带着部分金银财宝先期逃回井研老家。严锡命获此情报，遂出谋划策，让张献忠迎娶陈家千金为皇后。在名门闺秀、知书识礼的陈家小姐眼里，张献忠不过一俗不可耐的草寇大王，不仅不会主动投怀送抱，还没有好脸色侍寝逢迎，张献忠又是只有性欲，不懂怜香惜玉的莽夫，可怜陈女仅做了9天皇后，就被张献忠下令勒死，再一次印证了"自古红颜多薄命"的古话！后来张献忠率部往川北，过绵州，发现严锡命老家邸宅极其富丽堂皇，遂毫不留情将其诛杀。

所以，严家大院究竟为何人所创建，各种版本传闻，大家不妨抱持开放的心态，人姑妄言之，我姑妄听之。

2020 年 1 月 18 日

张澜故里莲池乡

莲池是中国近现代著名民主革命家张澜先生的故里。

莲池乡位于西充县西南部，据说因是西充以前唯一产藕的地方，夏秋之交，莲花盛开，秀色迷人，故而得名莲池乡。

历史上莲池曾经叫拐宝石场、保关场。拐宝石的得名缘于依偎着莲池场蜿蜒流淌的西充河中有两块圆形巨石，都有数十立方米之大。传说两块大石头是山洪暴发时蟒蛇出洞从白岩子滚下来的。它们堆叠在一起，上下能活动，上面长着洁白的莲花，滔滔洪水也淹不了它。河水不能从巨石处直流而下，必须绕着巨石拐个大弯再流，这在西充河中是独一无二的。当地方言把大块的鹅卵石叫作"拐宝石"，于是场名也叫"拐宝石"。这是民间常用的命名方法，即以某地富于特征性的事物来为某地命名。到清宣统元年（1909）又以保关寨为名，将拐宝石场改名为保关场。那时候的保关场是西充到南充和蓬溪的必经之路，交通枢纽。

莲池还有一个小众的老地名——五柏树。这是因为当地何氏家族的祖坟上有一棵5个主干的古巨柏，非常繁茂，随着当地人西上成都、东下重庆，所以成渝两地很多人都知道五柏树这个地方。

站在山头上俯视，莲池恰似一条反扣着的大船。西充河与另一条支流交汇处有一高耸的字库，正像旗杆插于船头。通往西充县城的场口上，坐落着一座三层六角形的魁星楼。登楼远眺，微风送爽，视野开阔，甚是惬意。

莲池场虽小，却有着较丰厚的人文底蕴。场的西边有一土地庙，有庙联曰：

莫笑我老朽无能，许个愿试试；
哪怕你多财善贾，不烧香瞧瞧！

莲池人也是在明清移民大潮中由五湖四海迁居而来，何、杨、程都是当地的大姓，程姓祖传从山东迁来。当地人将an韵读成ang韵，"碗"说"网"，"半"说"棒"，"船"说"床"。程姓人则把两者分得清清楚楚。同一地方的人操着不同的方言，这在其他地方绝对是难得一见的奇葩。

在历史上，各宗族间互相"争胜份儿"的例子并不罕见，各地同然。所以旧时西充有这样一个俗语："保关场的羊（谐音杨）子牵不得，程家嘴的人惹不得！"莲池的程姓族人程道龙在清末中过举，修有虎头牌坊，至此文官下轿，武官下马，所以就连传统川剧《程公赶潘》也不敢在莲池上演。杨姓为了压程姓，破坏程姓风水，故意在川主观修了一座高达7层以上的石头字库。而今四海之内皆兄弟，异姓早已亲如一家，相处甚恰甚欢。

莲池四村、五村出产优质石材。修建于20世纪七八十年代的民房全为石梁石柱，而且不少石柱都是整条耸立，直达房顶；墙壁也多是石板镶嵌。猪圈除屋顶外，围栏、圈板等也全是石材搭建。这些连片的石头建筑很有特色，成了一道独特的景观。它们在2008年的汶川特大地震中毫发无损，岿然屹立，不能不说是一个奇迹！

莲池更是具有深厚革命传统的地方，为中国共产党领导的农民武装斗争的活跃之区。1931年5月，中共地下党在莲池的白岩子土地庙建立了白岩子支部，受中共南充西区区委领导，这是中共在西充土地上最早建立的党支部。

烈士杨泉新，莲池乡面房湾人，1936 年在重庆加入中国共产党，积极领导工人罢工斗争。后在岳池被捕，忍受了"上滚筒"，钉"竹签"等酷刑，但他始终坚贞不屈。1949 年杨泉新牺牲于重庆渣滓洞魔窟，年仅 36 岁。

中国民主同盟第一届中央委员会主席、中华人民共和国原中央人民政府副主席、全国人大常委会原副委员长、全国政协原副主席张澜先生就诞生于莲池乡观音堂村的张罐沟。

自 2003 年始，经民盟四川省委与西充县长期合作，张澜故居已整治一新。一座粉墙黛瓦、青石院坝的典型川北民居院落掩映在翠竹柏林之中。张澜先生青铜雕塑矗立于故居的入口处，平整的水泥路直达故居。

现在，张澜故居已成为爱国主义教育基地，吸引着海内外游客前来观光学习，同时也推动了当地第三产业的发展。

近年来莲池"六个一"特色产业得到稳步发展：1000 亩经济作物麻竹，1000 亩优质薄壳核桃，1000 亩西充特产充国香桃，1000 亩优质红薯，1000 亩杨树，1 万亩张澜故居生态林，不仅创造了良好的经济效益，而且染绿了山水，改善了气候和居住环境。

另外，田家坝的藕、罐子沟的蔬菜种植都历史悠久且很有名。县城几大市场的葱蒜全为罐子沟所垄断。传统手工制作的鸡蛋清豌豆线粉（西充方言称"粉条"为"线粉"）更是名扬全县，经常供不应求。

莲池也是四川省的生猪基地乡，年产生猪上万头。以前全是养大肥猪，每头都在三四百斤以上。交猪时为省人力，当地人还发明了一种三个人抬的特殊抬猪方式"狗舂（方言读如宗）碓"。

莲池为西充县海拔最低处，蕴藏着石油资源。川中石油局在西充开掘的第一口油井就在莲池；西充所有的油井也都以莲池命名。莲池现有油井 8 口，年产石油 10000 吨，另有气井一口。

2009 年 4 月 9 日

补记：本文是 2009 年为西充县政协文史资料《钟灵毓秀西充县》"乡镇篇"而撰写。为保证史料的真实性，此次仅对个别内容作了删削。

2013 年莲池撤乡建镇。2012 年，在张澜先生诞辰 140 周年前夕，张澜故居进行了较大规模的维修和扩建。景区新建了游客接待中心、观景台、青莲池、滴水岩、民盟林、梅园、荷塘、木栈道、中国民主同盟历史陈列馆等。2013 年建成梅花博物馆、表方（张澜字表方）石广场、竹林书院、生态密林登山道等多处参观点。2020 年建成"家风馆"，同时将梅花博物馆改建为张澜生平陈列馆。

现在张澜故里景区已成为集伟人故居观光、红色文化教育、川北民俗风情博览、生态田园休闲等为一体的综合性景区。自 2005 年开放以来，先后荣获中国民主同盟传统教育基地、四川省青少年社会实践教育基地、四川省统一战线中国特色社会主义教育基地、青少年思想道德教育基地、四川省社会主义学院教学科研基地、四川省中小学生研学旅行实践教育基地、南充市廉政文化基地等称号。

同时，它也是省级文物保护单位、国家 4A 级景区。

2023 年 5 月 10 日

灵秀九条渠

　　九条渠是由西北至东南直插入西充城中的一条山脉，其延伸入城中的一段又名化凤山。九条渠最高点海拔 500 米以上，在如波涛般环拱于城周的低矮峰峦中，算得上鹤立鸡群了。

　　大自然从来是水因山而秀美，山因水而灵动的。九条渠东侧的虹溪、西侧的象溪，与之迤逦相伴，相汇于全国重点文物保护单位——西充文庙之前，形成"群峰环抱，渠水萦回"，即风水先生所谓的"玉带缠腰"之势。

　　九条渠林木繁茂葱茏，有柏树、香樟、桤木、小叶榕、黄葛树、红叶李、桂花、紫薇等数十余种乔灌木。其他藤本、草本植物更是不计其数。早晚四季，景色各异；阴晴霜雪，风物不同。每当太阳初升，化凤山就沐浴在万道金光之中，云蒸霞蔚，如飞舞之凤凰，使人恍入仙境。所以，九条渠历来都是文人墨客青睐之地。"化凤朝阳"也被誉为西充八景之一。邑人陈我愚咏道："凤山隐隐接青霄，随意登临度石桥。雉堞层层栖顶上，群峰环拱若来朝。"

　　自 20 世纪 90 年代起，九条渠陆续建成登山梯道、九龙山庄、仿古城墙、安汉楼、金晖楼、写春廊等，结束了西充无公园的历史。2011 年，西充县委、县政府以"生态、休闲、健身"为主题，对公园再次进行精心打造，新建了广场、植物园、廊、亭、庙、塔、碑、柱等多处景点，扩建了东西两侧的进山公路，修筑了环山公路以及纵横交错的硬化人行道。这样就更加凸显出西充"山在城中，城在园中，山水相依，绿满城郭"的空间景观和宜居生态的设计理念。同时构成西充"一山（九条渠）一湖（莲花湖）一广场（纪信广场）"的核心景区。外地人都由衷赞美西充是"半城山色半城湖"的宜居生态小城。

九条渠承载着厚重的地域文化，许多民间传说与之相关。据《中国民间文学集成·西充卷》等书的记载，两个版本的九条渠得名的由来都有着较浓的悲剧色彩。山脉即龙脉。九条渠千里来龙，结于一穴，化为一背篼粗的地瓜藤，结果却被久攻西充不下的张献忠断了龙身。另一版本砍断地瓜藤的主人公则为采药人。化凤山的得名源于一则凄美的民间故事，男女主人公为追求婚姻自由而双双化了凤凰。虹溪则是为反抗包办买卖婚姻的美丽姑娘的化身。

化凤山东麓原有一大坑，传为明末清初西充战乱的万人坑。2000年，西充历史上最著名的寺庙资福寺（俗称大佛寺）也迁建于东麓。西麓有西充八景之一的将军神宇——汉将军纪信庙。庙中二匾，一曰"功盖三杰"，一曰"西汉一人"，恰如其分地评价了纪信将军为汉王朝的建立所立下的的历史功勋和在汉初的地位。庙内多乡贤、郡县官吏赞颂将军的联语、诗文。庙西百十米，有西充民办学校的佼佼者九龙艺术高中。东麓低沉缓慢的钟鼓梵音与西麓青春嘹亮的书声、歌声相唱和，别有一番情趣。与九龙艺高毗邻，古老的慈泉庵旧貌犹存。据说这是西充历史上唯一的"娘娘庙"。

遍布山上的楼阁廊亭等仿古建筑都悬挂着精美的楹联，联语皆为县内文化界名人所撰，书法也出自西充名家之手。2012年，由何国贤等县内著名雕刻艺人沿九条渠环山公路雕塑了与九条渠有关的龙凤呈祥、丹凤朝阳、九龙朝圣、龙凤文化墙、化凤山的传说、化凤山森林公园赋等大型作品，更给九条渠锦上添花。

九条渠又是西充重要的宗教圣地。2000年因旧城改造，在西充乃至整个川北地区都享有盛名的资福寺迁建于九条渠的一个山垭上。该寺是唐代高僧大德邑人圭峰禅师修行讲经的地方，有"八龙听经""龙池法雨"等佛门盛事。"龙池法雨"也是旧时西充八景之一。21世纪初，资福寺又进行了大规模的扩建，紧邻其东边的山坡上，一组恢弘的禅林拔地而起。沿着东麓的进山公路步行，左有凤凰城、右有栖凤山庄相逢迎。数百米处的一座小丘上，山门殿已映入眼帘。越过停车场向右上方步行百十步，便是依山就势，以天王殿、圆通殿、大雄宝殿、文殊殿（药师殿）、地藏殿等为中轴线的五层庞大建筑群落。左右两侧还有报恩堂、五观堂、僧舍等建筑。或红墙黛瓦，或粉壁琉璃，无不雕梁画栋，翘角飞檐，甚是庄重而堂皇。最高处的第六层，即为迁建之资福寺旧殿。地藏殿有赵朴初撰写的联语："悬佛日于中天，光舍大地；灿明珠于性海，彩澈十方。"旧殿后面以柏木为主的丛林中，掩映着一银灰色六方形七级浮屠，颇显静穆庄严。

每逢佛教的重大节日，都有很多信众携香荷烛，前往礼佛。特别是大年初一的早晨，所有进出山的路都是游人如织，接踵摩肩。寺里炮竹声声，香烟缭绕，木鱼轻敲，烛光荧荧，人满为患。人们与其说是迷信，毋宁说是欢庆幸福生活的一次集体狂欢，一种喜悦心情的宣泄。而今，初一登九条渠已经成了西充人的一个新的习俗。

九条渠是城市的绿肺，天然的氧吧，西充城最佳的观景台，很自然地也就成了西充人民休闲健身的场所。逃离烦嚣，隐迹山林，聆鸟叫虫吟，嗅花香草馥，望紫气东来，红日西坠，看云缠山腰，楼阁缥缈。有人引吭高歌，有人抱琴而拂，有人舞剑，有人练拳，其物我两忘，怡然自乐，可想而知。无论四季轮回，阴阳交替，每天从早到晚，都有成百上千的游人络绎于途。身正疲乏时，曲径通幽处，恰到好处地点缀着一亭、一廊或一阁。脚下的西充城广厦高楼，大道通衢，如一幅巨型彩绘或摄影作品大气铺开，令人心旷神怡。路遇教师进修学校的杨老师，只见他面赤唇红，步履稳健，体魄健壮。可杨老师称，他以前患有器质性心绞痛、过敏性哮喘，还有高血脂、高血糖。他已坚持爬山多年，每天沿环山公路步行两至三个小时。而今血糖血脂都已正常，心绞痛、哮喘也都再未发作过，爬楼也不气喘吃力了，连县医院、川北医学院的医生都说这是一个奇迹。难怪西充人如此热爱登九条渠！

沿着化凤山麓，结合旧城改造，概算投资近 20 亿元的中国微电影城项目正在紧锣密鼓的进行中。有关人士告诉我们，将有多姿多彩的民族风情街、充满异域情调的欧风美韵等景区展现在人们的眼前。明日的九条渠必将更加美丽迷人！

2019 年 6 月 26 日

初访谯家洞

2020年9月23日，由西充县文广旅局和槐树镇党委、政府联合举办的西充诗词学会赴槐树采风活动正式成行。数辆小车鱼贯而行，一路爬坡下坎，翻山越坝。水稻已经收割，只留下黄黄的稻桩和浅浅的秋水。令人惊叹的是，荷花依旧烂漫，吟唱着的秋词绝不逊色于春诗的自信与豪迈。有小群的鹅鸭、水鸟在湿地中觅食、游憩，兴奋时禁不住舞动扇翅，昂首发天问、曲项向天歌。红苕长势正旺，要到立冬后方能刨挖用于窖藏的老苕。而乡间小水泥路上，早已晾晒着一摊摊的玉米、花生，是又一个好年成的先兆。我不得不惊讶于"村村通"的成效，在旧时的荒山野岭，人迹罕至之处，似乎只要还有人居住，就有公路相连相通。因此我们常常不得不停下车来，绕开低垂的树枝，横挡的藤蔓，以及避免因野草淹没了路径而造成的误判和事故。青山绿水，橙黄橘绿，画卷屏风，徐徐展开。美景入眼入心，诗意由心生而口出，令人沉醉。

据《西充县乡镇简志》介绍，槐树镇距西充县城30千米，是西充西北片区经济、文化的中心场镇。明末清初就有了槐树场，因有一条叫槐溪沟的小溪穿场而过，所以最初也叫槐溪沟。沟的两侧一左一右各长着一棵千年古槐。当地何、蒲两大姓分别在两侧修建房舍，开辟铺面，形成乡邑，继而壮大为"槐树古镇"。古镇位于5条沟坝和3条小溪相交相汇之处，头顶凤凰山，脚踏玉枕山，形成"五马奔槽"之状，据说很有些风水学的讲究。

谯家洞位于槐树镇飞虎岭谯二沟，为县级文物保护单位。据镇政府领导介绍，该洞是谯氏族人为躲避战乱而修的工事，于明永乐六年（1408）凿成。洞内有甬道、水井、灶台等，有厨房、厕所、神龛、居室等7间，并有陷阱等防御设施；传为当地青龙寨寨主耗时3年凿成，可容纳200余人居住。

该洞建在一完全裸露的悬崖绝壁之上。绝壁中段略呈大角度的折弧，石质为西充少有的坚硬青石，没有一点儿风化脱落的痕迹。古木苍藤，生长缠绕于其上。石洞有几个窗口掩映其中，或隐或露，或被推测为可用于防御的射击孔、投击口，更增加了它的神秘感。洞口原本离地较高，呈长方形，仅容一人勉强爬进爬出。崖壁上有燕窝状凿痕可供攀爬上下，现在有水泥小路一直通到洞口下面。

"AO西充人"网络平台的冯总，是一位热情而有活力的小伙子，一直热心于对西充风土民情、逸事传闻的收集和介绍。有人提出想进去看看究竟，陪同我们的镇领导提醒说，害怕有蛇。有人却说，现在这个季节应该没有蛇，但是有蝙蝠。小冯表现出了明知山有虎，偏向虎山行的勇毅，脚蹬手爬，在大家的推抬下，很快进入了洞内，接着又有好几个人跟了进去。开始还能听见他们说话的嗡嗡声，像在密闭的室内或大坛子里一样。隔了一阵，就见有人从绝壁上的窗口探出头来，有的招手，有的做出装怪逗乐的动作，有人呐喊呼叫，甚觉新奇有趣。小冯在灯光的照射下，录了一段视频，从中可以清晰地看到，进入洞中后上升的石级，规则的甬道，折角处的转弯，石壁上排列有序的历历凿痕，深不见底的水井，地下的陷阱、石灶、锅台、排水系统等。也能听见小冯的疑问声："到头了吗？"有人回答说："没有！这边还有洞！"大概是里面分了岔道，小冯跟了过去，立刻就发出惊叹："喔，好大呀！"果然没有蛇，可有好几只蝙蝠扑棱着翅膀从镜头中一闪而过，发出急速震动空气的噗噗声。

谯家洞的存在必须有一个先决条件：就是要有如此高大的连山石壁可供开凿，可以藏那么多人；而且洞中要有取之不竭的水源，不然人就无法生存。虽然上苍待谯氏不薄，有石崖有泉水了，但是如果谯氏没有眼力和魄力，也很可能辜负上苍的眷顾，不去发掘这一难得的"资源"。谯氏是聪明灵慧的，他们充分利用了石壁和石壁中的泉眼，排水系统完备，洞内非常干燥，灶台的排烟系统也非常隐蔽，不易受到破坏，从而为族人提供了一个安全的避难之所。

现在，谯家洞下是一座半圆形的水池，足有一二十平方米大小，是附近一谯姓人家的蓄水池。池中的水源就来自于洞内那口水井的底部。这也算是前人栽树，后人乘凉吧！我利用等车的间隙，特地拜访了水池的主人。他称：这个洞是1927年打的，花了6年时间，1933年完工——以前在一块石头上刻有说明。那时候没有枪，用的都是刀、苗子（即普通话中的"矛子"）。一个人守住洞口，哪个也攻不进去！该洞不能用爆破或开石条的方式施工，全凭一錾子一錾子人工凿成。垃圾废料也只能靠撮箕等简陋工具搬运出洞口，无空间集中很多人同时作业。这样浩大的工程，耗时6年似乎也符合情理。

我特地查阅了西充现存最早的清康熙年间的县志，"场镇"条中有槐树场，"山川"条中有窦禅山，"里堡"条中有窦禅堡的记载。"祥异"条中没有关于明永乐年间兵匪祸乱的记载。后来的光绪朝县志"山川"条更加详备，连一些泉、洞都有记载，如"环潭洞""琴洞""龙洞泉"等。在"寨堡"条中记载了烟灯寨、北福寨、窦禅堡等23处，同样不见飞虎岭、青龙寨、谯家洞等处的记载。该志较康熙朝县志新增设了"记事"条，从清顺治年间张献忠进入西充，直至清嘉庆、咸丰年间的流寇、

"教匪"焚掠、骚扰西充等项，均有记载，但同样没有明永乐年间这方面的记载。

我想，不管它是开凿于明朝永乐年间，还是1927年，这都不重要，也不影响它存在的价值，我们也没有必要去争论。只要它不是"现代古迹"、伪古迹、假古迹就成。就像公园，即便它是新建的，只要它有好玩儿的地方，人们就会趋之如鹜，而不会在意它究竟修建于何年何月。

我又询问水池的主人，谯周是这里人吗，他回答说："当然是！"他们这里山前山后都姓谯，以前还有谯周的墓，后来垮掉了。言之凿凿，令人将信将疑。

谯周是一位具有非常深厚的民本思想，属于另类的大忠大勇的先贤，一位非常有骨气、有气节的历史人物，却成了从古至今最受争议、饱受羞辱的人物之一。好在时代变了，人们的思想观念也发生了深刻的变化。不仅最早由四川社科院编著的《四川古代思想家传》将他收入其中，2020年由中国文史出版社出版的、由南充市教科所组织编写的小学乡土教材《南充历史名人》也将谯周收录其中，历史终于还了谯周一个公道。

最后还想啰唆几句，李荣普先生在《纪信故里》一书中称：谯周去世后，其长子谯熙回到槐树老家，谨守祖业，耕读为本；次子谯贤在安汉县城（今南充市顺庆区谯贤铺）经商；三子谯同子承父业，在朝为官。李先生资料源于何处，不得其详，如他关于谯熙的说法成立的话，那怎么谯周的故里会叫谯二沟呢？这就只有留待专家们去考证了。

2020年10月19日

风水宝地西充文庙

文庙又称孔庙、学宫等。西充文庙原址位于县城学街，大门前有石坊，上竖"万世宗师"横额。现存建筑占地3000平方米，坐北朝南，沿中轴线依次建有棂星门、泮池、大成门、大成殿。中轴线两侧为东西礼门、东西厢房、东西配殿。大成殿西侧前檐三架梁下有"一览文明新气象，千年洙泗旧规模"墨书题记。整个建筑群是当时县城最为恢宏壮观的古建筑。

据清康熙朝县志记载，西充学宫始建于宋淳祐年间，隔着象溪与县衙并峙，若两翼然。虹溪自东入城，至学宫前与自西北入城的象溪合流，是为泮池。二水环流，文河如带。整个建筑群规模严整，人文蔚炳。明嘉靖时的郡倅朱高改旧制，沿象溪筑城墙而把文庙置于郭门之外。

其后的明崇祯朝有所修缮，至清康熙年间戴明凯做县令时，因屡遭兵燹蹂躏焚毁，文庙所在之地已是杂草丛生，西充文脉几至中断。当时清政府正期待振起斯文，隆儒重道，加意培养人才。鉴于明末清初西充元气人伤，民力殚瘁，百姓菜色鸠形，无力重建，戴明凯便逐年捐出俸金，渐次扩大规模。清嘉庆、道光年间又曾多次补建修缮。清咸丰三年（1853），虹溪暴涨，文庙被冲毁，再次重建。重建后的学宫仍以虹溪为泮池，架桥于其上，其形制一直维持到现在。

西充文庙所在地风水极佳，其脉自孝廉山蜿蜒而来，平地中间凸起如倒覆着的盘子。文庙就建在倒覆着的盘底之上，精气团聚雄壮。两溪环流，被视为"玉带缠腰"。化凤山在东，如凤凰欲振翅以歌而冲云汉；西溪蜿蜒，如蛟龙欲腾跃而上升，头角可薄日月而无所不达。

　　明代邑人黄辉认为，西充自明代马廷用父子以经学、行谊被天下人所推崇后，连年人文蔚然，高中榜首者前后相望。这与西充文庙的修建"邀灵山川，导迎喜气"不无关系。

　　但以前的黉宫，一直以虹溪为泮池，地势低洼，清嘉庆年间就有人指出，黉宫之内，其气宜敛；黉宫之外，其气宜纵，所以虹溪两岸，宜架桥以使其气连贯而轩敞。然而由于耗费巨大，久议未决。直到道光二年（1822），才终于筹足资金，选择良材，开始营建。对于桥的选址，初时意见颇为分歧，有主张在下游的，有说该在上游的。进士李庄指出，此桥不是拿来方便人马通行的，而是学子如雏凤，要给他插上翅膀，使之飞翔；如蛰龙，要激励他使之腾跃。桥就该建在学宫前的泮池之上，如彩虹倒映，波纹澄澈。学子们从桥上走过，飘飘然必有凌云之志。

　　不料凿渠砌底石时，发现有古桥痕迹，据碑文记载，旧桥建成于明嘉靖辛丑年（1541），名"会龙桥"。原来桥上还建有亭，名曰"观澜"。相距近 300 年的前人后人竟选择了同一个桥址，真可谓"英雄所见略同"。新桥建成，命名"黉宫"，李庄特地写了《重修黉宫桥碑记》。学子们登上该桥，果然上观星斗联辉，下瞰荇藻交洁，荡涤胸次，拓宽眼界，顿生金榜题名之心，蟾宫折桂之志，西充文脉，由此发扬光大。

　　2004 年，因旧城改造，西充文庙迁建于莲花湖北岸、纪信广场东南面。迁建严格遵守"要恢复到明代风格，按文庙规格修建"的原则，利用拆下的原材料，按照 1502 年明朝文庙的风格和规模复原。同时，完善了文庙尊孔祭孔的功能，将东西厢房设为陈列展览室；复原了棂星门、大成门。2013年4月，西充文庙被列入第七批全国重点文物保护单位名录，成为享誉川东北的文物古迹。

2019年6月28日

改了名的常宁观

因熟知常林观的张老师与我有师生之谊，于是常林观便总是令我心生好奇。2022年3月25日，我在张老师的陪同下前往常林观旧址一探究竟。

从以前的张家店学校，现在的常林张家店社区办公室右侧的一条小公路上山。穿过葡萄园、遂西高速的洞子，到达富祥山庄，再往上爬就无路可寻了。猫着腰钻过似乎无人管理的葡萄棚，然后是杂草、荆棘。乱爬乱钻，到了山腰，是一坪杂草丛生的台地，这就是原常林观的所在地。也有被遗弃的塑料大棚，当初不知种植何物；周围还有些被废弃的水泥建筑。台地下面是庙前的老路，早已被没膝的荒草覆盖。庙宇的墙基为石条砌筑，产自山上的白绵石，坚硬而有韧性，不易破碎、风化，现已长满苔藓。庙子的右侧，原有一条上山顶的路。路的右侧是一段长数米、高四五尺的坎。

在坎的另一边凸起一舌形台地，从山上向山下伸出。这儿原有庙里的斋房，至今墙基石条犹有残存。斋房右下侧是另一坪台地，也是常林观一口古井的所在地。

古井背靠大山，水源很好。新中国成立后先加了盖子，井填了，泉水照旧冒出来，填了好几次。改成田地后，现在是葡萄园的一部分。前些年葡萄园主想把井刨出来，利用井水灌园子。挖到井口，里面全是石头瓦块，菩萨脑壳。因工程量大而罢手，从此也就再无人问津。

池塘湾位于常林观下面山脚处，以前有一小庙，有厨房，可接待来客。

查西充现存最早的写于康熙年间的县志，无常林观记载。光绪朝《西充县志》有载："常宁观，治北十里。"成书于宣统元年（1909）的《西充乡土志》在"学堂"条载："公立初等小学十一堂……北近城常宁观。"可见在清末民初，常宁观曾作过学堂。

2017年西充民政局编《中华人民共和国政区大典·西充分卷》介绍常林乡："原名常宁，因境内昔有常宁观故名。常宁观系当地乡绅为唐初葬于此地的知县杨常宁所建，后改'宁'为'林'。"

常宁这个区划名最早见于康熙六十一年（1722）李昭治写的《西充县志》。那时候，常宁属城里，后隶属关系几经变更，1961年建常宁公社，1981年定名常林公社。从此，"常宁"摇身一变为"常林"。2006年，木角、群德两乡并入，仍以"常林"为名。

查西充现存康熙朝、光绪朝、宣统朝三部旧志，均无杨常宁的只言片语。所谓"常宁观系当地乡绅为唐初葬于此地的知县杨常宁所建"，很可能是根据民间传说所做出的结论。

2022年5月的一天，我又特地请教了80岁老人张世发，他是张老师的叔叔。

老人称：他家所在的地名叫张村沟，为三合大院，坐北朝南，背后即常林观。到常林观上庙的，包括凤鸣、义兴、观凤、莲池、青狮等地的人。与南岷山、北福寺、草堂寺并称西充四大寺庙，比高峰山还出名得多。李光璧（国民党西充县党部最后一任书记长）还在那儿避过暑。

新中国成立前后，庙里的土地差不多都被张姓的人占有了。庙里没有和尚，只有居士杨占魁等三人。杨年轻时是唱戏的，身材好，他自称"年轻时女人睡多了"，现在手臂痛，只好到庙里混饭吃。村里人骂架有句口头禅："你妈是偷杨占魁生的！"杨敬天是本地杨家户人，他才是庙里当家主事的人。第三位是盲人，叫"忠信瞎子"。庙里后来只有忠信瞎子一人，他就抱养了平山户一张姓男孩。因庙里还有他的住房、厨房属于他所有，可以继承。

常林观庙子很大，有前后三层大殿，一层三间。大雄宝殿居中，很雄伟，房间很大，柱头有一丈多高，塑有大佛老爷，呈肉色，两边是十八罗汉。左边一间记不得是什么菩萨了，右边一间是千手观音，就像电视里演的一样，上下左右都是手。像前挂着竹帘子，但从帘子里可以看到观音塑像，是彩色的。

二层有很多牛头马面，还有各个菩萨，哪说得清楚？

第三层主要是经楼，楼上楼下都有菩萨，只晓得楼上有送子观音，其他的说不清楚。

大雄宝殿前是一个大坝子，每遇庙里有什么重大活动，如讲经、请雨、讲圣谕等，就都在坝子里举行。张老汉小时候还被大人们带去"请雨"，跪在坝子里，上面主持的人喊："天老爷，下大雨喔！"下面跪着的人也跟着呼喊："天老爷，下大雨喔！"只下了几滴雨，没下大雨。

给人印象最深的是庙里的水井。八卦井，深不可测，至少一二十丈深，不晓得要多少人才打得出来！打井的时候没有塌方，是怎么做到的？据说井底是与山下沟里的河床齐平的。放鸭子下去，会从城里城隍庙的水井里浮出来。打水用的是长木杆，一头拴着石头，一头吊着水桶。把水桶压下去，按另一头的木杆，水桶就吊上来了，不是很费力。

做会的时候，四里八乡的人都来上庙。中午吃干饭烧菜汤，不吃荤腥，菜汤用米汤熬，熬得很熟，很香。新中国成立后，没人进供了，杨占魁还到村里去要饭吃。庙里的重大活动，实际是张村沟和平山户的人在操控。

常林观什么年代、什么人所修，现在已经查不到了。张家族谱里面应该有所记载，但族谱在 1966 年被持有者偷偷烧掉了。

大约是 20 世纪 50 年代初拆的庙，先是说要破除封建迷信，来打砸庙里菩萨的人，都是村里的积极分子。后来拆庙，木料和瓦都被拿去修大仓库（即西充老县城北门外粮食局的粮食仓库），男女老少都去盘。正殿的料至少两丈高，说是马桑树。童谣有"马桑树儿万丈高，害我二郎闪了腰，我咒你长不到三尺就弯腰"。第一次没有拆完，后来政府在张村沟祠堂后面的山上办劳改农场，光是祠堂房屋不够用，就拆常林观剩下的部分，修了三间养猪房和其他一些房屋。到吃大锅饭的时候，劳改农场撤掉了，劳改农场的土地归人民公社所有，养猪设施则办起了社区养猪场。

新中国成立前夕，常林观的学校就已经搬到张村沟祠堂里面去了。新中国成立后，学校搬到了蟠龙山。

观后的山叫和尚坡。临近土改的时候，常林观的土地绝大部分都成了张姓人家的产业。现在 212 国道边的一大片田，新中国成立前属张姓家族所有，现仍叫"和尚大田"，最初就是庙子上的。

张世发晚上睡在床上，他的父亲告诉他，他们是"湖广填四川"从湖北麻城县孝感乡磨子街搬来的。到张世发的孙子辈，已 16 辈了。

历史悠久，名声很大的常宁观就因离城太近，遭了毁灭之灾，而曾与它齐名的南岷山、北福寺至今还是西充的名胜之区。让人感叹命运之异，亦与人同。

2023 年 3 月 11 日

舌尖乡愁

杀了年猪烫血皮

旧时杀年猪，是一件很隆重、很喜庆的大事。小农经济时代的农家小户，经济条件、物质条件都非常有限，能养一头肥猪是件很不容易的事。有的人家可能好几年才杀一头猪，自然对猪身上每一样有用的东西都不会轻易浪费，更何况猪血营养价值非常高呢。

用猪血烫血皮是西充人勤俭持家、物尽其用的一种体现。所谓"烫"，其实就是将用猪血调制好的面浆贴在锅上烙成薄饼的过程。

杀猪时，用容器接住干净的猪血，拣去可能掉入的猪毛等杂物。在新鲜的猪血里加上适量的面粉、盐巴，调成浆糊状。切记不要乱加其他调味品，不要误以为作料越多越好，其实作料用杂了，反而会破坏血皮特有的猪血和面粉的香味。

待锅底烧得发出淡淡的暗红色后，先用油润一下锅当然最好。以前什么油都缺乏，西充人就用陈年腊猪油块、甚至腊猪肉的肉皮沿锅底擦擦，发出吱吱的音乐般的响声，猪油慢慢地熔化，西充话称为"渍锅"——这是预防面浆粘锅用的。将调好的猪血面浆沿刚才渍锅擦出的亮亮的油迹倾入锅中。若是尖底锅，面浆会很快流向锅底，所以要用锅铲的背面尽快把积在锅底的面浆往锅的周边刮提，使烫出的血皮不致厚薄不一。

勤于两面翻烫，烫熟后放在簸箕或晒簟里，切成约 1 厘米宽、3 厘米长的条形，晾干后就成了所谓的"血皮"。

血皮只是半成品，必须装在密封的容器里保存，避免回润，发霉变质。从前过年过节的时候，烧血皮汤不失为一道端得上桌的佳肴。

烧汤的时候，待锅里的水烧开了，加入血皮煮，快出锅时，再加入菠菜或豌豆尖之类的新鲜蔬菜，尤以菠菜为绝配，再根据各人的口味和爱好，加入油、盐、姜丝等。

血皮也可以和挂面一起煮食，也可烫火锅，既方便又好吃。其味道独特，嚼起来有韧劲。再搭配新鲜蔬菜，无论颜色、鲜香都没得挑。记得有一回表哥来我家，家里没有肉，母亲特地多放了几个腊肉油渣，煎出油来，再把用温水浸泡过的血皮一起放入锅中烩炒，然后加水煮面。端上桌来，热气弥漫，再加上一勺子海椒油，真的浓香扑鼻：既有腊猪油的香味，又有菠菜的清香，海椒油的辣香，荤素间杂，红绿相配，不失为待客的佳品。

根据现代医学的研究，猪血属于低热量、低脂肪食品。猪血中含铁量较高，而且以血红素铁的形式存在，很容易被人体吸收、利用，可以预防缺铁性贫血——西充人烧血皮汤时，最爱放菠菜，菠菜也含铁，相得益彰。儿童、孕妇、哺乳期的女人经常食用，尤有好处。

猪血中也含有一定的卵磷酸，可以抑制低密度脂蛋白的有害作用，所以对于中老年人预防冠心病、动脉硬化也有好处。而猪血中所含的钴，是防治恶性肿瘤生长的重要微量元素。另外，猪血中的蛋白质经胃酸分解后，可产生一种消毒润肠的物质。这种物质能与人体内的粉尘、有害金属微粒起生化反应，然后通过排泄，将有害物质排出体外，起到人体污物"清道夫"

和美容的作用。

　　现在有了平底锅，猪血也多了，烫血皮更加方便，难怪西充人过年烫血皮的饮食传统能够保留至今。

2020 年 8 月 13 日

腊月八的肋巴稀饭

腊月初八，被西充人称为腊八节。腊八节的到来，标志着我国民间最隆重、最盛大的传统佳节——春节的帷幕已正式拉开。以前在西充，腊八节一直都是作为像端午、中秋那样的正式节日来过的。腊八节的正餐吃"肋巴稀饭"，是西充人传统的腊八节饮食习俗。在西充方言中，"腊""肋"是同音的入声字，"八""巴"音近。所以，中国其他地方的人说的"腊八粥"，与西充人说的"肋巴稀饭"，虽然在感觉上似乎是一回事，其实是两码事。西充人说的"肋巴稀饭"特指"腊月八吃的猪肋巴骨熬的稀饭"。

南宋人周密在其所著的《武林旧事》中说："用胡桃、松子、乳蕈、柿栗之类做粥，谓之'腊八粥'。"这是我国文献记载中较早将腊八节与腊八粥连在一起的记载。人们的饮食习俗往往具有鲜明的民族和地域的特色，这是由特殊的人文地理环境、社会经济条件、民族宗教信仰等形成的。人们喝腊八粥，是想祈求丰收和吉祥幸福。中国各地的腊八粥所加的材料，无不是根据各地的出产和人们所想达到的寓意而定的。

西充的肋巴稀饭，最重要的食材是腊的猪肋巴骨和其他的腊猪骨头。没有这些，就不能称之为真正的肋巴稀饭了。这大概是因为过去鲜猪肉少之又少，人们逢年过节最大的愿望就是能吃上一点儿猪肉，那当然就只能用腊肉充数了。同时，这样的腊猪骨头是抹盐后自然风干的，油气重，有一种特殊的香味，且没有生盐味、烟熏味，煮粥比纯腊肉、鲜肉都更合适。

肋巴稀饭里放的粮食、蔬菜又杂且多。粮食除了大米、米豆腐条，还要放五谷杂粮，像绿豆、豌豆、黄豆、小豆、花生等。可以说家里有什么就可放什么，倾其所有，很有点儿韩信将兵的味道。这是因为，人们认为，肋巴稀饭里放什么，来年就会高产什么，这里主要寄托的是农耕时代人们对风调雨顺、五谷丰登的愿望，是农耕文化在饮食习俗上的烙印。

家母还谈到过，平时就要特意把这些东西积攒下来，不然到时候上哪儿去找呀！红、白萝卜是搭在肋巴稀饭里的主要蔬菜。其他像包包菜、牛耳菜、莴笋等多少放一点也无不可，甚至已经晾干的红萝卜丝、白萝卜丝、萝卜挂挂也都可以。

熬肋巴稀饭开头可用大火，米粒已经张嘴后，就要用小火焖了。熬肋巴稀饭考验的就是耐性，最佳境界是用生铁锅，柴火慢慢煨，盖上锅盖，少敞味，逐渐干时多翻动，防焦糊。直到饭汤熬干，有黄灿灿香喷喷不糊不黑的锅巴乃为上品。作料可加八角、姜、花椒等，煮好后，加上蒜苗（蒜苗最起味，绝对不能少），香味特别浓郁，这也算是西充肋巴稀饭的一个讲究吧。

肋巴稀饭也是能"挑得上筷子"的西充人难得一尝的"拗坨子稀饭"。一坨肋巴稀饭挑在筷子头上，油亮亮的；腊肉骨头撕得满嘴肉，啃得满嘴油，两手也沾满了滑腻腻的腊油，吃得摇头晃脑，笑容满面，幸福感、满足感十足。当然最好吃的还是又脆又糯又香的锅巴，大人都舍不得自己吃，总是塞给小心肝、小宝贝们去偷着乐。

有人认为，喝腊八粥的习俗很可能与佛教的传入有关。因为佛教中有初八喝粥的传统。传说佛祖释迦牟尼一次到河里沐浴，因体弱无力爬回岸上，牧女苏耶妲将他拉上岸，并给了他一碗用米、粟等熬的粥。佛祖吃后精力充沛，来到菩提树下幡然醒悟。此日正好是中国的农历腊月初八，所以佛门弟子就将粥视为良药，寺庙每年在腊月初八这天以粥供佛，并向世人施舍。由于受佛教的影响，我国民间遂逐渐形成吃腊八粥的习俗。

现在，像我们这样比较传统的西充家庭，依然年年熬肋巴稀饭。不单纯是为了吃，而是另有一种对传统饮食文化的不舍和依恋。我们希望这种饮食习俗能够长期传承下去。2017年腊月初八，我还特地写了一首《肋巴饭情思》的顺口溜：

感谢猪贡献出肋巴
大米磨制了米豆腐
感谢五谷杂粮：白的、黑的、黄的、绿的
赤的、紫的、圆的、扁的、长的、短的、大的、小的……
也感谢花椒、八角、蒜苗、大葱的加盟

干干的、香喷喷的、糯糯的、油油的……
有历史的脉络，有家乡的风俗
有童年的味道，有母亲的音容……

感谢祖国，感谢土地，感谢生活，感谢劳动……
锅里烫烫的，碗里满满的，心里甜甜的，梦里暖暖的

我知足，我满足，我珍惜……

2016年8月11日

风味独特的西充米豆腐

米豆腐是西充有名的特产。米豆腐炒腊肉蒜苗或芹菜，是西充人春节餐桌上必不可少的一道主菜，而且也是外地人慕名必点的有浓郁独特风味的佳肴。

米豆腐的制作须经多道工序。首先是精选干净稻草，用稻草灰滤碱水，再用澄清的碱水浸泡黏性较好的优质大米，磨浆。将米浆熬干，半冷却时用手一坨坨拍打成近似纺锤形的坯子，每个一到两斤左右。再在大锅里倒上碱水，垫上精选的稻草茎扎的草把，把米豆腐坯子码在草把上面，猛火蒸熟，米豆腐就大功告成了。刚蒸熟的米豆腐色泽黄亮，手感绵实，富有弹性，弥散着淡淡的碱香。

米豆腐有很多吃法，而最具代表性、最受追捧的就是米豆腐炒腊肉蒜苗或芹菜。腊肉不忌肥，油多，米豆腐更滋润有味。先慢火尽量将腊肉煎出油来，再将切成片状或条状的米豆腐倒进锅慢慢翻炒，煎成焦黄，然后拌上斜切的蒜苗或成段的芹菜，焙干水分，只放少量精盐就可以了。切成大片状的米豆腐，最好一片片贴锅煎炕成两面黄，吃起来非常豪放爽口，有男子气。

这道菜，腊肉已不再油腻，米豆腐则油津津绵软软有嚼头，微微的碱香味别是一种新鲜的口感，令人惊喜；而蒜苗、芹菜香喷喷翠生生鲜绿可爱，又颇吸人眼球。所以，这是一道看似平常却在其他地方吃不到的美味佳肴，是很可口的下酒菜或下饭菜。

现代人怕"三高"，忌油腻，不用肥腊肉煎炒，用菜油之类的植物油代替，也未尝不可，不过那种腊香也就荡然无存了。

大年初一，用米豆腐加荤菜做臊子，吃臊子面，也是西充人普遍的过年方式。

如将米豆腐切成薄片，在油锅里一炸，就成了黄亮亮、泡酥酥足可以乱真的"土虾片"。在物资匮乏的年代，完全可以大大方方端上桌，待客下酒的。

米豆腐还可以烫在醪糟里吃，绵绵软软，一含糖一带碱，口味自然独特。米豆腐红烧、煎炒、烫火锅，都很受欢迎。优点全在它独特的口感和碱香，适应性强。

老西充人无论走到天涯海角，也无论离家十年八载，米豆腐始终诱惑着他们，召唤着他们，所以米豆腐也是西充人馈赠远方亲友的独特礼品。每年春节前，都有不少快递寄往全国各地。

据说，西充米豆腐是独一无二的，其他地方没有。难怪现在搞旅游开发，客人青睐地道的乡村菜肴，米豆腐也格外受欢迎。

2018 年 7 月 30 日

名冠全城的小东门蒲凉粉

一日谈起西充名声在外的苕凉粉，说是有在新疆发了大财的富豪吃了西充的苕凉粉，简直上了瘾，特地从新疆坐飞机到重庆，再辗转来西充吃苕凉粉。由此扯出许多陈年往事，包括西充以前的凉粉生意，哪家最有名，哪家最好吃。有人提到西街的罗凉粉、北街的赵凉粉、大南街的范凉粉等，但都没有能使人折服。以前家住小东门的老王突然提到小东门的蒲凉粉，大家略一沉思，马上"喔喔"连声，表示回忆起来了，并且完全赞同，不存异议。

老王小时候住在蒲凉粉隔壁，蒲家老两口又特别喜欢王家小孩，经常送凉粉给他吃。所以他至今能如数家珍，说出蒲凉粉的根根底底来。

老西充县城小东门有一家享誉全城的蒲凉粉。蒲玉堂老人是一家之主，然而经营凉粉的则主要是蒲老汉的老伴袁氏和他的女儿。按旧时传统叫法，袁氏被称为"蒲袁氏"，因此她经营的凉粉被叫作"蒲凉粉"。

蒲氏夫妇皆金山人。金山紧挨南充同仁，那里的沙坡地最适宜种红苕、豌豆，熬凉粉应是从小学会的看家本领。新中国成立前，蒲氏夫妇就已进了西充县城，做起了凉粉生意。

蒲家的凉粉做得地道，很有特色。纯用金山出产的豌豆磨水粉，滗去面上的清水，留下油粉（凝固的白粉表面呈流体状的微黄色粉水）和白粉。水熬得"起颤颤"了，缓慢加入油粉，一手倾倒粉水，一手用擀面杖沿锅底、锅周围不停搅动。俗话说得好："溜路要跑，凉粉要搅。"凉粉熬得好不好，很大程度上取决于怕不怕累，搅动得好不好。

加入一定量的油粉后，要按下暂停键，不加粉，只用两手搅动擀面杖，待白色完全消失，锅中卟咚卟咚熬一会儿，再缓慢加入第二道油粉。同样边加粉水边不停搅动，加足量后，再按暂停键，只搅动，不加粉水。然后第三道才加入纯白粉，熬制方法相同。

熬凉粉的关键一是火候，二是搅，三是水量和粉量的把握。熬开后，自然都用小火，但什么时候关火，什么时候加粉水，凉粉的老嫩程度等都得仰赖于多年的经验积累，非一朝一夕所能掌控，也非一言一语所能传授。

蒲凉粉的作料也很讲究，为自家独创。凉粉熬得再好，作料逊色，也难成气候。蒲凉粉的作料最大特色是豆豉酱。先用油酥豆豉，用锅铲将豆豉在油锅中压烂，加水，炒成香味浓郁的豆豉酱。无论是热凉粉还是冷凉粉，装碗后，再加红油、姜葱蒜末，盐菜颗粒，烧熟后舂烂的嫩海椒酱。

说出来很简单是吧？其实，外行看热闹，内行看门道，也许自己做起来就并不像想象中那么简单，那么得心应手了。

2020 年 9 月 3 日

好吃还是西充的狮子糕

——根据"充国狮王糕"传承人自述整理

狮子糕儿那个脆嘣嘣儿

嘣嘣儿脆脆嘣嘣儿

油炸果子黄生生儿

白糖放的蜜蜜儿甜

芝麻味道儿香呀香喷喷儿

桃片酥饼果子麻圆儿

杂糖饼干冰糖麻饼儿

都比不上来哟喂

好吃还数西充狮子糕儿

　　《西充狮子糕》这首民歌由西充县文化馆老一辈音乐工作者杨中杰先生作词，在20世纪80年代曾唱遍西充城乡、省会成都和省内其他许多地方。张女士就是这首民歌中所歌唱的西充狮子糕传统技艺的传承人，而她们所申报的"第四批省级非物质文化遗产名录"却改名为"充国狮王糕"。这其中的曲折艰辛说来话长。

　　关于狮子糕的历史渊源，民间传说很多。一种说法是，民国年间，西充县青狮垭程家坝有位名叫程炳甜的老汉和大儿子开了一间糕饼铺,生意火红。二儿子好吃懒做,日嫖夜赌,程老汉一怒之下将其赶出家门。三儿子年幼无知,程老汉发觉老大想独吞家产,为使老三长大后也能成家立业,于是朝思暮想,反复试验,终于在传统工艺的基础上,做出了一种新的糕点。这种糕点味道独特,很好吃,销路很好。程老头想给它取一个好听的名字,因他们是青狮人,青狮人又爱说"子",如"背架子""打杵子""锅铲子"等。于是程老汉就将此糕取名为"狮子糕"。

另一种稍微靠谱的传说是,清末西充青狮垭陈家坝一陈姓青年在杭州西湖边谋生,为一糖食铺帮工。此人聪明好学,很快便掌握了用糯米粉、白糖、饴糖、芝麻、植物油、化猪油等为原料配制糖食果子的技艺。后来老板因与仇家争铺面,官司败诉,财产充公,仆人等被遣散。陈某回到老家,做起糖果小本经营,自己挑着担子走乡串户推销。买者皆认为他的果子酥脆可口,且为本地原来没有的新产品、新风味,于是大家争相购买。久之,有人建议可否将零散、小个的果子黏合成块,封包出售。这样既美观,又卫生,且便于存放,也可以拿来作为礼品赠送客人。陈某从善如流,经反复试验,最终研制出了黏合成块的纸封糕点,由一秀才取名为狮子糕。

还有一个杜撰色彩较浓的传说:东汉年间,充国县民间一舞狮艺人,精选糯米、本地土菜油、上等蔗糖等为原料,经反复配制,制作出了一种无名糕点,品味极佳。当地官府就将它作为贡品献给皇上。皇上一品尝,龙颜大悦,赞不绝口:"此糕香甜酥脆,十分可口!"皇上问起此糕名称,臣子们半晌答不上来,只得如实禀告:"此乃无名之糕。"皇帝深感遗憾:"如此上品,焉能无名?"于是当即下诏:"此糕既为充国县舞狮艺人所发明,朕就给它取名'狮子糕'吧!"从此狮子糕名扬天下，流传至今。

西充位于四川盆地东北部，平均海拔361.2米，四季分明，气候温和，年平均气温16.9℃，无霜期300天以上，适宜糯米、油菜的种植。县城九条渠山出产的天然矿泉水，又为狮子糕的生产提供了特有的水资源。

传说归传说，但狮子糕的制作历史悠久却是不争的事实。狮子糕的制作工艺渐渐在民间传开，至新中国成立时，西充已有邱糖阁、彭糖阁等数家初具规模的作坊。1952年通过公私合营，县城数家糖果生产商成立联合社，1956年转为地方国营糖果制造厂。

1959年，朱德委员长在四川省委领导的陪同下视察西充。朱老总品尝狮子糕后赞不绝口，认为色香味俱佳，指示一定要将此项工艺发扬光大。朱老总将狮子糕带回中南海，也获得了那些老帅们的好评。于是狮子糕更是名声大振，年产量由20世纪50年代的5万封上升到60年代的10万封左右。

中共十一届三中全会以后，为发展地方名特产品，县政府决定以优惠政策统购西充县城周边晋新、常林、观音、木角等乡生产的白沙糯稻，以满足狮子糕生产的需要。狮子糕不仅享有了国内声誉，而且远销日本、东南亚、非洲、美洲等地区，年产量也猛增到20万封（盒）以上。

张女士1964年进入西充糖果厂当工人，从一开始就跟着老师傅学习狮子糕的制作工艺，长期从事糖果、糕点的制作，曾先后担任生产科科长、质检科科长、生技科科长、主管生产的副厂长。进入20世纪80年代以后，随着大环境的改变，企业经营不好，面临倒闭，拖到1994年，企业因改制停产。作为一名共产党员、狮子糕制作名师，张女士不忍心这一历史悠久的传统工艺断送在她们这一代人手中。于是自筹资金，办起了民营企业——西充金龙食品厂，决心为西充狮子糕和下岗的职工们闯出一条新的生路。

刚开始办厂的时候，以她们厂名义生产的产品仍叫狮子糕。进入市场后，广大消费者也很认可，效益还不错。可经过一段时间后，引发了西充县糖果厂的异义，他们认为，张女士的金龙食品厂侵犯了他们的产品名称。由于当时大家的商标注册意识都很淡薄，都没有去工商部门注册商标。到她们提出异议的时候，西充县糖果厂已到有关部门办理了狮子糕注册商标。而张女士的金龙食品厂已开办了一年多，工人也招齐了，机器设备、配套设施等都已完善，该怎么办呢？那些日子真把她愁坏了，"一夜白头"啊！她非常感谢她的弟弟，她弟弟也是原西充县糖果厂的技术骨干，同她一起下的海，白手起家，创办了金龙食品厂。弟弟一直毫无条件地坚定地支持她，给她力量和思路。说实话，没有弟弟作为坚强后盾，她是很难支撑下去的。

当时他们就想，虽然狮子糕的注册商标在别人手中，但狮子糕最好的制作工艺却掌握在他们手里。他们完全可以重新创造一个品牌并注册商标。于是经反复商量，他们就以"充国狮王糕"的名称为产品注册了新的商标。

然而，充国狮王糕注册的产品推向市场后，由于宣传工作不到位，一时不能为广大消费者接受。人们普遍认为，西充只有狮子糕，哪来的什么充国狮王糕？人们担心是假货，一时市场销售受阻，产品严重积压，经营状况恶化。真是按下葫芦起了瓢，困难一个接着一个。他们意识到，在市场经济的大潮下，皇帝的女儿也愁嫁，旧式的守株待兔似的等客上门的销售模式已经落伍了。为了取得消费者的认可和信任，他们主动参与各种大型商品展销会来宣传、推介自己的产品，比如全国的糖酒展销会、成都每年一度的食品展销会、南充市和西充本地的各种展销活动，他们都积极参与其中，以主动推荐、自由品尝的方式，让顾客自己判断取舍。经过他们的坚持和努力，皇天不负有心人，充国狮王糕终于得到了顾客的青睐和信任，产品逐步走向市场，在本县各大超市占有了一定的市场份额。

实话实说，"狮王糕"与"狮子糕"本是一对孪生兄弟，制作工艺、生产流程基本上是相同的，成败得失就要看谁能不断改进创新。

化猪油是西充狮子糕重要的原料，包装纸也常被浸得油腻腻的。在物资匮乏的年代，油香、油味大受欢迎，但随着肉食的不断丰富，浓重的腊猪油味自然会受到冷落。同时，狮子糕保质期有限，时间稍长，鲜猪油也很快显腊味，入口不仅不滋润酥松，而且干硬难咬，甚而口腔起泡。为解决这些问题，金龙食品厂首先从原料关入手，不再使用化猪油，而是用经过脱脂的精炼的菜油。所用糯米、白糖、芝麻等都是从正规厂家购进，有检验合格证和检验报告单。为破解糕点干硬的难题，她们做了许多尝试，终获成功。另外，传统狮子糕用褐色的薄牛皮纸蜡封包裹，既有碍观瞻，影响清洁卫生，又限制了保质期。她们改进包装，满足现代消费者的审美需求。现在的狮王糕两层包装，内层为塑料保鲜袋，外层为印制精良的食品盒，既美观大方，上得了档次，而且增长了保质期和保存期。过去的狮子糕储存期最多一个月左右，而如今的狮王糕春秋冬三季可达三个月，夏季也可达两个月之久。

狮王糕有一套完整的工艺制作流程及食品生产标准，必须经过泡米、打粉、擀板、均条、匀颗粒、起坯、炸制等多道生产工序。

她们始终坚持精选西充特有的白沙糯米，配以鲜花醇蜜、米汁饴糖、川蔗绵糖、脱皮芝麻、苡仁、核桃、花生、小磨香油、鲜鸡蛋清等为原料，较先前产品，油分和糖分都有所降低，而滋润度则有所增加。装潢也更为考究，红底金狮，喜庆抢眼。简装与精装，普形与特形，大礼品盒与平常散盒相结合，以满足不同客户的需要。

新一代狮王糕仍为手工制作，作坊生产，集香、甜、酥、脆于一体，遇唾生香，油而不腻，泡酥不黏，久存不坏，甜香悠长，色泽鲜亮似狮毛，体型长方如卧狮。

狮王糕（狮子糕）是长期流传于西充的名特小吃，老少皆宜，名声在外，也是西充的一张名片。西充人早已习惯拿它作为馈赠亲友的礼品，所以狮王糕能够畅销全国各地。狮王糕在我国台湾、香港，以及东南亚等地也都受到好评。美国环球公司总经理还曾把它带回美国赠送亲友。在相当长一段时间里，充国狮王糕都是紧俏商品，供不应求，市场常常缺货。特别是春节前后，工人们不得不加班加点生产，以满足市场的需要。

1998年，狮王糕正式在工商部门注册，2000年被评为南充市第二届知名商标。西充狮王糕先后获得各级各部门"名优食品金奖""食品博览会金奖""民为天放心食品""无假冒伪劣产品""质量计量信得过单位""消费者喜爱商品""畅销商品"等各种表彰和殊荣。2013年被列为南充市非物质文化遗产名录。该厂一直以"一流技术，一流质量，一流服务"满足市场和顾客的需要。

张女士聊以自慰的是，她们的努力和付出没有白费，足以告慰狮子糕制作的前辈和一代代传承人。但同时令人忧虑的是，这门独特工艺后继乏人，值得引起有关部门和领导的重视。除了政府加大保护、投入力度外，还要进一步收集整理，完善相关工艺流程资料，提高技术和科研能力，培训技术骨干，大力推广、发扬技艺传承，扩大生产经营，把企业做强做大。决不能让这一历史悠久的传统工艺慢慢无声地消亡、失传。

2019 年 9 月 30 日改定

好吃还是西充的狮子糕

王老太婆的豌豆油糕儿

现在的中年人，大约总还有些人记得老西充县城小东门王家老太婆炸的豌豆油糕儿。那可是当年孩子们的最爱，赶场的家长带给家中眼巴巴盼望着的孩子们的礼物。富裕家庭的孩子，一定吃过不止一回两回。因为太好吃了，是能够上瘾的，有钱就会去买。然而你一定想不到，那位平平凡凡、普普通通的在街边卖豌豆油糕儿的老太婆，竟是新中国成立初期老一辈的风云人物：西充县城最早的人民代表、妇女主任、织布厂厂长、松花厂厂长、城关镇公共食堂总团长。只是后来受到孩子的拖累，王老太婆才渐渐淡出人们的视野，但熟悉她的老人们仍然尊称她为"某代表"。

老人家有四子两女，都还过得去；自己有退休工资，虽然不多，也足够自己穿衣吃饭的了，但老人家一生吃苦耐劳，勤俭节约，苦熬苦挣惯了，有着西充劳动妇女的传统美德，要让她闲下来，享清福、度晚年，那实在不是件容易的事。儿孙们都大了，像翅膀硬了的燕子一样飞出巢了，老人家顿感生活枯燥寂寞，于是自己想出了卖豌豆油糕儿的主意。王家人新中国成立前就已进城居住了，开过客栈，经营过饮食服务业。王老太婆可谓见多识广，不用任何人指点，就在自家的墙边角落里，安锅设灶，炸起了豌豆油糕儿。

豌豆油糕儿的制作很简单，但成功往往在于细节，如果粗心大意，关公也可能走麦城的。

选颗粒饱满、大个儿的上等豌豆、大米，分别用干净水浸泡。热天冷水，冬天温水，必须保证豌豆、大米浸透水分，不然豌豆会有硬核，炸出的油糕儿燥硬打牙；米浆呢，也很难磨细，失去最好的黏稠度。热天要勤换水，不能让其"翻泡"，翻泡会影响豌豆和大米的质量以及清香纯正的气味。米浆用原始的石磨磨，而浓度只能凭经验掌控。米浆不仅将对散粒的豌豆起到黏合的作用，而且也是豌豆油糕儿的重要组成成分。

将足量的油倒入锅中，大火煎至六七成热，然后改为小火。制作豌豆油糕儿有个专门的勺子：浅口、平底，面积大小刚好与一个油糕儿相等，高度则要高出一头。将浓度适宜的米浆倾入勺中，再加入豌豆，平平展展铺满勺底，只需一层。米浆的深度大致达到豌豆高度的三分之二即可。将勺子放入油锅中，慢火煎炸。米浆很快与散粒的豌豆黏合到了一起，待豌豆一经炸熟炸透，油糕儿就会自然地离开勺子，飘升至油锅表面。锅边放有一个铁丝架子，是专门用来滴油的。把炸好的豌豆油糕儿一只只整整齐齐地摆放在架子上，油酥酥、黄灿灿的。油锅的油香味更是随风飘散，袭人鼻腔。难怪过往行人，不管喜不喜欢，买不买，都会禁不住转头看上几眼，喉头咕嘟一声，暗地咽下口水。

炸豌豆油糕儿并不需要什么独门绝技，关键是把握好火候。像炸花生米一样，人们总希望炸得越酥脆越好，但往往稍一贪心，炸过了头：颜色变黑了，花生米糊了，口感大打折扣不说，营养也破坏殆尽，真的味同嚼蜡。炸豌豆油糕儿也是同样道理，见好就收。不然，炸得过老，除了刚才提到的问题外，还有一个毛病，就是易碎。残缺不全，卖相不好，谁要？

放学的时候，那些小孩儿好像赛跑似的，总是快速冲到王老太婆的摊子前，把钱举得高高的。一只油糕儿在手，一口下去，摇头晃脑，喜笑颜开，啧啧称叹："嗯，好吃！又酥又脆，又油又香！"那些有大人带着的小孩，也会缠着爷爷奶奶、爸爸妈妈："买一个嘛买一个嘛！"爷爷奶奶、爸爸妈妈耐不住死缠烂打，也只好边掏钱边高声训斥："先说好啊，只买一个啊！不要吃了一个还想两个啊！"由于物美价廉，那些茶客酒仙，也往往买上三两个，往桌上一扔，边品茗饮酒，边慢慢咀嚼那香喷喷的豌豆油糕儿，显得派头十足。

后来城市改造，王家的房子被拆，王老太婆就再没重操旧业了。这是一件很遗憾的事。

积沙成塔，集腋成裘，经过多年的辛劳，分分角角的积攒，加上精打细算，省吃俭用，王老太婆竟也积累了一笔可观的财富。当然，后人更看重的是老人家留下的精神财富。她用她的言传身教，最好地诠释了什么叫自强不息，什么叫劳动光荣，什么是平凡创造伟大！

由于豌豆油糕儿利润微薄，加上不能使用机器批量生产，自此市面上就很少见到卖豌豆油糕儿的了。不过老伴儿告诉我，她曾在一家卖米粉的店里见到过，我还在想，等她回忆起了是哪家店，我一定要去买几个尝尝，看看是否还是当年那种令人欲罢不能的油糕儿风味。

2020 年 9 月 10 日

多扶场上的泥拨弄儿

我在《西充人独特的待客方式》一文中曾高度赞扬西充人的热情好客，重情重义。对于曾以苦寒出名的西充人来说，一日三顿"幺台"，算是对宾客极为隆重、极为尊重的表现了。"泥拨弄儿"便是给客人打幺台的一款难得的民间小吃。

据说"泥拨弄儿"是西充独有的风味小吃。它是先将热凉粉在专用的竹编漏瓢中过漏到冷水里，冷却成状似蝌蚪的小长颗粒。然后用油炒的盐菜烧汤，熬好汤汁后把凉粉倒进盐菜汤里煮，最后加上调料制成的。

西充人把蝌蚪叫"泥拨弄儿"，所以这道名小吃就因形状似蝌蚪而得名"泥拨弄儿"了。这个名称一定是要"儿化"的，如果不"儿化"，就有人把它写成"泥不落"。显然这与西充人的实际发音不符，而且"泥不落"是个什么东西呢？很难让人有形象化的感受。

对于终日在忙碌中讨生活的西充人来说，做泥拨弄儿费料费时且麻烦，所以一般都是用来招待稀客的。

20世纪80年代，改革开放的东风吹满神州大地，刚允许个体摊贩经营餐饮业时，地处西充东大门的多扶场得风气之先，场上很快就有两位老太婆摆起了卖泥拨弄儿的街边摊。她们各自经营，相隔不远，井水不犯河水。一人一台蜂窝煤独灶，一张长条桌，几条长板凳，赶场的客人就坐在街边上吃。

她们的泥拨弄儿的做法相同，但却与西充别的地方的泥拨弄儿做法不同，一是要加米豆腐，二是盐菜不放在锅里煮而直接放在碗里，三是要加红油。西充其他地方的泥拨弄儿都是清汤，以保持豌豆凉粉的清香。

　　当然，都得先熬好豌豆凉粉，漏成泥拨弄儿颗粒；将米豆腐切成与泥拨弄儿大小差不多的短条。客人来了，揭开火门，将泥拨弄儿颗粒和米豆腐各占一半的比例，等锅中的水开了，一起放入锅中煮，直到煮透心。舀入碗中，再加姜葱蒜米、芹菜花、红油、盐菜，一碗香喷喷的多扶泥拨弄儿就可食用了。

　　王师傅本是土生土长的西充城里人，自己也是开餐饮店的。他对多扶场上的泥拨弄儿情有独钟，赞不绝口，连连夸奖道："香得很！"多扶当场的时候，他常专门骑着摩托去吃泥拨弄儿。过了多少年，至今还回味无穷。这很难得，他本身品味美食无数，自有苛刻的评判标准，还为了一碗小吃，大费周章，多扶泥拨弄儿的吸引力可想而知了。

　　至今，在西充的各星级宾馆、饭店里，泥拨弄儿都还是向外地客商推荐的地方名小吃之一。

2020 年 9 月 4 日

由河南人传入的炝锅面与西充烩面

西充的传统食品本没有炝锅面，然而在二十世纪六十至八十年代，炝锅面却在西充盛行不衰，甚至成了有钱有地位的象征，那是怎么回事呢？

据原西充县委招待所大厨王师傅介绍，1964年，河南组织车队支援西充建设，来了20多辆车，40多车队人员。河南人爱吃面食，其中一种叫"炝锅面"。其具体做法是：先将细面煮七分熟，捞起备用；再煎蛋，将蛋搅散，80℃左右油温下锅，摊平，煎好翻面，加少量水、盐、味精、胡椒粉、葱姜蒜、番茄或其他菜一起煮，水开后倒入面条，两三分钟即出锅。因水少汤稠，稍微带点儿浆糊状，甚至起了一层薄薄的锅巴，所以得名"炝锅面"。

此种做法被车队的河南人传入西充后，西充人根据本地物产情况、人们的饮食习惯，做了大胆的改良，名称也由"炝锅面"摇身一变为"强锅面"。

先将姜葱蒜剁细，用腊猪油煸，煸出香味后加入骨头汤、胡椒、味精；用"韭菜叶"（此处指一种粗细如韭菜叶的面条）或细叶子湿面，煮五成熟，捞起来备用；用豆粉、盐、几粒白糖拌好猪肝片备用。将面条、新鲜蔬菜如莲花白、大白菜、豆芽等，一次只放一种，不同时加几种不同的蔬菜，放入骨头汤里一起煮。快熟时加上猪肝，水一滚，一二十秒钟就好了。稍一过头，猪肝就老了，吃起来不嫩。这就是那些年大名鼎鼎的"猪肝强锅面"。

中医认为，猪肝味甘、苦，性温，具有养肝明目、补气健脾的功效，可以用于治疗肝虚目昏、夜盲、脾胃虚弱等病症。猪肝确实营养价值比较高，含有丰富的蛋白质、脂肪、胡萝卜素、维生素及钙、磷、钾等多种矿物质元素。另外猪肝作为动物肝脏，含有丰富的铁元素，可以有效预防缺铁性贫血的发生。最重要的是，猪肝属于荤菜类，杀一头猪只有一笼猪肝，猪肝"高贵"的身份和和高昂的身价自然远非鸡蛋可比。再则，强锅面得一碗一碗地煮，不能"批量生产"，所以猪肝强锅面就属于面食中的"阳春白雪"了，西充也只有像东街的人民餐厅、四贵坊饭店这些较大型的国营食店才有卖的。一碗猪肝强锅面，如给粮票二两，就只收一角二分钱，如没有粮票，就要卖到二角五分一碗了。难怪那时吃不吃得起猪肝强锅面就成了人们有无身份、钱粮的象征。

与猪肝强锅面形成鲜明对照的是土色土香的西充本土烩面。烩面制作简单，食材廉价，属于"平民膳食"。用清水浸泡、洗净海带（西充方言称"带皮"），切成菱形，开水锅中煮熟，捞起备用；加足量的化猪油，先酥好豆瓣，再加入姜葱蒜一起炒出香味，掺水熬开；放入海带，有时也加点儿砍碎的包包菜，再加入切短的宽叶子湿面条一锅煮。煮熟后再加红油，舀在一口大水缸里盛着，然后再一碗一碗舀出来端给客人。直到二十世纪七八十年代，这种大众化的烩面都很有市场。

烩面的特点是油多、汪实、便宜。一大碗如给粮票，只要六分钱；没有粮票，也只要角把钱，所以很受普通老百姓欢迎。据曾在西充多家餐馆工作过的罗女士回忆，那时候西充没哪家馆子不卖烩面，当场天，赶场的人都要吃一碗。她们头天晚上就得忙着切海带，要切一大筲箕，手都切痛了。第二天舀面，有时用长勺子，赶不及了，就用瓢舀，一瓢可装几碗。吃饭的时候，打拥堂的人，不要你端，到处都在伸手，把你围在当中，汗水直淌，手都舀痛了、舀肿了！街边上站的是人，蹲的是人，喝的很是快意的。由于人太多太乱，为防止打碎碗和碗筷丢失，店里还要派专人监视着、看管着。

现在生活好了，无论是炝锅面还是烩面，都没有饭店经营了，但谈起那段往事，人们总止不住兴奋、激动，眉飞色舞。经过时间的发酵，岁月的过滤，似乎留下的全都是美好。

2020 年 9 月 2 日

由河南人传入的炝锅面与西充烩面

爱恨不得说红苕

　　我与红苕的缘分，真是"剪不断，理还乱，是恩怨"。

　　我出生在阴历九月，那正是挖红苕、点粮食两头忙的日子。家里人辛辛苦苦，一身泥土，弓腰弯背，背着红苕，步履艰难地一步步回到家中。一个个累得皮耷嘴歪，来不及休息，又拖着疲惫的身子，忙着挑水、淘苕、抱柴、切菜，烧火煮饭。刚几口稀稀的熬红苕下肚，有了一些活气，准备放缓节奏，趁机拉拉家常，谈谈生产上的安排时，我却哇啦哇啦、跌跌撞撞挣扎着硬要闯入这个并不欢迎我的尘世。

　　听到我不请自来的消息，婆婆推开土巴碗，云淡风轻，气定神闲地说："柜里还有半把面，够吃一场的了！"旧时做挂面，都是用那些废报纸、学生娃的废本子、黄草纸包裹着，一斤拦腰包扎在一起，叫作"一把"。"半把"者，也就是估计半斤左右的样子。没有鸡、鱼、面、蛋，甚而连起码的粮油准备都没有，就靠这半斤面，坐月子的母亲维持三天正常的生命活动尚且困难，何谈补充营养，增强身子骨，至少恢复生育前的健康状况——虽然这"健康"从来就没有存在过，难怪母亲一直那么单薄、瘦弱、憔悴。

　　"唉，龚女子有福气喔，我们那阵——"婆婆叹息着，又捞起了黑不溜秋、长短不齐的筷子，继续咕噜咕噜喝碗里余下的苕汤。我的母亲姓龚，娘家在灵芝桥上沟龚家湾；"龚女子"算是我婆婆对我妈的昵称。爷爷去世得早，婆婆就是掌舵人，一言九鼎。

那年头，一般人家都没有存粮，饭菜都是跟着季节走，出什么吃什么。就连这样，也还总是青黄不接，寅吃卯粮，吃了上顿没下顿。乡谚曰："不怕红苕嫩，八月初一尝一顿。"早已盼着红苕下锅的乡民，有东西塞满肚皮，确实也是天大的幸事了，哪里还敢奢望有山珍海味、鸡鸭鱼肉的饕餮大餐，梦幻世界！

我家所在的院落叫"大院子"，我家所挨着的堂屋叫"大堂屋"，大堂屋的阶阳叫"大阶阳"。这三大场所注定了我家门口不仅是生产队、家族各种会议、活动的举办地，也是男人们吃午饭集中的地方，是乡里各种消息、流言、八卦的集散地。午饭时，全村大大小小的所谓"男人们"都端着自家的碗，盛着自家的饭菜，到大阶阳上办展示会、交流各种各样的信息来了。

自然，家家户户不分上顿下顿，今天明天，无非都是蒸红苕、熬红苕、红苕酸菜稀饭，颠来倒去地吃。最糟糕的是熬红苕煮红苕叶，汤黑乎乎的，像墨绿色的污水；锅里碗里灶房里全充斥着猪食的气味，闻着就想发呕。这种吃法，原本就是连着喂猪考虑的，吃剩下的就拿了去喂猪。不过穷人也会想穷法子，就这穷日子也得给它着点色，添些花，抹上一丝光亮，不然就太过沉闷，让人喘不过气来了。比如说吧，午饭剩下的蒸红苕，煎个腊油渣，将红苕捣烂，用蒜苗来炒，别说那个香味，可能绕鼻三日呢！

"噫，狗娃子家这酱还做得不错哼，红红的！蘸红、白萝卜片片下蒸红苕，好吃哼！"

"蒸红苕的时候蒸牛耳菜蘸酱吃，也还舒服！"有人余味未尽地补充说。

"喔唷，啧啧！胖娃屋头莫不是漏划地主哇？！还有糯米煮红苕醪糟！"大家赶忙往胖娃碗里望去，咝咝地嗅着鼻子。其实，胖娃碗里也同样是熬红苕，只不过红苕切得小块一些，汤里漂浮着几颗米粒，气味酸甜酸甜的，还略带一丝酒味。原来胖娃家兄弟媳妇坐月子，家里煮了一坛混合着少量糯米的红苕醪糟，在熬红苕的时候，舀上了那么一小勺，这就引得大家想入非非，赞叹不已，"别是一番滋味在心头"了。

我总是瘦骨伶仃如枯瘦的麻绳。第二年收了谷子，婆婆下令，在家里人煮大锅饭时，可以给我煨一点罐罐饭。熬罐罐饭的小砂罐是放在灶案上的烟道处的，借着烟道的余火余热煮熟。我小小的生命竟焕发出那么强大的食欲，伸出小手就去抓放在桌上的砂罐。罐翻了，烫伤了我左边的倒拐子，至今留着大大的一块伤疤。每当母亲忆及这件伤心事或我无意中触碰到这块伤疤的时候，我就感到莫大的羞愧、羞愤！还在婴儿期的我，就早早地被饥饿牢牢地钉在了耻辱柱上！那时候，柴火也是很珍贵的。我的"小灶罐罐饭"也并没有熬得很熟、很稠、很香，还带着烟头味儿啊！

一直到十多岁的少年郎了，我都对八月十五叉糍粑时的苕锅巴有着一份浓浓的期盼、留恋。虽然西充人中秋节的传统主食是糍粑，但哪家哪户都很少有能力叉纯糯米的糍粑，大都是将红苕垫底，再加上糯米、籼米一起蒸熟，一起来叉糍粑。这种混合着红苕、糯米、籼米的锅巴，黄灿灿的，成片成团，又香又脆又软又甜，真是皇宫里仙窟里的美味佳肴了！

大约我无师自通，很小就知道了红苕的重要。所以，到了栽苕的季节，我就屁颠屁颠地跟在大人后面，想亲自去参加这一场伟大的盛事——向上苍祈祷丰收，向大地索取粮食，向生命争夺苟延残喘。大人自然是不肯，骂我："正忙着呢，别再添乱了。"那好吧，等到大人们都下地了，我就带着堂弟，用粪撮装上阶阳上背篼里已经剪好，等着下一转背上山的苕藤，踏着烂泥，奔向我们家的自留地，自己抢着栽红苕去了。待么妈回来背苕藤，发现大背篼里的苕藤被动过了，地上散落得到处都是，就气急败坏地呼喊我们。我们高兴地应着，心想，么妈看到我们这么能干，这么懂事，已经能够帮着大人干活了，一定会夸奖我们一番。

"喔唷，谁喊你们来的？这要得啥？"么妈毫不留情地毁了我们的劳动成果，板着脸训斥道，"全栽倒了！别把苕藤糟蹋了！滚！快点儿跟我回！"那一年，我刚6岁，堂弟还不满5岁。至于我们一身的泥污，么妈早已见惯不惊了。但不管怎么说，这毕竟是我下地生产劳动的第一课，令我终生难忘。

红苕有一致命弱点，就是易病易腐烂，很难贮藏。乡民们想尽了一切办法，以便于加工保存，这可是半年的粮食啊！磨苕粉就是最为有效的办法之一。一大背篼一大背篼的红苕须一一淘洗得干干净净，摆满了阶阳，摆到了屋里。家里所有的劳力一人一个木盆，放上木板擦子，通夜通夜地擦呀擦。然后一瓢一瓢地过滤，一下一上地摇摇架子，沉淀，去水，晒干，收藏，多少血汗也就沉淀在这苕粉里了。谁知流年不利，腰都累断了，倒地就睡熟。一觉惊觉，妈呀！黄桶里的淀粉水全翻泡了！一家人欲哭无泪，大部分苕粉都随同粉水化为乌有，成了猪潲和肥水。还好，人没有过劳死。

其实，遭受惨重损失的又何止一家一户！吃午饭的时候，大阶阳上叹气的声音，骂娘的声音，诅咒天气突然变暖，导致淀粉水发热翻泡的声音响成一片。

终于盼来了春暖花开，是种秧苕的时候了。人们却惊惶地发现，生产队种苕洞上的石板和大铁锁似乎都被人动过。一阵激灵，有人马上跳了下去。谁知这一下去就再无回音，被活活地窒息在大苕洞里了！大阶阳上萧瑟的阴风寒流尚未扫过，一个更加惊恐的流言在家家的篱笆墙缝里悄悄传递：赵某因偷苕母地里的红苕被抓了！实际上，也许只是有人打过大苕洞的主意，但并未得逞。为了防止苕种被偷，生产队在秧苕的时候不仅泼了大量的大粪、牛屎，还撒了大把大把的六六粉。谁知饥饿让人挡不住诱惑，这样的污秽龌龊，如此剧毒的杀伤力也挡不住他。赵某不仅非常幽默，还擅长涮坛子、开玩笑，是我们村里的笑星，同时他也是我们村里最会讲故事的人。从监狱回来的赵某从此人不人、鬼不鬼的，再没在大阶阳上露过面。人们私底下讲述，他被抓时手如何被强力反绑，使劲往上拉，疼得他低了头，弯了腰，铁青着脸，额上大颗大颗的汗珠往地下砸；又讲他仰在牢房冰冷梆硬的小床上，如何倒吊了双腿，以便使快要粘连在一起的胃不至再往下坠……听着听着，我的心就止不住一阵阵紧缩，恐惧感立刻将我俘获。我怕警察，我怕监狱！这是真正的耻辱，一辈子也洗刷不掉。晚年的赵某虽然生活已经大为改善，他却以酒度日，所以必然的结果是脑萎缩，酒精中毒，最后死在家中几天几夜才被人发现，家人连同他拉满了屎尿的床铺席子一起埋掉。而赵某讲的一些惊险刺激的传奇故事，至今还时时拨动着我的心弦。

学街老文庙的正门，有一排宽宽的躺梯。正对躺梯是一座很有名的石桥——黉宫桥。清代西充进士李庄，曾写有《新修黉宫桥碑记》。嘉庆庚辰，李庄自京归里，觉得诸生就读于黉宫之内，所以宫内之气宜聚；而宫之外地势低洼，这些读书人迟早又是要"翔云衢飞甘澍"的，所以宫外之气宜纵宜散。于是说服县令，请诸上府，准于此处建桥一座，直接后来的大南街。

其目的不是为了便于车马通行，而是为了那些读书的士子"如凤之雏，翼之使飞；如龙之蛰，奋之使跃"。李老先生无论如何都不会想到，在他辛辛苦苦，倡议奔走，釀金选材，花了整整三年时间，耗资白银2700余两才修建完成的黉宫桥，后来竟变成了"好吃桥"！在那些困难的年月里，长不过12丈，宽仅1.8丈的黉宫桥上总是人来人往，如过江之鲫，人气甚旺。可惜这人气也与李庄老前辈的美意南辕北辙，大相径庭。他想象中的乌托邦是"登斯桥者上观星斗连辉，下瞰荇藻交洁，涤胸次，宽眼界"，而眼前的现实却是摆"好吃摊"的人靠着两边的石栏杆，在巨大的桥石板上摊放着各式各样的商品。当然，大家最需要的还是些奇奇怪怪的可以填充肚皮、救痛救命的食物、中草药之类的东西。

人们常说：穷则思变。"思变"的结果是一个天才的发明，那就是苕渣、苕皮的最先进、最科学的食用方法！将磨苕粉余下的苕渣挼成坨，放在通风透气的阴凉处，让它长毛变质，再用铁锤敲碎，磨成粉，就成了可以加工成其他多种食物的"苕渣面"了。在苕渣面里拌上一点儿灰面，可以拿来炕面跶儿、刮面疙瘩、擀苕渣面。烂苕皮晒干后，也可磨成粉，用来搓"苕面汤圆"，蒸"苕面馍馍"，虽然面相难看，黑黢黢的，又苦又涩，但也只有"远乡场"的人才有这些奇货可居。城附近的人家，因人多地少，当初连苕皮也没有剩下的。大小坚硬如铅球的原始苕渣疙瘩，还带着白的甚而黑的菌丝的痕迹，苕颗颗、苕干片片、用碗钵盛着的少得可怜的胡麦豌豆，脏兮兮的口袋装着的苕粉子，等等，都是一方急需钱，一方急着保命的交换物。渴望来这里一饱口福或者眼福的菜色鸠形的人们，低着头，袖着手，滴着清涕，从桥这边游走到桥那边，又从桥那边一个一个地看过来。眼睛盯着那白白的苕渣面、苕颗颗、黑里透绿的苕面馍馍、苕面包子，口水直淌，只是多数人都无力问津。一个包着盐菜的苕面包子可是要卖八分到一角钱的呢！就这样，黉宫桥还是无可挽回地被老百姓讥讽为"好吃桥"，彻底地污名化了——这是我记忆中的悲哀，永远有着苕面馍馍的黑和苦涩。

后来，我求学于灌县。一到挖红苕的季节，吃惯了红苕的胃便会自然而然地条件反射，想吃红苕想得要命。灌县街头有卖烤红苕的，远远地闻见烤红苕的扑鼻的奇香，喉头就咯嘟嘟地吞咽起来。根据心理学研究，条件反射是可以遗传的。因此我常疑心，我对红苕的喜爱，闻到烤红苕香气就咽口水的行为，是否遗传自我那一直拿红苕当主粮的祖辈呢？

张承源先生在《红苕的回味》中谈到他到昆明工作后的一些感受："我有一个隐私，说来好笑，长期居住在城市里，有时走在大街上，只要闻到烤红苕的香味，就会馋涎欲滴，就会回忆往事，就会思恋故乡……有时就会走到烤红苕的摊前，买上一块香喷喷的烤红苕，蹲在街边慢慢地剥着皮吃起来。那滋味，那回味，久久地萦绕着，缠绕着……"我们的乡情乡恋乡愁自然是一脉相通的，可我当时是学生，远没有张先生那样的"财大气粗"。或许是老天垂怜，也或许可以视为老天的眷顾吧，在异地他乡漂泊了一二十年之后，我又回到了盛产红苕的故乡。

一听说西充要大力发展红苕产业，我便有一种莫名的兴奋，不止为我，更为千千万万的父老乡亲。因为在我的骨子里，始终有一个农民情结。西充是传统的农业大县，土壤、气候、水分等条件又确实适宜红苕生长，红苕成为主要的粮食作物无论如何都算是顺应自然，得天独厚。我们可以在继承传统的基础之上去拥抱新事物、新科技，断不能完全丢了传统而去追逐一些不服水土的新品种、新产业的种植。加强红苕的基础科研，推动红苕的深加工产业发展，应该都是大有可为的事业。我衷心祝愿我的家乡在发展红苕产业，富民兴县的征途中能闯出一条崭新的康庄大道，彻底洗刷掉"苕国"曾经负载的屈辱和苦难，使之成为一块含金量极高、名扬四海、享誉八方的金字招牌！

2018 年 11 月 18 日

杨老汉的苕渣米豆腐

一早，我在大院里散步，看见杨老汉在自家门口的台阶下面忙活。

"这么早，吃了没有？"我问。这是习惯性问话。

"吃了！要做事嘛，醪糟鸡蛋汤圆，切几片香肠下，图快当！"

"会'享受'喔！"我开涮说。

"这是啥年头？你还有吃孬了的？！"

大实话！这么好的日子，国泰民安，谁会与自己过不去？

一看就知道他在制作"摇架子"。木工用的锯子、锤子、凿子、钻子、曲尺等工具，一应俱全，正在钻着摇架子两条木方顶端拴纱（读去声，方言"过滤"的意思）帕的孔。早就听说老汉很能干，还在老家种有庄稼，今年收了七八百斤红苕。一看他做摇架子，我马上明白他要干什么了。

脑子忽然灵光一闪。西充县政协正在编纂有关西充饮食的文史资料，有位张先生，就在微信群里发了一篇《记忆中的"苕渣米豆腐"》。一读，不觉眼前一亮。我是土生土长的西充人，吃过苕渣做的各种饮食，却从没吃过也未听说过苕渣米豆腐。

吃苕渣，对于我们这一代人来说，不过家常便饭。红苕易烂难贮藏，磨苕粉收藏是迫不得已而为之的一件烦难事。磨粉剩下的苕渣，有条件的可以在晒坝或晒簟里晒。没条件的家庭，只能将苕渣捏成团，叫作苕渣疙瘩瘩，一大坨一大坨放在房梁、屋脊上，或者树杈、露天石头上，让其日晒夜露。待干后用棍棒敲碎，再用石磨磨成粉，就可备食用了。像我们这样的普通人家，一般都是熬青菜、牛耳菜撒苕渣面，能将这种苕渣菜羹熬得稠些、熟些，就算阿弥陀佛了。

米豆腐原本是西充的特产。米豆腐炒腊肉蒜苗或芹菜，至今仍是西充人大年三十家家户户餐桌上必不可少的一道主菜，而且也是西充游子留在舌尖上的永恒乡愁。

制作米豆腐须经多道工序。首先是精选干净稻草，烧灰，泡碱水，再用澄清的碱水浸泡大米、磨浆。将米浆熬干，这叫"打熟芡"，待熟芡冷却时用手一坨坨拍打成近似纺锤形的坯子，每个一到两斤左右。再在大锅里倒上碱水，垫上精选的稻草茎扎的草把，把米豆腐坯子码在草把上面，用猛火蒸熟。这样制作出来的米豆腐就叫"浑水米豆腐"。

张先生家里穷，引火都靠敲火石或是火镰，照明靠点油桐籽。粮食更是奇缺，辛辛苦苦，两手皮都磨破了，在水里浸泡得红肿发白，磨的苕粉却舍不得吃。他是西充群德乡人，罗纶的同乡，常常和他爸一大早就起来，爬30多里的山路去赶南充的龙泉场。卖掉苕粉，再将变卖苕粉的钱买回苕渣或苕皮。1斤苕粉能换回4斤左右的苕渣或更多一点儿的苕皮，就觉得赚大了，很是高兴。过年时没米，张先生的母亲就用自己的灵心巧手，变着法儿硬是拿苕渣面制作出了安慰家人味蕾、食欲的"苕渣米豆腐"。

"那么多红苕，难得磨哟！"看架势就知道，杨老汉不准备用机器打磨红苕，而是要自己磨苕粉了。

杨老汉嘿嘿笑了，继续着手工活儿，表示默认。

想起张先生的文章，我同他攀谈起来。

"吃过苕渣米豆腐吗？"

"吃过！朗（方言"怎么，为什么"）没吃过！"

"朗我就没吃过？"

"你么，要么家庭条件好，要么是工干家属哟！"

我哪有那样的命！我是因老家就在县城附近，没有山，人多地少，红苕产量低，苕渣也是稀缺之物，吃都不够，哪有条件拿来做米豆腐的！

"冒要说还好吃！"这时候，他的老伴从屋里走了出来。

"筋事（方言"有韧性、筋道"）得很！比米豆腐还筋事！"杨老汉称赞说。

经杨老汉一说我才知道，原来单纯的苕渣面是不能做米豆腐的，因为缺少黏性，捏都捏不拢，要加少量的米、苞谷一起磨粉才行。

杨老汉老两口都是观音乡人，我一下想起旧志中关于吃观音土的许多恐怖记载。如：

清同治十年（1871）大旱，"民食野草、观音土。市鬻儿女，道路死者相属。"

清光绪二至三年（1876—1877），丙子丁丑年，"饥殍塞途，饿死累累，惨不忍睹。草根树皮和观音土罗掘殆尽。"

"我们那儿哪有啥子观音土喔！"杨老汉似要发感慨了。

"原来那儿有个观音庵，所以叫观音乡。"杨老太婆补充说。

是我想多了，望文生义。于是谈话又回到苕渣米豆腐上来。

我已请教过张先生，知道苕渣米豆腐的制作工序、方法和做米豆腐是一样的，但更麻烦，因为先要晒干苕渣，再用草木灰浸泡的碱水磨苕渣粉，然后打熟芡。

"那个苕渣疙瘩瘩，大块大块的，面上全是黑黢黢的菌丝，用帕子一抹，有的里面还是湿的，都生蛆了，肥块肥块的，还不是一样吃了！"杨老太婆大发感叹，"现在我都还记得过年时用棉籽油炒芹菜苕渣米豆腐的味道！"

我又不由想起张先生给我讲述的一段痛苦回忆：一天吃中饭的时候，张先生忽听侄儿侄女像被蛇咬了一样尖声哭叫，他忙跑出门看看究竟。原来两兄妹在家煮早饭，只因想吃几个"灰包子"，就把本应留下来煮午饭的苕渣面一股脑儿全部撒在锅里了。大嫂收工回家，发现这一"突发事件"，一时着急，就把两兄妹跪在阶沿石上暴打了一顿。那时侄儿六岁，侄女五岁，旁人批评大嫂太狠心。大嫂却呜呜呜号啕大哭："你们倒是会说！中午一家大小去喝风啊？！去你家吃啊？"

王炸一出，围观者即刻作鸟兽散。

张先生的文笔也很好，而且，他没有停留在抚今追昔的低层次上咀嚼痛苦，而是希望借此告诫人们：记住那段国家落后、物资匮乏、人民穷困潦倒的年代，避免重走弯路。满满的正能量。我极力推荐这文章入选县政协文史资料集。

杨老汉没有注意到我的沉思，"好吃！炒得焦个儿焦个儿的，有嚼头，喝几口苕干酒，快活到命头去了！"一边说，一边慢悠悠停下手中活儿，大张着厚厚的嘴唇，黑亮亮的眼睛直盯着我，怕我不相信似的。

我当然相信那时的杨老汉是快活的，满足的。

西充籍著名作家张承源先生就曾经写道："故乡忆，最忆是红苕……当我吃到家乡的红苕时，世界上所有的美食都不那么让我回味无穷了。"

谁会怀疑他们说的不是真心话，不是真实情感的流露呢？不过，这是以那时的他们、那时的环境、那时的食物和口味作为前提的。虽然，儿时舌尖上的味道不仅直通肠胃，而且深入灵魂，但是，现在要让杨老汉再去吃那时的棉籽油炒苕渣米豆腐，喝那时的苕干酒，也许就不再是当年的那个味儿、那个感受了。

我故意激他，既然那么好吃，今年你何不做点儿尝尝！

老汉拿起做摇架子的木条，瞄了瞄，有点儿嗒然地说："想过，就怕那些娃儿不吃！光我们二老，能吃多少？"

"这倒是话！"邻居王老师老两口上街路过，也停下来给

杨老汉的苕渣米豆腐

闲聊加把火，"你想想看，那些腊肉香肠、心肝肚舌、鸡鸭鹅肉都吃不完；那些年馋得流口水的熊掌豆腐、腊肉蒜苗炒米豆腐，都是掀来掀去，哪个还吃你那个陈古八年的苕渣米豆腐？！"

"也不尽然。"王老太婆插话了，"吃个新鲜，尝个岔味，也不一定！"

果不出所料，杨老汉的儿子质疑说："你们没事干？提起红苕就伤胃，哪个还吃苕渣、苕渣米豆腐！"女儿倒是委婉多了："你们要做，给我留一两个也可以。"

隔了好些天，阳光灿烂，再见到杨老汉，黝黑的脸上闪着金子般的光芒。他已经回乡下晒了好几十斤红苕粉，又买回了几十斤黑毛猪肉。我开玩笑说："还等着品尝你的苕渣米豆腐呢！"

老汉挤着狡黠的眼睛说："总有你好吃的嘛！"

这时，杨老太婆拿出一个袋子送给我，里面是两块米豆腐，金黄油亮，光洁细腻，手一按，很有弹性。我知道，这就是传统正宗的浑水米豆腐，乃米豆腐中的上品。

"加苕渣面没有？"我赶紧问。

"包你好吃，不后悔嘛！"杨老汉大张着厚嘴唇嘿嘿笑着。

"苕渣都送人喂猪了！"杨老太婆侧过身来，也挤着眼睛，小声对我说。

我有一篇获奖作品叫《碗里春秋 碗里家国》。一个民族的饮食史，不啻一个民族的奋斗史、兴衰成败史。作为"苕国"人，我竟没有机会尝到苕渣米豆腐，幸耶？非耶？！

日上中天，杨老汉黑亮亮的眼睛还在望着我笑，黝黑的脸上闪着金子般的光芒，大张着厚厚的嘴唇……

2022 年 2 月 28 日

杂谈漫议

"苕国"溯源

　　关于"中国的红苕起源于何处",学术界争论至今,大多数学者都认为中国红苕原产于美洲,于明代传入中国,最初被归入"薯蓣之类"。关于红苕引入中国的最早记录是明嘉靖四十一年(1562)的《大理府志》。综合多方面资料,红苕传入中国应在明神宗万历年间。最早的路线应是从云南传入,但中国幅员辽阔,传播路线并不单一,而是多次、多渠道传入中国的。

　　由于大规模移民,四川红苕的来源,极可能是通过多条路径传入,多次传入,首先应是云南一路,其次才是东南一路。

　　清代,红苕在四川传播很快,原因是多方面的。首先是气候适宜,四川地处亚热带,光热充足,雨量适中,土地肥沃。尤其是盆地的丘陵多为紫色砂页岩风化土,其通透性好,肥力较高,土壤养分丰富,为红苕的生长提供了优越的条件。从交通方面讲,四川盆地便利的水路与陆地上的官道和无数乡间小路相连,为红苕等外来作物的传播提供了必要的交通条件。

　　明末清初,四川长期遭受酷烈的兵燹蹂躏,加上瘟疫等自然灾害,人口锐减,由此引发大规模的移民潮。人口的高速增长势必对粮食产量提出更高的要求,从而加速高产、稳产的红苕的传播及栽培,以满足迫在眉睫的食物需求和生存需要。移民们在新开垦的土地上努力生产,他们慢慢习惯于将红苕、胡豆、油菜等作物轮作。这种利用土地的方法，在清代后期差不多形成了一种固定的模式。

红苕是著名的高产作物，湖广有民谚说："番薯（即红苕）熟，民果腹；番薯稀，民受饥。"可见其在老百姓生活中的重要地位。

红苕的栽培，促进了四川土地的开发利用，提高了粮食生产水平，引起了种植结构和饮食结构的变化，增强了民间救荒能力，丰富了农业文化，推动了畜牧业发展，防止了水土流失。那时巴蜀境内的农民，自家多种红苕食用，而把稻谷省下来去卖钱，又从而增加了国家商品粮的供给。这是四川农业文明发展史上浓墨重彩的一笔。

西充位于四川中偏北部，地处嘉陵江、涪江的脊骨地带。米仓山南麓余脉从南部深入我县构成的低山支脉和连岗丘陵成掌状展开，境内沟谷纵横，丘陵密布，山峦波状起伏，呈浅丘地貌。全县平均海拔361.2米，土壤多为紫色土，中性或中性偏碱。土层深厚，有机质含量高，富含磷、钾等矿物养分，质地适中，有较好的透水性、透气性，天然无污染，土壤环境和肥力都适合红苕的生长。

西充位于典型的中亚热带湿润季风气候区。冬季因北有秦巴山脉阻滞冷空气南下而较温暖。特殊的地理位置使西充呈现四季分明、冬暖、春早、夏热、秋雨、水热同季、旱雨分明、日照时间长、秋季昼夜温差大等特点，又为喜温、喜光、适应性强的红苕的生长提供了优越的生长环境。

红苕何时传入西充，已很难查考。康熙年间的《西充县志》尚无关于红苕的任何明确记载，而该志作者李昭治在一首叫作《海棠川》的七律中有提到"半岩绿雾藏山药，十里朱霞醉海棠"。如这里的"山药"就是红苕的话，那该是西充栽种红苕的最早文字记载了。直到光绪二年（1876年）的《西充县志》，在其"物产"条中始有提及："其贫家最赖则红苕。南方草木状红苕，盖薯蓣之类，或曰芋类。《异物志》：'其根似芋，以二月种，十月收之。'《荒年杂咏》：'有制以乱山药者，饥年人掘取作饣孛。'《田居蚕室录》：'俗呼諮，盖薯声之转。'有红白种，煮以当粮，亦可和米煮饭。"

而稍早于这个专条记载的，是1909年付梓的《思成堂集》。作者刘鸿典，眉州龙安堡人，同治元年（1862）始任顺庆府西充县训导。在其6年任期内，对西充风土民俗，多有记咏。其竹枝词10首，令人印象深刻。如："喜逢嘉客火锅烧，也识鸡豚味最饶。借问平时糊口计，可怜顿顿是红苕！"

差不多与刘鸿典任期一致的清同治年间的西充邑令高培穀曾大发感慨："嗟夫！民之疾苦，固未有甚于充者也……西充瘠而狭，环百里无膏腴壤。民间恃甘薯（即红苕）为饔飧，然犹男女终岁胼胝，仅乃得饱。"

从以上资料不难看出，一是西充红苕的引入时间应该大大早于这些资料出现的时间。这些资料所记载的情况已经是红苕在西充大面积种植并成为重要的农作物之后。二是历史上的西充，确实以地瘠民贫闻名遐迩。在川东北地区广为流传的"最苦寒，西（充）南（部）盐（亭）"的民谚，也是其有力的证据。三是红苕一经传入西充，就得到大面积的种植，而且成为西充百姓的主要粮食，曾挽救过很多人的生命。

有资料记载，宣统二年（1910），西充红苕种植面积已达到了112712亩，占全年粮食作物种植面积的33.36%，到民国三十四年（1945），更高达29.2万亩。1956年达到最高峰值的31.9万亩。所以，直至新中国成立后多年，以下俗语民谚仍在西充广泛流传："要吃饭，苕窖看。""早上熬，中午蒸，晚上改个刀。""清早蒸红苕，晌午红苕熬，晚上不蒸也不熬，苕叶稀饭红苕砍一瓢。""火当衣裳，红苕半年粮。""西充人要记住，读书、看猪、栽红苕。""要想娃儿不挨饿，多栽红苕不会错。"

四是西充红苕的总产量也许不是最多、最高，但是红苕在西充人民的生产、生活、经济等方面都占据着非常重要的地位，甚至对西充的乡土文化、民风民俗都产生了重要的影响，形成了西充独特的苕文化。

红苕不仅是西充人民生存的依赖，同时也必然成为西充人民欣赏的对象，所以在不知不觉中，红苕与西充人的性格就有了某些契合。红苕有着非常顽强的生命力和适应能力；它憨厚、朴实、坚毅、低调、不喜张扬；它有很强的抗击自然灾害、抵御病虫害的能力；它一身是宝，然而它只知默默奉献，不求回报……这些品质都早已内化为西充人民稳定的心理结构。明末清初的西充移民，他们也像被移植到西充这块贫瘠土地上的红苕一样，他们必须坚强、必须坚韧，而且要活得有尊严，活得有面子！

然而，红苕是粗粮，在许多地方主要是作为饲料用的。美国学者珀金斯早就指出："吃薯类是一桩不得已的事情，只有在饥荒中才肯吃。"而在历史上，西充人生存状况艰困、寒酸，常年以红苕为主食，西充人穿着打扮土气，西充话土俗，方音重，同时也就产生出一些带着贬义色彩的词汇、短语。

"苕国"一词，最早出现于何时、何种文献，同样也无从查考。由于红苕连同所谓的"苕""苕话"等已成为西充、西充人的标签、最具代表性的特征，所以"苕倌""苕女""苕国"等带着特指对象的词汇也就产生出来了。而且，"苕国"与"苕倌"还有着密不可分的关系。首先，它们都发儿化音，读音完

全相同，"苕国儿"可以听为"苕倌儿"，"苕倌儿"也可以
听为"苕国儿"。其次，"苕倌"是外地人对西充男性的戏称，
男人走南闯北，他们就是西充的代表，于是"苕倌"或是"苕国"
就被传到了四面八方。久而久之，约定俗成，西充就成了人们
心中的"苕国"。

据推测，"苕倌""苕国"一类的词汇应在清末民初就已
出现在民间口语之中。如西充的歇后语："吃红苕讲圣喻——
开黄腔！"民谚："苕国苕国，一年吃苕十个月。"这些说法
在 20 世纪之初就已出现。

俱往矣，数风流西充，还看今朝！历史早翻开新的一页，
扬眉吐气的西充人早已有了足够的底气、自信，不仅不会再以"苕
倌""苕国"为耻，而且引以为荣！西充人曾经的所谓"苕"，
所谓"土"，不仅不再会遭到讥讽嘲笑，甚而获得外地文人墨
客广泛的赞誉！譬如南充文化界知名人士杨茂生先生就曾在《一
个县的文化印迹》中大赞："勤劳质朴又乐观诙谐，粗犷豪放
又细腻坚韧，心直外向又聪慧内敛，刚直忠勇又敦厚重礼，肝
胆忠烈又古道柔肠，就是'苕国'人的文化写照。"著名作家
萧红涛也说，西充被称为"苕国"，原因有二："一是说的西
充乡乡镇镇、村村社社种的都是味道上佳的红苕，且年年丰收。
可谓无土不苕，无田不苕。红苕成了这里的主要粮食作物之一。
一是说的西充有个方言岛，这里的老百姓方言味很浓。有的字
词音，通过当地人说出，其读音听来有异。故此，又被人们叫
作'苕腔'。有了这两种说法，自然人们便把'苕国'之名传
扬开去。也因为此，人们一提到'苕国'，也就联想到了西充。
这只有亲切性和人情味，别无褒贬之意。"

2020 年 12 月 8 日

历史长河中的西充蚕桑丝绸业

蚕桑丝绸业在西充的发展源远流长。

远在汉唐时代，西充人民就已开始栽桑养蚕。宋代，县内就有了缫丝、织绸业。而作为一种现代意义上的"产业"，则大约肇始于19世纪中叶。清同治元年至六年（1862—1867）任职于顺庆府西充县训导的刘鸿典，其传世的10首竹枝词即有两首涉及到当时西充的蚕桑业。

其一云："春风陌上采柔桑，拼着功夫日夜忙。不料新丝郎早卖，闺中懊煞养蚕娘。"

其二云："无多田地要完粮，全靠蚕桑一季偿。但愿今年丝价贵，余来缝件好衣裳。"

由此可见，在那个时代，丝早已是很走俏的商品，成为老百姓重要的经济来源。光绪年间的《西充县志》进一步记载："唯蚕桑为西充最宜，每入夏丝成，商贩辐辏，输供税、完婚嫁，胥于焉是赖。有大绸、二绸、麻底诸名"；"农家以耕织为业，自己育蚕，虽乱丝薄茧，均足入经纬而获价值"。并且指出："乡里蚕桑之利厚于稼穑，公私赖焉。蚕不稔，则公私俱困，为苦百倍。"足见蚕桑业的丰歉不仅影响到小农经济条件下的千家万户的生计，同样影响到国家的税收和经济的运行，其重要性不容低估。为重蚕桑事，以至谷雨之后，各级地方政府"停征停讼，差不许下乡"。补用知县、西充县事高培榖为推进西充蚕桑事业的发展，还特地刊发了《蚕桑简编》，以示导民众。仅仅数万言的光绪《西充县志》就不惜占用了6000多字的篇幅，附录了《蚕桑备要》《蚕桑宝典》《蚕经》《涌幢小品》《农书》《乌青文献》《湖州志》《沈氏农书》《张氏补农书》《道腴堂初编》等相关文献资料，足见古代官府对蚕桑业的高度重视和热情推广。

这些宝贵资料从栽桑、采桑到育种、喂养、上簇、采茧、缫丝、做绵等全过程都做了非常完备的介绍。从中我们不难发现，那时西充的蚕桑丝绸业已经相当繁荣成熟，所有流程规范有序，所有技艺已臻完善，并且积累了丰富的经验，很多方法一直沿用到现在。

更有趣的是，为了让蚕吃到适宜的桑叶，古人不但想出了预养桑枝于水坛的办法，甚而制作松棚式木架，上以织竹为盖，于蚕初收时张之于茂桑之上，若树桑于室中然。随后则根据采桑的进度，随采随移。如是朝暮可避露，晴可避日，阴可避雨，确保桑叶时时干鲜。前人想象力之丰富，智慧之无穷，实在令人敬佩！二眠后，即可定后来收茧的分数，其衡量标准是："大约每一斤火蚕（升温加热早熟的蚕）收十斤茧者为十分，若七八斤茧者为七八分，若更少者则收成薄矣。"其计算收益的根据是："蚕一筐，火前（指为四龄前的蚕升火加温）吃叶一个，火后（蚕到四龄后不再升温）吃叶一个，大眠后吃叶六个。此外，蚕炭一钱，盘费一钱。每筐收丝一斤，才足抵本。所赢者，只同功茧（二头以上的蚕同织一个茧）、黄提起，不够二钱之数。若收成十分以下，便不足偿本矣。"挑出来缫丝的细茧也称光茧，"每十二斤做丝一车。一斤光茧，做丝二两，谓之'到花'；做丝一两七八钱，只算中平。"可见当时蚕桑业的获利还是相当微薄的，但由于是"小民亲身经历，不算功力、盘费"，所以辛勤多养，还是可以积小利而为大利的。

由于蚕事太过重要，当时科技落后，医药业又不发达，所以古人寄希望于迷信，于是形成数十种禁忌和相关习俗。这其中也不乏前人经验的总结，自有其科学道理在。

地势平坦，土地肥沃的千年古镇仁和，早在清朝即有民族资本家联合外资购买好田好土栽桑养蚕，并办起了"仁和蚕种场"。当时"仁和蚕纸"与重庆"北碚纸"齐名，行销全国。这个"纸"专指蚕蛾产卵其上的蚕种纸。

清末民初，西充丝绸业空前繁荣。清宣统元年（1909），邑人傅恒兴（即傅骏三）在顺庆开办"恒兴丝厂"，回县招收工人300多名，为西充培养了第一批缫丝技工。在傅恒兴的影响下，西充官、商集股，在仁和场开办"蚕桑公社"，首创养蚕、缫丝一条龙模式。随后县内丝厂如雨后春笋般不断涌现，先后创办了新兴、晋隆、裕康、协庆、鼎泰、鲜家沟等多家丝厂。有的雇工十至数十人，有的达到上百人的规模。到1933年，全县蚕茧收购量已达200万千克，共有缫丝户2000余家。蚕丝织品主要有六六纺、薄绸、大绸、花绸、罗底、湖绉等。

西充鼓楼场蚕丝业不仅历史悠久且规模大，从业人员占了劳动力的半数以上，普通人家一般都有一两台织机，富裕人家则有四五台至十数台不等，所以鼓楼场自古就有"千户千机"之美誉。当地的生丝也因质优价廉广受客商青睐。场上有丝店、绸店各一家，染坊两间。丝绸可就地染色、零售，更有行商远运至省内的广元，省外的陕西、甘肃等地销售。

县西北重镇槐树，自古有缫丝织绸的传统。民国时期，民族资本家何时乾创办"协和丝厂"，集缫丝、织绸为一体。他还在槐树场上开了"何记丝绸庄"。他又从外地引进先进的缫丝车和丝绸机，织出的上等丝绸远销成都、重庆、上海等大城市。而与射洪、蓬溪、盐亭、南充四县相邻的石板场（即今双凤场），历史上更有"一多一大"之说。所谓"多"，是说当地缫丝织绸的人家多；所谓"大"，则是指双凤场的丝绸、棉布市场大，遐迩闻名。那时的双凤场可谓家家栽桑养蚕，户户缫丝织绸。男人种植棉花，女人纺纱织布，所以双凤场的丝绸锦缎业相当发达。民国时期这里即成立有"石板场丝绸商会"，并有"穷奔山河富走坝"的谚语。其意思是说，贫穷人家把双凤产的土窄布贩运到广元、昭华、剑阁等山区出售，换回苞谷、大米等粮食以养家活口；而富裕人家则贩运生丝、绸缎到成都平原去推销以博厚利。双凤民谣中"冯家有钱，黄家有势，蒲家有才，陈家有义"等名门望族中之冯氏，民国时期即在双凤境内开办丝绸厂10多家，有织机60多台，雇工上百人。其所织绸缎面薄、结实、色泽鲜艳，是有名的"石板绸"。冯氏先在顺庆模范街、仪凤街开设"石板绸"商号，随后又发展到重庆、成都、贵阳、汉口等大城市。民国后期，他们还借助西充籍重庆富商陈子征的商号出口到国外。

另外，县城西北角的鸣龙场，也是有名的丝绸集散地。这里的乡民对蚕桑情有独钟，家家户户都养蚕，有的家庭一季就养蚕十多张纸。每到收茧季节，场上茧庄收购的蚕茧堆积如山。除了远销外地大型丝绸厂外，很多农户还自己缫丝织绸。外地客商特为这里所织的丝绸取名"猫儿丝"。每逢当场天，街道上金丝（黄）银丝（白）堆成山，码成墙。米记绸缎店、兴隆宝号等大大小小的店面，摆放着琳琅满目的丝绸缎面。南来北往的商贾，东去西来的贩夫，将"猫儿丝"运往省内外。由于鸣龙场的商家富甲一方，难免引得歹人垂涎，盗贼土匪屡屡光顾。场上人家，损失惨重。比如，早在清咸丰十一年（1861），就有匪徒从盐亭金孔场侵边，"屯营鸣龙场，房掠一空"！1943年7月3日，又有南部柳边乡土匪30余人持短枪洗劫鸣龙场，抢走丝绸1000余匹，生丝2000余斤，现钞十余万元！

但这仍然阻挡不住蚕桑丝绸业的发展兴旺。据宣统年间编纂的《乡土志》记载，那时西充生产的生丝已远销成都、上海，所产花绸、素绸、湖绉等已销往潼州、汉中、酉阳、重庆、绥定、忠州等广大地区。罗底主要以绥定、酉阳、忠州为外销地。丝绵则以重庆、酉阳、忠州为主要销往地。

到 1946 年，西充共有织机 4000 余台，产绸 43500 匹，罗底 40000 筒。

新中国成立后，由于政府的大力提倡，各项扶持奖励政策的落实，加之各种科技成果的广泛推广运用，西充的蚕桑丝绸业得到了更长足的发展。1950 年，西充的桑株为 1100 万株，到 2005 年，已有桑株 10110 万株，且良桑率达 82%。

始建于民国二十六年（1937）的四川省西充蚕种场位于仁和镇境内。该园 1986 年实现桑园良桑化，并建有 4 个原蚕基地，实行从桑树育苗到蚕茧销售一条龙管理服务。到 2005 年，4 个基地户均产茧 56 千克，成为全省 5 个原蚕基地示范场之一。当年生产蚕种 11.1 万张，除满足本县及相邻县区外，还销往重庆、广西、广东、山东、安徽、浙江等十多个省市区。

1949 年，全县养蚕 12.49 万张，而单产仅 9 千克，总产茧也只有 1195 吨。而 2005 年，全县养蚕 6.37 万张，单产高达 38.7 千克，是 1949 年的 4.3 倍；总产茧 2466 吨，是 1949 年的两倍多。

1978 年，西充多扶镇得改革开放风气之先，由 5 个公社联合创建"栽桑、养蚕、制种、缫丝、织绸"一条龙新模式，一举成为四川省乡镇企业试点企业。在茧丝绸业的带动下，到 20 世纪 80 年代中后期，多扶镇办企业已多达 20 余家。全县每年 50% 的茧子调集多扶，仅茧丝绸业的年产值就达 2500 多万元，税收 250 余万元，有职工近 3000 人。当时的多扶镇有商家 400 多家，餐馆 300 余家。入夜，餐厅、歌舞厅人头攒动，欢声笑语不绝于耳，其繁华热闹压倒县城。多扶也因此获得了"小香港""不夜城"的赞誉。

到 1990 年，西充以缫丝为主的各类纺织企业尚有 24 家，早已能生产以蚕丝、人丝、人棉合成化纤为原料的全真丝绸、全化丝绸、交织绸三大类 30 余个品种。产品除满足国内市场外，还销往国际市场，成为西充主要的创汇产品。丝绸业的发展又带动了相关的机械制造、服装、包装印刷等产业的发展。比如本土企业已能研制生产出较为先进的煮茧机、缫丝机、织绸机、复摇机、整经机、粗丝机等配套设备。

进入 20 世纪 90 年代以后，由于体制僵化，资金和原材料严重不足，设备老旧，技术落后，产品缺乏竞争力，高成本低效益，西充的茧丝绸行业受到重挫。到 2005 年，仅有县绸厂、纺织总厂、多扶丝厂、晋新丝厂、多扶绸厂、天薪丝绸公司、翡丝特有限公司等企业艰难地生存下来。2008 年的全球金融危机更是雪上加霜，西充的蚕桑丝绸业全面式微，从此一蹶不振，辉煌不再。国有、集体丝绸企业早已不复存在，仅有少数几家民营企业尚在苦苦支撑，顽强拼搏。直到 2017 年，尚有网友发帖称：多扶镇内还有丝绸厂 17 家，绸机近 500 台，年产值 3000 万元，解决了百余名大龄妇女的就业难题。

据庞云忠、张仁浩 2018 年发表的一篇论文介绍，当时西充全县有桑园 1.5 万亩左右，其中连片集中的示范基地桑园约 1.1 万亩，基本实现了规模化、集约化、专业化，同时 80% 的桑园用于桑葚、桑茶、桑饲料和僵蚕生产。集中建设了义兴青禾现代桑业科技园、扶君泥巴寺蚕桑文化体验园、中南有机僵蚕示范基地、鸣龙现代蚕桑示范基地等四大核心示范基地。西充正紧紧围绕建设中国西部农业公园的战略目标，积极调整蚕桑产业内部机制，优化产业布局，发展现代高效蚕桑，实现传统蚕业向现代蚕业的转变，形成了僵蚕、果桑、桑资源的综合利用，也实现了与体验农业的有机结合。

实事求是地说，西充蚕桑业的复兴实在任重而道远；至于茧丝绸业的振兴，那更是很难预期的事了。

2019 年 9 月 1 日

我的第一次远行及其他

儿子定居成都，女儿作客绵阳。于是，我快成了迁徙鸟。无论是在飞驰的动车上，还是在快意的高速公路上，我都屡屡唤起对第一次远行的回忆。

那还是20世纪60年代中期的事。那时的西充人，到过南充的可说是寥若晨星，能够西上省会成都、东下西南重镇重庆的，更属凤毛麟角，简直是传奇般的人物了。要知道，一辈子连县城也没进过的乡下人比比皆是，农家妇女甚至连最近的乡场是什么样儿也不知道。我的所谓远行——西充人叫作"出远门"，当然也不是今日之跨越千山万水，飞渡大洲重洋，而仅仅是到数百里外的灌县——今日之都江堰求学而已。

为了我的远行，母亲天天忙碌，还特意把钱钞缝在我的裤腰里，怕遗失、怕被扒手偷走。哥哥忙着查找地图，请教有关问题。亲朋邻里把注意事项叮咛了一遍又一遍。行前那个晚上，母亲辗转反侧，不能安眠，因为没有手表，不住地"自扒篷窗看晓星"。煮好的饭，热了一遍又一遍，因为几天才有一趟班车，赶丢了，麻烦还是小事，那经济损失可就承受不了。那应该是八月的末尾了，好容易巴到晓色朦胧，我便上路了。那时的老车站还在东门桥桥头上，嫂子背着一个背篼，装着我的简单行李，送我去车站。那次我与堂弟同行，212国道从东门桥进城，画一个弧从北街出城。

沿途路况很差，全是砂石泥土路，窄窄的，弯弯的，阳光懒洋洋地徜徉在碾得亮亮的泥地上。汽车一过，惊起冲天黄尘，四散逃逸。路人以手护鼻，像躲瘟疫一样唯恐避之不及。没有环城路，所有大大小小的场镇都是以街为路，穿街而行。而且，连建兴场边那样的小河沟也没有公路桥梁，需要趸船摆渡。在盐亭、三台，数渡涪江水系，都得弃车登舟，改乘汽划子。来去都要早早下车，久久等待，以便装够车辆，一趟共渡。河滩上烈日高照，沙石滚烫，江水盈盈，头昏脑涨，虽是人生第一次出远门，却全没有看风景的情趣。

　　汽车呢，也像得了肺结核，不住地咳咳喘喘，又似乎每个关节都患了病，散了架，一路哐哐啷啷，哼哼唧唧，催人欲睡又惊人欲醒。坡度稍陡，便轰轰然气喘如牛，直冒油烟，疲软乏力，慢如蜗牛，看得人心慌。有的地方正当场，人头攒动，箩篼扁担，行头把子，地摊案板，堵塞道路。进不得、退不得，司机喇叭都按烂了，行人理也不理，我心里那个急呀！而且在那样一个计划经济时代，时速多少，在哪儿休息、吃饭，几点到站，都是规定死了的。路旁有人招手，车上明明有空位，司机也不理睬。据说，在途中是不能收费揽客的，否则，就是贪污。乘客也禁止同司机说话，怕分散注意力，引发交通事故。

　　我是早晨6：30的车，在三台停车吃饭，我因晕车，连车也没下，直到下午3点多才到达绵阳。那时的绵阳还是一个小县城，街道很窄，正在拓宽，用巨大的石碾碾压。走下车，我已身软如烂泥，伏在车站隔壁小饭店的桌子上便天旋地转起来。沿途那些澌漫的山头，摇摇晃晃的佛塔，散漫的云朵，全都在大脑中晃动、旋转、奔跑，令人欲呕难呕。不知过了多久，我才向店家要了一碗面汤喝下，实在没有食欲，然后再艰难地向远在城郊的火车站挪去。那时的人都很善良朴实，店家并没嫌弃我，赶我走，而且还特别关心我，我喝了一碗还问再要不。

到达成都，已是暮色苍茫。眼前的蓉城，活脱脱一幅古旧、斑驳、灰暗的黑白照片。从市中心到通惠门，乘的还是拖尾巴的无轨电车。通惠门以外，虽望得见青羊宫一带已然亮起的稀稀落落的灯火，然而中间却隔着大片的菜畦。其间沟渠纵横，瓜架林立。我因先要送我的堂弟到温江我叔父家去，所以那一夜我投宿在了青羊宫附近一家黑咕隆咚的小店里，心空如洗而乡思如流。

那以后，我更是无数次地往返于西充、成都之间。那时西充到成都还没有直达的班车，如到南充去乘直达成都的车，那也需在乐至停留一夜。有时遇上汽车出了故障，在遂宁或简阳住宿也是常有的事。

我也曾步行到射洪、蓬溪，再由射洪到三台，由蓬溪到遂宁。回家赶不上班车，我也常从绵阳先赶到三台或盐亭或建兴或其他什么地方，然后再搭车或步行返回故乡。所以，什么样破破烂烂有轮子的车我都有幸坐过，只要它能送我到达目的地就行……

旧事历历，如在眼前。然而，如今闭塞落后的西充早已天地一新，美不胜收，变化之大，令人惊喜，令人感叹。今日之西充不仅早已开通直达全国各地的长途客运业务，而且即将有5条高速公路纵横全境。嘉陵江渠化工程正在紧锣密鼓地进行之中。西充人要到南充乘坐火车、飞机、轮船，也正像大城市的人到郊区一样方便。村村通工程更是牵起千家万户之手，就在家门口乘车，通江达海，跨洲越洋，早已不是什么遥远的梦想而是活生生的现实。旅人上路，第一个考虑的不再是能不能快捷地到达目的地，而是如何舒适、惬意、轻松地走完这段旅程。

其实，交通不仅是一个与人们的生产、生活密切相关的问题，它更是一个综合性的衡量标准。俗话说，"要想富，先修路"，"火车一响，黄金万两"。交通的发达与先进，推进的是物资、信息、人才、资金等的汇集与流动，是国家经济命脉的飞速运转，是民族间的交流与融合。昔日"蜀之鄙"的西充，今日正在加速融入全国交通网络的同时，也正快速融入国家发展、民族兴旺、社会和谐、世界经济一体化的大环境之中。

　　就让鲜活的记忆永远伴随这美好的现实吧！

2017 年 7 月 1 日

关于《西充县人民政府志》的杂感杂谈

我受邀参加这样一个隆重的"《西充县人民政府志》发行仪式",深感荣幸!

刚才听了著名作家李一清主席、西华师大何尊沛教授的发言,真是如沐春风,正所谓"听君一席话,胜读十年书"。两位贤达都可以说是卓有建树,功成名就,而他们对于故乡的眷恋之情,对桑梓各项建设事业的关切和支持,尤其令人感佩。他们的发言,既系统化,又极具专业性、权威性。金玉在前,我只能狗尾续貂,谈点外行看热闹的浅见,也就是乱弹吧。

首先谈点对这支编辑队伍的感受。这是一支非常精干、敬业、团结的写作班子。每位成员不仅都是他们原来工作部门、系统的领导和业务权威,掌握有大量的第一手资料,而且还各有擅长,比如主编陈昌明主任的亲和力、组织才能;何斌全局长、袁天贵先生的文采;简大经局长、王文元局长的认真、执着;书法家范天茂馆长对艺术美的不懈追求,等等。这就从业务上保证了该志所能达到的质量水准、高度。

而他们又都是社会各界的知名人士,除范馆长外,都早已离退休,本该过清闲舒适、颐养天年的快乐生活,可他们却毅然承担了纂写政府志这样一个苦差事,这是要有一定的勇气、道德力量和牺牲精神才能做到的。

大家知道,在人们的观念里,若谁已经有了那么一个身份、地位，工资收入也还不薄，退休了，就该好好享乐，享受生活，何苦还要每天去按时上下班，受人管束。

我也是因为自己的经历，才对他们有了完全的理解。他们是老骥伏枥，志在千里；烈士暮年，壮心不已。他们不仅仍然有着强烈的事业心，而且有为西充的文化建设事业、精神文明建设贡献余热的火热情怀。他们是我们西充文化事业薪火相传的忠实传递者。

他们不只是甘坐冷板凳，为了不麻烦有关领导，即便三伏三九，他们坐在政府大楼一层的那间大屋子里，也没有要空调、要火烤。其情其景，确实令人感动。正是由于他们凝聚着这样一股精神力量，皇皇180余万字的鸿篇巨制，成书之快，也是出乎我的意料的。

本来，我虽然早已听说过蒲生恕、陈昌明两位主任的大名，但素昧平生。一天，陈主任突然找上门来，同我切磋关于西充旧志一段文章的断句问题，后来又托我看了一下该志的初稿，征求我的意见。我不揣冒昧，本着我做人的一贯原则，毫无避忌，直抒己见。而且因为时间仓促，我手头的事也不少，我只是将意见很潦草、很马虎地边看边记在稿笺纸上，既不系统又无条理。不想两位主任不仅没有视我为轻狂、浮躁，除了认真地看了我的书面意见，蒲主任还抽出时间听取了我的口头陈述。而且事后对这些不成熟的意见的处理情况，也都一一向我做了说明。这不仅体现了对提意见者的尊重，也表明他们接受意见的真诚态度。他们这种虚怀若谷、不耻下问、从善如流的精神境界，也给我留下了非常深刻的印象，值得我学习。

还有就是政府办的领导没有挂名主编，而是由已经离职的陈主任挂帅。在我看来，这是非常难能可贵的。不仅表明政府办的领导对知识、对专业人才的信任、尊重，而且表现了非常大度的胸襟，淡泊名利，不沽名钓誉。在同陈主任的摆谈中，我们还可以获知，政府办不仅是封其名，而且实实在在地授其权。一切业务上的事情皆由陈主任调度指挥，拍板定调，政府办不加干预，真正做到了用人不疑。这固然与陈主任是政府办原领导有关，但我想，更多的因素还在于政府办领导的心胸、气度。读过《史记》的人都会对飞将军李广的一次遭遇留下很深的印象：霸陵尉呵斥已卸任的李广："今将军尚不得夜行，何乃故也！"所以，我的结论是不在原先是否是领导，关键在于是否给予了真正的尊重、信任、支持。

第二点想谈谈对该志所弥漫的浓浓的乡土情怀的感受。毫无疑问，方志总是要记载一方的人、事、景、物的，但是在材料的取舍、用材的角度、分量的多寡等方面，总会在有意无意间流露出编纂者的价值取向、感情色彩的。编辑们都是土生土长的西充人，他们对生我养我的这方热土充满了爱恋，总是在不经意间表露出来。

先说志首的插图。国家、省市领导在西充的篇幅很有限，而将大块的版面留给了反映西充的方方面面。从西充的行政区划图、1950年的西充县全图、学街西充县政府旧办公地点到各种地形地貌的代表性图片、有说服力的良好的生态环境、繁荣兴旺的农牧业、有着各种名优特产的有机食品基地、挂牌的古树名木、治理后的虹溪河、大气的县城东南片鸟瞰图、纪信广场、莲花湖、所有的文物保护单位、难得与观众见面的馆藏文物古籍、非物质文化遗产、民风民俗，等等。

显然，这些图片都经过了精心的挑选。它们不仅有着重要的史料价值，可取图志之长，与文字资料互相补充印证，给人一目了然的真实感，而且美轮美奂，令人赏心悦目。家乡如此山清水秀，物产丰富，人杰地灵，充满生机活力，确实很为我们西充人长脸、增光。即便是外地人一看，也会由衷地赞道："确实不错，西充真是个好地方！"就是《大事记》中的数帧西充旧县城街景的照片，也流露了编纂者想把根留住的怀旧情绪。这就是我们曾经生活、学习、工作过的城市。像故乡那些早已破败的老屋，却总是我们梦绕魂牵的地方！正所谓儿不嫌母丑，狗不嫌家贫嘛！

很多飞禽走兽都曾远离我们的视野，今天仍然还有很多已经绝迹。而该志50帧鸟类插图，又把我们带回了儿时那些亲切的回忆：房檐上叽叽喳喳的麻雀、溪边的打鱼雀儿、一路播放着"豌豆烧馍"的歌声从天际滑过的四声杜鹃、稻田里奔窜的长脚的秧鸡、在秧行中"董董"连声的董鸡子，那种浓得化不开的乡土气息就会扑面而来。但愿这些飞行的歌手、流浪的诗人能够永远伴随在我们身边，美化、诗化我们的生活，丰富我们的情感——这又从另一个侧面反映出该志非常重视人与自然的关系，体现了万物同生共进、和谐发展、可持续发展的理念。

《西充百家姓》及增补后的四字韵文，我都很感兴趣。这恰恰也体现了对我们西充人的一种人文关切。因为姓氏包含了很多信息资料，从中我们可以追本溯源，探寻我们祖籍何地、族群成分、家族历史等。我甚至希望有人发起成立一个民间组织，来探寻我们西充人的移民史、垦殖史——这也是研究地方史志的一个很重要的内容。

该志对于"三农问题"的高度关切也是我很赞赏的。该志关于农业的篇幅几乎等于工业、商业篇幅的总和。我不是在提倡重农业而轻工商业。这主要是因为，西充是一个传统的农业县，至今人口仍主要分布在农村。依照本人的鄙见，由于自然的、地缘的、历史的原因，西充将来也很难成为工商业大县。因为如果继续发展传统工业，则会因为高能耗、高污染、低技术含量而受限；如果要发展高新产业，又缺乏人才和资金。所以，只有大力发展现代农业和农副产品深加工才最有前途。我们不能为城市化而城市化，搞伪城市化。盲目地把大量的人口聚集到城市，而就业、养老、医疗、上学、市政建设等不能同步发展，眼前不冒包，迟早也会酿成大的社会问题。而且，这不是一两代人的问题。

再说，像中国这样一个有着十几亿人口的大国，不管怎样发展，第一个要解决的问题还是这十几亿人的衣食问题。民以食为天，国有粮则安。所以，重视农业，关心农民，加速新农村建设，什么时候都是地方政府的职责和课题，同时也应成为全社会的一个共识和行动。

该志在"水利"条目外另给升钟水利工程列了一个分目，花了较多的篇幅来详细记载升钟水利工程西充灌区的情况，配制了"升钟水库灌区历年灌溉面积、用水量一览表"和"四川省升钟水库渠系分布示意图"等图、表。这同样体现了志书编纂者们对西充民生问题的了解和重视。

鉴于西充的地形地貌，气候气象条件，西充旧方志的编纂者早在几百年前就非常有远见卓识地指出："昔李冰凿离堆造都江堰成成都膏腴之地，天下言水利莫不师之，况在蜀乎？吾充万山丛立，暴雨时发，则沟浍盈而可藉以灌田。雨或愆期，则不免枯旱之虑，水利未兴故也。诚于山沟低洼处凿塘以蓄水，于溪涧总要处造堰，勿使泛滥横流，纵遇亢旱，何致成灾？且今充之塘堰不修而农未大困者，人少而地广也，数十年之后，生息日繁，田野尽辟而水利不兴，遇旱则农困立现矣！后之留心农事者，其可置此不讲欤？"

宏伟浩大的升钟水利工程不仅解决了西充人民十年九旱，靠天吃饭的问题，而且可以做到旱涝保收。升钟水利工程对西充人民来说，实在是功德无量，恩惠多多，值得浓墨重彩，大书特书！

顺便说一下，续修县志的主编赵文宝先生也非常重视对升钟水利工程的记载，而县志由于体例的规范，对图表有所限制，但县志能以以事系人的方法，对当年为修建升钟水利工程做出了显著贡献的领导、工程技术人员的事迹做了一定的记载，从而弥补了政府志的缺憾，这也是令人感到欣慰的地方。

所谈多有不当，望不吝批评指正。

2017 年 7 月 1 日

后 记

余从事业余写作数十年，积累了大量描写故乡的诗词文赋。

在西充县文化广播电视和旅游局程芳局长以及其他领导的关怀和支持下，本书得以正式出版发行。特向他们表示最衷心的谢意！

全书未分篇分辑，看似杂乱，其实始终有一根红线贯穿其中，那就是余热烈爱恋着的这方热土，这方人。

虽然部分文章乃旧作，但都重新做了修改、补充。为了全书的体例关系，即便是新作，在选题和写作上也都力避陈言，尽量见他人之所未见，言他人之所未言，挖掘新的资料，阐述新的观点，抒发从自己血脉中喷涌而出的思想感情，为我们及后人留住乡愁，留住根。

也要感谢荆妻的理解和包容。余因 2020 年做过一次大手术，身体尚在康复之中。老妻不离不弃，无怨无悔，承担了全部的家务。没有她的陪伴和付出，也不会有此书的问世。

能逢盛世，幸矣，乐矣，知足矣！

2021 年 4 月 17 日

续后记

　　本书原定于 2021 年出版发行，后因种种原因而延迟至今，深觉遗憾。原书稿近 40 万字，此次重新修订，仅保留 20 万字左右。其后又应编辑部的要求，撤换了 10 余篇，现在入选本书作品略分为 5 个单元，虽不敢妄称皆为精品，但用情深，用功勤，则几近所为。

　　又是一年春好处，繁花满眼送馨香。愿这本小书也能带给读者淡淡的春的芬芳。

2023 年 4 月 21 日